GRASSOCCIA E GRAZIOSA

UNA STORIA D'AMORE CON UNA RAGAZZA FORMOSA
DI UNA PICCOLA CITTÀ

GRANDE E BELLA
LIBRO UNO

MARY E THOMPSON

 Formattato con Vellum

GRANDE E BELLA

Le donne (e gli uomini) ci sono sempre stati di ogni forma e dimensione. Per alcune persone, essere plus size, di costituzione robusta o grasse è una cosa negativa. Per le donne di questa serie, è semplicemente un dato di fatto. Un fatto che le unisce e alimenta le loro amicizie. Ma per gli uomini, le curve delle loro compagne non fanno che renderli orgogliosi di stare con donne che amano la vita e tutto ciò che ha da offrire. Perché la vita è più bella con i cupcake.

Grassoccia e graziosa

Chi ha bisogno degli uomini quando si hanno i cupcake?

La vita andava bene. Non avevo bisogno di niente. Soprattutto non di uno sconosciuto sexy, divertente e dolce che voleva uscire con me.

Le mie amiche mi hanno detto di dargli una possibilità,

ma sapevo che gli sarebbe bastato uno sguardo al mio corpo formoso per inventarsi una scusa per non uscire più con me. Così, gli ho dato una via d'uscita.

Non l'ha colta.

Quell'uomo era implacabile. Gli piacevano le mie curve, e voleva più di semplici telefonate. Mi voleva.

Come potevo dirgli di no?

A mio marito, Alex. Il mio book boyfriend nella vita reale.

CAPITOLO 1

LA MIA VITA MI PIACEVA. Pensavo di avere tutto. O almeno tutto ciò che potevo aspettarmi da donna grassa. Avevo un fantastico gruppo di amici, un lavoro che mi piaceva e una casa tutta mia. Stavo per comprare una macchina nuova ed ero felice.

E poi lo incontrai.

Xander Carlson.

L'uomo che mi stravolse la vita.

Lo so, penserete che sono una sciocca. Tutte vogliono un uomo nella propria vita, no? Tutte le donne, in fondo, vogliono solo qualcuno che si prenda cura di loro? Be', io no. Io volevo cavarmela da sola. Ero una donna forte che sapeva badare a se stessa. Non avevo mai immaginato la mia vita con un uomo.

Forse perché non pensavo che qualcuno mi avrebbe mai voluta.

Okay, non 'forse'. Sicuramente.

Sono cresciuta grassa. Le foto di quando ero piccola me lo ricordavano ogni volta che andavo a trovare i miei genitori, con la loro carrellata di foto di famiglia di ogni epoca.

Anche a mio fratello piaceva ricordarmelo. In una mia foto in particolare, a tre anni, indossavo un costumino giallo ed ero sdraiata in una di quelle piscine di plastica. Mio fratello disse che sembravo una balena spiaggiata.

Già, è uno stronzo.

E ha anche ragione. Odio ammetterlo, ma il mio peso sembrava essere un fattore genetico e incontrollabile. Divenne qualcosa che accettai e basta, perché se ero sempre stata grassa, allora lo sarei sempre stata. Eh, niente di che.

Come ho detto, ero felice. Non mi importava di non aver mai avuto uomini che mi corressero dietro. Vedevo le mie amiche passare guai con gli uomini e mi consolavo sapendo di non dover mai affrontare tutto quello.

Non che non avessi avuto ragazzi o non uscissi con nessuno. L'avevo fatto, ma di solito era qualcosa di breve durata. Uno dei due si rendeva conto che non eravamo fatti l'uno per l'altra. Alla fine decisi che gli appuntamenti erano più una seccatura che altro. Ogni volta che uscivo con qualcuno, mi assicuravo che fosse una cosa puramente fisica, o solo da amici.

Ma non avevo bisogno di uomini come amici. Avevo tre fantastiche amiche che rendevano divertente la mia vita.

Claire era la mia migliore amica. Io e lei avevamo frequentato il liceo insieme a Winterville, New York. Alle superiori Claire era magra, ma iniziò a ingrassare dopo che il suo ragazzo del liceo la violentò. Claire non lo superò mai del tutto.

Come si potrebbe?

Io stetti vicino a Claire, ma vederla affrontare una cosa così orribile e poi nascondersi dietro al suo peso fu dura. Soprattutto perché sapevo quanto potesse essere magra. A volte pensavo che sprecasse il suo corpo, perché se avessi potuto essere magra io, lo sarei stata. Ma poi mi ricordavo che essere grassa era divertente e mangiavo un altro cupcake.

Io e Claire incontrammo Sam e Addi al college. Andammo tutte alla Erie University, sempre a Winterville. Per quanto fosse fredda la città, era casa e non sarei mai riuscita ad andarmene.

Anche Sam e Addi sono in sovrappeso. Noi quattro vivevamo vicine nel dormitorio durante il nostro primo anno e legammo subito. Eravamo tra le poche a non correre alle feste delle confraternite e nei bar ogni sera. Ci sedevamo nel dormitorio a guardare film romantici e a preparare brownie.

C'è un motivo se diventammo così amiche.

Ma questa storia non parla di loro. Parla di lui. Dell'uomo che mi rovinò la vita. L'uomo che mi portò via tutta la felicità.

Lavoravo alla Western New York Health, una filiale locale di una delle grandi compagnie assicurative. Al servizio clienti, dove lavoravo io, gestivamo le domande dei clienti sulle loro pratiche. Se c'era un problema, ne parlavamo con loro e poi contattavamo lo studio del medico per richiedere un nuovo modulo che dettagliava i servizi resi.

Sembra noioso, lo so. In realtà, mi piaceva. Sono sempre stata brava con la gente e mi piaceva parlare. Stare al telefono nascondeva il mio aspetto, così non venivo giudicata per la mia taglia. Avrei potuto essere un'operatrice di linee erotiche di notte o una modella, ma nessuno l'avrebbe mai saputo davvero.

L'anonimato mi permetteva di essere la vera me al telefono. Potevo scherzare con i clienti che avevano bisogno di farsi una risata, potevo consolare quelli che erano sconvolti, o potevo flirtare con quelli che sembravano sexy.

Xander Carlson rientrava in quest'ultima categoria. In pieno.

Era un lunedì quando mi chiamò per la prima volta. La primavera stava appena iniziando a fare la sua comparsa nella nostra cittadina nell'ovest dello stato di New York.

Fuori dalla finestra vicino al mio cubicolo vedevo gli alberi che finalmente cominciavano a scongelarsi. All'interno, il mio cubicolo faceva parte della solita distesa di cubicoli con pareti grigio-blu che, in piedi, arrivavano più o meno alla vita. Tutto era spento e monotono e sembrava una giornata di pioggia, anche quando c'era il sole. Gli interni noiosi rendevano l'esterno ancora più piacevole, soprattutto in giornate come quella.

Era il primo giorno in cui avevamo superato i dieci gradi da ottobre. Anche se non ero così sciocca da mettere via i vestiti invernali (la nostra città non si chiamava Winterville per niente), ero emozionata di vedere i primi segni della primavera.

Ero fuori fase per via del tempo.

Questa è la mia scusa.

Il telefono squillò ed ero persa in un sogno a occhi aperti sul clima più caldo, forse anche su una vacanza con le mie migliori amiche. Erano anni che parlavamo di fare una crociera tutte insieme, ma non l'avevamo mai fatto. Quando il telefono squillò, sapevo a malapena cosa stavo facendo quando alzai la cornetta e dissi: «Western New York Health, sono Mandy. Come posso aiutarla oggi?»

La breve pausa dall'altro capo del filo mi mise subito in agitazione. Quando iniziò a parlare, ero spacciata. La sua voce era ricca e profonda, suadente. Sembrava un sogno erotico che prendeva vita. Avrebbe dovuto essere lui a lavorare al telefono con una voce come la sua, ma sapevo per certo che aveva anche il fisico adatto. Un fisico che sarebbe stato meglio impiegato davanti a una telecamera, dove lo si sarebbe potuto vedere e sentire.

«Ciao, Mandy. Sono Xander Carlson. Credo di aver bisogno di aiuto.»

Feci un respiro profondo. Tutti avevano bisogno di aiuto.

Altrimenti non avrebbero chiamato. Ma capivo che non sapesse bene da dove cominciare.

In più, aveva usato il mio nome. La maggior parte delle persone chiamava e non si rivolgeva affatto a me. Ma lui aveva detto il mio nome. E volevo sentirglielo dire ancora. E ancora.

«Okay, signor Carlson, vediamo se posso aiutarla. Prima di tutto, il mio interno diretto è 8657. Se per qualsiasi motivo dovesse cadere la linea, richiami e digiti il mio interno quando le verrà data l'opzione. Altrimenti dovrà rifare tutto da capo per parlare con una persona. Secondo, ho bisogno del suo numero di pratica per poterla cercare.»

Sentii un fruscio di carte al telefono mentre, presumibilmente, cercava il suo numero di pratica.

«Ha una voce bellissima,» disse, facendomi quasi perdere il filo del discorso. «Okay, eccolo. Il mio numero di pratica è 273MX85G5739.»

Digitai il codice mentre me lo leggeva, sforzandomi di concentrarmi sul mio lavoro e non sul suo complimento, e aspettai che il computer caricasse la pratica. Riguardava una richiesta di due mesi prima ed era a nome di Alexander Steven Carlson. Scorsi rapidamente i dettagli, chiedendomi quale cosa orribile potesse essersi fatto curare l'uomo dalla voce sexy.

Si rivelò essere una pratica piuttosto standard, che includeva un controllo generale e le analisi del sangue. C'erano alcune note che dicevano che aveva un pagamento da saldare e lo stava contestando, ma nulla sembrava fuori dall'ordinario.

Grazie a Dio non nascondeva qualche orribile malattia.

«Può dirmi il suo nome completo, per favore?»

«Oh, sì, scusa. È Alexander Steven Carlson. A volte me ne dimentico.»

«Non c'è problema. Molte persone usano un soprannome. Okay, allora vedo che la richiesta di rimborso è stata pagata e che Lei deve saldare la differenza. Sembra anche che stia contestando questa pratica da una settimana. Come posso aiutarLa oggi?»

Sbuffò, ma non sembrava irritato, piuttosto sfinito. Ci era già passato e non aveva voglia di spiegarlo di nuovo. Era un suono familiare nel mio lavoro.

«Quando ho ricevuto il primo riepilogo delle prestazioni, ho chiamato il mio medico. Pensava di aver inserito il codice sbagliato quando ha inviato la richiesta e, per qualche motivo, non viene conteggiata come visita annuale. Il medico avrebbe dovuto reinviare i dettagli della visita e avrei dovuto ricevere un altro riepilogo per posta. Ne ho ricevuto uno nuovo oggi, con la data di venerdì, che riporta le stesse identiche informazioni. Non è stato aggiornato nulla.»

Digitai alcune cose per vedere se riuscivo a trovare il problema. Di solito, quando succedeva una cosa del genere, la pratica veniva semplicemente evasa senza attendere la fatturazione del medico. Sembrava che il suo Riepilogo delle prestazioni fosse stato solo rispedito, non rielaborato.

Mentre esaminavo i dettagli della pratica presenti nel fascicolo, lui ricominciò a parlare. «Mi dispiace trascinarLa in questa storia. Lei è molto più gentile dell'ultima donna con cui ho parlato. E sono entusiasta di parlare con un'americana. Forse non dovrei dirlo, ma è così difficile parlare con persone che non parlano la stessa lingua.»

Risi tra me e me per la sua onestà. «Beh, alla Western New York Health siamo tutti americani. Siamo del posto, a Winterville, a una decina di minuti a sud-est di Buffalo.»

«Davvero? Io vivo a Winterville. Magari un giorno riuscirò a vedere il bel viso che accompagna la sua bella voce.»

Mi bloccai. Non poteva stare parlando con me. Oh,

aspetta, è vero, non aveva idea di che aspetto avessi. Stava solo flirtando.

«Sì, beh, sono sicura che ha la Sua schiera di donne meravigliose in fila per un appuntamento con Lei. Per quanto riguarda la Sua richiesta, mi dispiace per quello che ha passato. La Sua pratica non è ancora stata rielaborata, ma posso occuparmene io così non dovrà preoccuparsi del pagamento.»

Xander sbuffò al telefono, con un tono sollevato.

«In realtà per me non è un grosso problema. Non sono tanti soldi, ma è più una questione di principio. Vado dal medico solo quando ne ho bisogno. Senza offesa, ma odio avere a che fare con tutte queste stronzate. Mi sembra di parlare sempre e solo con persone a cui non frega un cazzo di me.»

Soffocai una risata quando notai che la sua chiamata precedente era stata presa da Melody, la mia nemesi al lavoro. Lei era decisamente una di quelle persone a cui non fregava un cazzo del lavoro, o della gente. Io cercavo di non essere così. Ero abbastanza intelligente da sapere che uno dei motivi principali per cui la gente perdeva tutto erano i problemi di salute. Non volevo che nessuno dei nostri clienti finisse in bancarotta se c'era qualcosa che potevo fare per aiutarlo.

«Spero di non darLe questa impressione, signor Carlson. Le assicuro che farò tutto il possibile per risolvere la cosa. Credo di vedere il problema, comunque. Le date sulla fattura del medico indicano che Lei è stato lì il 23 febbraio. La Sua visita annuale dell'anno scorso era il 25 febbraio, quindi non copriamo una visita annuale finché non è trascorso un anno. C'è un però: sto guardando il calendario e il 23 febbraio era un sabato. È andato dal medico quel giorno o era un giorno diverso?»

«Cosa? No. Il mio medico non è nemmeno aperto il sabato. Ci sono andato di giovedì.»

Scorsi di nuovo le immagini sul mio schermo e ingrandii la fattura. La data sembrava un 23, ma avrebbe potuto facilmente essere un 28.

«Signor Carlson, sembra che la Sua richiesta avrebbe dovuto essere per il 28. Non ho l'autorità per apportare questa modifica nel nostro sistema. Se posso metterLa in attesa per qualche minuto, parlerò con la mia supervisora per vedere se possiamo farla aggiornare per Lei.»

«Per favore, chiamami Xander. Mandy, sei un'ancora di salvezza. Grazie mille. E sì, aspetterò.»

Premei il pulsante di attesa e chiamai Diana, la mia capa. «Sembra che la data della prestazione sia stata inserita in modo errato. È al telefono e ha detto di essere stato lì di giovedì. La data della prestazione lo colloca lì di sabato, il che avrebbe dovuto essere segnalato, specialmente dopo la sua prima chiamata. Penso che possiamo reinviare la richiesta con la data corretta e risolvere la questione.»

Diana esaminò i moduli sul mio computer e annuì. «Hai ragione. Ottima intuizione, Mandy.»

Diana si allontanò e le inviai i file per l'approvazione. La vidi risedersi alla sua scrivania, a pochi cubicoli di distanza. Aspettai che mi facesse un cenno col pollice in su per dire che aveva corretto tutto, poi tornai alla telefonata.

«Signor Carlson-»

«Xander,» mi mormorò all'orecchio la sua voce suadente, «ti prego.»

«Scusa, Xander. Sembra che abbiamo risolto tutto. La mia capa ha già approvato la modifica delle date e la tua richiesta verrà rielaborata. Dovresti ricevere un nuovo riepilogo delle prestazioni entro pochi giorni con gli addebiti aggiornati. Anche il tuo medico ne riceverà uno nuovo. Se ti sta fatturando questa visita, puoi chiamarlo e dirgli che da parte nostra ci stiamo occupando di tutto. C'è altro che posso fare per te oggi?»

Xander ridacchiò piano, un brontolio sommesso che fu come un tremito per tutto il corpo. Lo sentii attraversarmi da cima a fondo, accendendomi. «Non posso credere di aver risolto questo problema e di aver anche parlato con una bellissima donna al telefono. Quasi vorrei che tu non fossi riuscita a risolverlo, così avrei una scusa per richiamarti.»

Arrossii. Ero fottutamente arrossita. Un uomo non mi aveva mai fatta arrossire. Mi sentii bella, come se lo pensasse davvero. Ma ovviamente sapevo che era solo un'illusione. Non aveva idea di che aspetto avessi. Se l'avesse saputo, non mi avrebbe degnata di un secondo sguardo. Lo sapevo.

«Beh, sfortunatamente per te, Xander, sono molto brava nel mio lavoro e prendo la soddisfazione del cliente molto seriamente.»

«Si vede che soddisfi chiunque parli con te.»

Cosa? L'aveva detto davvero? Porca puttana, ci stava provando spudoratamente con me. Ero sbalordita. E non ci stava solo provando, stava insinuando che fossi brava a letto. Wow! Ero sconcertata. Gli uomini non ci provavano mai con me, né al telefono né di persona. Se solo avessi potuto credere che lo pensasse davvero.

Xander ridacchiò del mio silenzio, risvegliando parti di me a lungo dormienti. Mi agitai sulla sedia, le mutandine che si bagnavano mentre immaginavo i modi in cui mi sarebbe piaciuto soddisfare un uomo come lui.

«Scusami, sono stato fuori luogo. È che non mi aspettavo di trovare qualcuno come te dall'altra parte del telefono.»

«Uhm, grazie, signor Carl... voglio dire, Xander. È stato un piacere parlare con te oggi. Sono contenta di essere stata in grado di aiutarti con il tuo problema. Se mai avessi bisogno di altro, non esitare a ricontattarci.»

«Grazie. Spero di avere molti altri problemi. Arrivederci Mandy.»

Lo salutai con un sorriso. Non riuscivo a smettere di sorridere. Era sciocco. Era attratto dalla mia voce, non da me. Era grato che l'avessi aiutato, non ci stava davvero provando. Sarei stata una stupida a leggerci più di quanto ci fosse in realtà.

Ma per qualche motivo non riuscivo a smettere di pensare a lui.

CAPITOLO 2

LA SERA dopo pensavo ancora a Xander. Avevo passato tutta la giornata a sperare che mi richiamasse, ma non lo fece. Sapevo che era da stupidi, ma non riuscivo a impedirmi di desiderare che le cose fossero un po' diverse. Di essere la donna sicura di sé che sognavo di diventare.

Forse l'avrei cercato e l'avrei chiamato.

No, non l'avrei fatto. Avrebbero potuto licenziarmi per aver consultato i file dei clienti. E non avevo bisogno di un uomo. Non ne avevo mai avuto bisogno prima, di certo non avrei iniziato ora.

Xander Carlson era solo un puntino sul mio radar. Un contrattempo momentaneo. Non mi sarei preoccupata per lui, soprattutto non quando c'era la serata tra ragazze.

Ogni martedì sera, Claire, Sam, Addi e io ci incontravamo al Cooler Coffee per la nostra serata tra ragazze. Era la nostra occasione per chiacchierare e divertirci, tutte e quattro insieme. La maggior parte dei fine settimana vedevo almeno una di loro, ma durante la settimana eravamo tutte impegnate con il lavoro. Il martedì sera ci rilassavamo e basta.

Per qualche ragione, sembravo essere sempre l'ultima ad arrivare. Claire lavorava in aeroporto per la TSA, quindi i suoi orari erano piuttosto fissi. Addi era un'insegnante di chimica ed era sempre in anticipo ai nostri appuntamenti per il caffè. Sam era una fotografa geniale con ingaggi in tutta la città, quindi non si poteva mai sapere a che ora sarebbe arrivata. Ma arrivava sempre prima di me.

Il Cooler Coffee mi faceva sentire un po' come a casa. L'area con i tavoli correva lungo la vetrata principale, con i tavolini che si affacciavano sulla strada. Si trovava in una zona della città fatta per chi amava passeggiare. Il parcheggio era un incubo, ma il cibo e l'atmosfera rilassata ne valevano la pena. Sam, Addi e Claire erano già a un tavolo nell'angolo più lontano.

Quando entrai, il familiare odore di caffè mi solleticò le narici. Mi avvicinai al bancone, adocchiando i dolcetti nella vetrina mentre la persona davanti a me ordinava. Avevo sempre amato l'odore del caffè e ne ero stata dipendente per anni. In realtà, però, la bevanda non mi era mai piaciuta e alla fine ci avevo rinunciato qualche anno prima. Alle serate tra ragazze ordinavo sempre una cioccolata calda.

E i cupcake. Dovevamo avere i cupcake.

Portai la mia cioccolata calda e due cupcake al tavolo dove le altre mi stavano aspettando. Sorrisi e risposi a un coro di saluti, poi mi lasciai cadere sulla sedia, con il peso della giornata che si riversava oltre il bordo insieme al mio sedere.

Mi sentivo già meglio, circondata dalle mie amiche. Claire era alla mia destra, con Addi di fronte a me e Sam accanto a lei. Potevo finalmente dimenticare la mia giornata, e Xander Carlson.

«Chi ti ha rubato le caramelle?» domandò Claire, i suoi occhi liquidi color smeraldo che mi inchiodavano alla sedia. Mi conosceva abbastanza a lungo da essere in grado di leggere i miei stati d'animo, cosa che in quel momento odiavo. Non volevo parlarne.

«Niente. Cioè, nessuno. Ho solo avuto una giornata difficile.»

«Melody ti sta di nuovo rompendo le palle? Vorrei che tu potessi metterla nei guai e non dover più avere a che fare con lei.»

Feci un sorrisetto. Claire conosceva i miei pensieri più reconditi. «In effetti, si è messa nei guai ieri. Ho corretto una cosa che avrebbe dovuto notare lei e da allora sta cercando di rendermi la vita ancora più impossibile. Per fortuna Diana sa quanto lavoro sodo. Non permetterà che mi succeda niente.»

Claire roteò gli occhi. Melody aveva cercato di rendermi la vita un inferno da quando avevo iniziato a lavorare lì, cinque anni prima. Appena uscita dall'università non avevo particolari competenze, ma avevo una laurea e avevo fatto un ottimo colloquio. Melody lavorava lì da tre anni prima che io iniziassi e mi odiò dal primo momento.

All'inizio Diana non era il nostro capo, lavoravamo per un uomo di nome Oscar. A Oscar piaceva Melody. Penso che ci fosse qualcosa tra loro e che lui la aiutasse a nascondere i suoi errori. Quando Oscar ottenne la promozione, Melody era sicura che l'avrebbe portata con sé, ma non lo fece. Lei rimase bloccata allo stesso lavoro mentre lui andava avanti. Diana era stata una delle nostre colleghe del servizio clienti prima della promozione di Oscar. Sono sempre andata d'accordo con Diana, non che fossimo intime, ma non avevamo problemi. Sapeva che lavoravo sodo e che volevo fare bene. Melody era l'opposto.

«Allora cosa hai corretto?» chiese Addi. Si gettò all'indietro i capelli color cioccolato al latte, lisci come spaghetti. Aveva uno di quei tagli alla moda, scalato appena oltre le spalle, che avrei sempre desiderato poter portare. I miei capelli rossi e mossi avevano un taglio simile, ma non erano mai così belli come quelli di Addi.

In quanto insegnante, Addi era sempre curiosa di sapere come le persone risolvevano i problemi. Insegnava chimica al liceo, che Dio l'aiuti, e aveva studenti difficili. La maggior parte di loro erano bravi, secondo Addi, ma a alcuni non piaceva ascoltarla. Era sempre alla ricerca di nuovi strumenti da utilizzare per risolvere i problemi. Spesso ci scambiavamo storie.

È incredibile quanto gli studenti delle superiori fossero simili agli adulti. Entrambi erano delle gran rotture di cazzo.

«Un tizio ha chiamato e ha detto che il suo rimborso non era stato pagato. Ho controllato e la data sulla richiesta era sbagliata. È una cosa che Melody avrebbe dovuto notare. L'ho mostrato a Diana e lei ha approvato la modifica alla richiesta mentre parlavo con Xander. È stato tutto risolto in circa dieci minuti.»

Si scambiarono un'occhiata. Tutte e tre. Un'occhiata che sapevo significasse che avevano colto qualcosa. Che cosa avevo detto? Non ne avevo idea. Ma qualcosa aveva attirato la loro attenzione.

«Xander? E chi è Xander?» intervenne Sam. Vidi il sorrisetto nel suo sopracciglio inarcato e nei suoi occhi castani e scherzosi, ombreggiati dietro gli occhiali dalla montatura rossa.

«Merda,» dissi. Come avevo potuto essere così stupida? Avevo detto il suo nome. Una fottuta parola e mi si erano attaccate addosso come i cupcake sul mio sedere.

Il calore mi risalì dal collo alle guance. Avrei voluto dare la colpa a una vampata, ma il bel tempo del giorno prima era tornato freddo. Fuori si gelava e non c'era modo che credessero che avessi solo troppo caldo.

«Stai arrossendo? Cosa ti ha detto?» chiese Claire.

Mi arrovellai per capire come uscirne. Sapevo che era

stupido, pensare a lui dopo una sola telefonata. Sì, aveva flirtato con me più di qualsiasi altro uomo. Nella mia vita. Ma non significava niente. Non ci conoscevamo e sapevo che se mai ci fossimo incontrati sarebbe scappato urlando nella direzione opposta.

«Non è niente. Ha solo detto che avevo una bella voce e che avrebbe voluto potermi richiamare.»

Si scambiarono un'altra occhiata, questa volta con le sopracciglia alzate. Stavano pensando tutte la stessa cosa...

«Ti ha richiamata?»

La domanda. Quella a cui non volevo rispondere perché avrebbe significato ammettere che, di nuovo, non era successo niente. Mi sembrava da sempre, da quando i ragazzi erano entrati nel mio radar alle scuole medie, che ogni volta che pensavo che qualcosa potesse essere possibile, non accadeva nulla. Non ero il tipo di persona che otteneva appuntamenti. I ragazzi non mi chiedevano di uscire. Se lo facevano, erano anche loro grassi o disperati.

Non ero superficiale, o almeno non pensavo di esserlo. Ma non sempre trovavo attraenti i ragazzi grassi. Immagino che questo mi rendesse un'ipocrita invece che superficiale. Mi incazzavo perché i ragazzi fighi non mi volevano, ma pensavo che fosse giusto che io non volessi i ragazzi grassi.

Ok, quindi ero superficiale e ipocrita.

Scossi la testa e presi un sorso della mia cioccolata calda. Sapevo che se avessi detto la parola 'no' avrebbero sentito l'emozione nella mia voce e ci si sarebbero buttate a capofitto. Peccato che non parlare fosse un grilletto altrettanto efficace.

«Volevi che lo facesse, non è vero?» chiese Claire dolcemente.

«E va bene, sì. Mi è piaciuto che flirtasse con me. È stato eccitante e mi ha dato un senso di potere. So che è stupido, ma per qualche minuto è stato bello sentirsi dire che ero bellissima e che voleva parlarmi di nuovo. Sarei una stupida a pensare che possa uscirne qualcosa, però.»

«Non si sa mai» aggiunse Addi. «Le cose pazze succedono in continuazione. Sogno di trovare un ragazzo per bene. Un ragazzo sexy da morire che torni a casa da me ogni sera. Sesso passionale. E anche tanto amore. Qualche figlio. La villetta con lo steccato bianco. Forse anche qualche gatto.»

«I gatti sono sopravvalutati. Dovresti prendere un cane» la prese in giro Sam. Era un dibattito sempre aperto tra di noi. Claire e Sam adoravano i cani, ma Addi e io eravamo fan dei gatti. Sostenevamo che i cani sono come gli uomini, be', come gli uomini con donne sexy. Erano sempre felici di vederti e pronti a montarti la gamba. I gatti erano come le donne, piene di carattere e testarde da morire.

Mi ero sempre chiesta se significasse che Addi e io tendevamo a giocare per l'altra squadra, ma non avevo mai trovato una donna attraente e non pensavo che fosse successo neanche ad Addi. Semplicemente, ci piaceva una casa tranquilla e un animale domestico a cui non dovevamo dedicarci completamente.

Naturalmente, questo probabilmente significava anche che non eravamo pronte per avere figli.

No, a quella domanda potevo rispondere... Non ero assolutamente pronta per avere figli.

Per quello ci voleva un partner. O almeno, era preferibile. Non ero pronta per essere una madre single.

Risi insieme alle mie amiche mentre discutevano dei pro e dei contro di avere cani o gatti, intervenendo quando necessario per dare manforte ad Addi.

«Sam, hai fotografato qualcuno di interessante di recente?» chiesi quando la conversazione sugli animali si placò.

Sam alzò gli occhi al cielo. Tutto il suo corpo si scosse come se stesse cercando di cancellare un brutto ricordo. «Ho avuto una sposa da incubo questo weekend. È stata orribile tanto quanto pensavo che sarebbe stata, ma è fatta. Domani la incontro per rivedere tutte le fotografie.»

«Non è andata in luna di miele?» chiese Addi.

Sam scosse la testa, i suoi lunghi capelli castani le ricaddero sulle spalle, e sorseggiò il suo caffè nero. Non so come facesse a berlo così, ma diceva che era una cosa a cui si era abituata. Il caffè era di solito uno standard ai servizi fotografici e, con l'agenda di Sam, non era possibile prendersi il tempo per correggerlo o farselo correggere da qualcun altro. Si era abituata a berlo nero perché in qualsiasi altro modo non era mai buono.

«A quanto pare aspetteranno l'estate, quando il tempo sarà un po' migliore, e poi andranno in California per un tour dei vigneti nelle valli di Napa e Sonoma. Io avrei semplicemente aspettato a sposarmi, a quel punto.»

«Anche io» disse Claire. «Non riesco a immaginare di non andare in luna di miele. Anche se fossero solo pochi giorni fuori perché i soldi sono pochi, insisterei per andare in luna di miele. Sai, se mai mi sposassi.»

«Sono d'accordo» disse Addi. «Con la scuola dovrei aspettare che le lezioni finiscano, ma aspetterei di sposarmi durante le vacanze estive. E poi, l'estate da queste parti è comunque il periodo più bello dell'anno.»

«Bleah» aggiunsi. «Odio l'estate. Forse perché sudo tanto. Vorrei sposarmi in autunno o in primavera, quando fuori è ancora bello ma non così caldo da sciogliermi in una pozza di melma.»

«Uffa, magari potessi scegliere» replicò Addi. «Questa è una delle cose brutte di essere un'insegnante. Il mio tempo libero è limitato. Potrei sempre sposarmi durante le vacanze di primavera o anche quelle invernali, ma nessuno vuole stare a Winterville d'inverno. Cavolo, la primavera è già abbastanza brutta. Avete sentito che potrebbe nevicare questo weekend?»

Grugnimmo tutte insieme, frustrate per il tempo. Una parte di me segretamente lo adorava, ma dopo quasi sei mesi di inverno, persino io ne avevo un po' abbastanza. Tutti ne avevano abbastanza.

«Allora, Mandy, hai cercato Xander su Facebook o Twitter? È un figo?»

Alzai gli occhi al cielo. La conversazione su Xander era passata, ma dannazione, Sam l'aveva tirata di nuovo fuori. Certo che sì, l'avevo cercato online. Circa 3,5 secondi dopo aver riattaccato il telefono. Ma di sicuro non volevo ammetterlo. Neanche alle mie migliori amiche.

«No» tentai. Sapevo che avrebbero capito la bugia, ma dovevo provarci.

«Oh, certo che l'hai fatto. È un figo?»

«Come fa di cognome?»

«Carlson» risposi senza pensare. Sam aveva tirato fuori il telefono e stava già cercando prima che me ne rendessi conto.

«No!» gridai, lanciandomi verso il suo telefono. Lei lo tenne fuori dalla mia portata mentre Facebook caricava il profilo di Xander.

Il giorno prima ero stata entusiasta che avesse un profilo pubblico e che potessi scorrere tutte le sue foto e i suoi aggiornamenti. Xander era ancora più sexy di quanto avessi immaginato. Sembrava un modello. Sfortunatamente non c'erano foto di lui a torso nudo, ma si capiva che era muscoloso. Le sue magliette si tendevano sui muscoli come una seconda pelle, abbastanza da stuzzicare la mia vista ma senza lasciare molto all'immaginazione. Il suo sorriso era luminoso e bellissimo e, quando ingrandii l'immagine, potei quasi immaginare che fosse solo per me.

Non che l'avessi fatto.

Spesso.

Ma guardare le mie amiche rannicchiate attorno al telefono di Sam a fare la stessa cosa che avevo fatto io il giorno prima mi frustrava. Volevo tenerlo per me, come una cotta segreta. Non potevo sopportare che lo guardassero, che vedessero la verità.

Senza dubbio avrebbero visto la stessa cosa che avevo visto io… un uomo completamente fuori dalla mia portata.

«È super sexy, Mandy. E stava flirtando con te?»

L'incredulità nella voce di Addi mi fece incazzare e mi ferì allo stesso tempo. Volevo credere che forse una come me potesse davvero avere un ragazzo come lui, ma Addi non ci credeva, quindi non avevo motivo di farlo neanch'io.

«Sì, lo so, è fuori dalla mia portata. Non è che avessi qualche speranza che succedesse qualcosa. Non ha idea di che aspetto abbia. Probabilmente non mi chiamerà mai più, quindi non fa differenza.»

Claire sentì il dolore nella mia voce e cercò di limitare i danni. Sam e Addi si scambiarono sguardi scioccati e incerti. «Non si sa mai, Mandy. Potrebbe non essere come tutti gli altri stronzi fighi che ci sono in giro. Alcuni ragazzi sono per bene.»

«Non mi conosce, Claire. Mi piacerebbe pensare che un ragazzo possa amarmi, ma sono felice della mia vita. Non ho bisogno di un ragazzo.»

Mi guardarono tutte come se stessi dicendo un sacco di stronzate. Sapevo di dirle anche io, ma non l'avrei ammesso. Xander aveva smosso qualcosa in me, qualcosa che mi faceva desiderare di credere che potessi avere di più nella mia vita oltre a grandi amiche e un buon lavoro. Qualcosa di più di una vita solitaria senza nessuno da cui tornare a casa.

Tutto questo con una sola telefonata. Potevo solo immaginare cosa mi avrebbe fatto se l'avessi mai incontrato.

E avessi scoperto che non era uno stronzo.

CAPITOLO 3

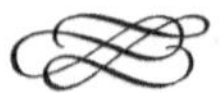

ARRIVATA al venerdì di quella settimana mi ero quasi dimenticata di Xander Carlson. Certo, l'avevo stalkerato su Facebook ancora un po' di volte e avevo considerato di usare un software di genetica per vedere che aspetto avrebbero avuto i nostri figli, ma in realtà era l'ultimo dei miei pensieri.

Il mio weekend si prospettava piuttosto noioso, ma non mi importava. Sarebbero stati un paio di giorni lontana da Melody e dalla sua stronzaggine. Era peggiorata nel corso della settimana, cercando di cogliermi in fallo in ogni cosa che facevo. Sono abbastanza sicura che passasse più tempo a controllare le mie telefonate che a rispondere alle sue.

Non avevo davvero idea di quale fosse il suo problema. Era gentile praticamente con tutti gli altri, ma io non le ero mai piaciuta. Cercai di scrollarmelo di dosso, ma la cosa mi infastidiva. Voglio dire, davvero, di cosa doveva essere gelosa?

Melody era perfetta. Aveva quei lunghi e fluenti capelli biondi che ogni donna sognava di avere. Era magra con un seno grande e sodo. Non giudicatemi, le metteva in mostra ogni giorno. Era sempre vestita di tutto punto con tailleur e tacchi di sette centimetri o più. Il suo trucco era impeccabile. Attirava l'attenzione di ogni uomo del posto, e di metà delle donne.

Ma era una stronza. Con la S maiuscola.

Cercai di concederle il beneficio del dubbio. Davvero. Forse aveva avuto un'infanzia difficile o era infelice. Forse le bruciava ancora che Oscar fosse andato avanti senza di lei. O forse era semplicemente una stronza.

Sfortunatamente, ero abbastanza sicura che fosse l'ultima opzione.

«Mandy, vorrei parlarti. Potresti venire nella sala riunioni, per favore?» disse Diana mentre riagganciavo il telefono a metà pomeriggio. Non sembrava arrabbiata, ma non c'era modo di sapere cosa stesse succedendo.

«Certo,» dissi, bloccando il computer e seguendola lungo il corridoio.

Nella sala riunioni si era riunito tutto il gruppo. Melody entrò dietro di me, con i tacchi che ticchettavano sul pavimento in vinile. «Hai intenzione di rimanere lì a intasare l'intero vano della porta, o lascerai entrare anche noi altri?» ringhiò.

Scossi la testa e mi tolsi di mezzo. Non valeva il mio tempo, né la mia energia, quindi la ignorai, ma cavolo se avrei voluto prenderla a schiaffi. Non lo disse apertamente, ma sentii il commento sul mio peso nel tono della sua voce, e la cosa mi infastidì.

«Per favore, sedetevi tutti,» disse Diana dalla parte anteriore della stanza.

Mi diressi verso l'unico posto libero rimasto, tra Melody e Pete, il tizio puzzolente che aveva un cubicolo vicino ai bagni. Non poteva andare peggio. Pregai per una riunione veloce.

«Non so quanti di voi l'abbiano sentito,» iniziò Diana,

«ma ho deciso di andare in pensione. Finirò questo mese e il prossimo. A partire da giugno, avrete un nuovo capo.»

Tutti iniziarono a mormorare intorno a me. Non avrei mai pensato che Diana se ne sarebbe andata. Era praticamente un'istituzione da quelle parti. Anche se non lavoravo lì da molto, sapevo che Diana era la spina dorsale del servizio clienti. Avere qualcun altro a capo avrebbe quasi certamente significato dei cambiamenti. Mi chiedevo solo chi si sarebbe fatto avanti per prendere il suo posto.

Mi piacerebbe, ma non ero sicura di essere pronta per la sfida. Ero ancora nuova. Avevo molto da imparare.

«Come ti sentirai ad avermi come capo? Diana mi adora. E Oscar è il suo capo, quindi ho il posto in tasca. Anzi, sai una cosa? Non mi avrai come capo perché la prima cosa che farò sarà licenziare il tuo culone per insubordinazione. Oh, già me lo vedo.»

Melody si interruppe, lasciando che la immaginassi come mio capo. Rabbrividii. Non c'era alcuna possibilità che potesse accadere. Se Melody fosse diventata il mio capo, avrebbe mantenuto le sue minacce. Avrebbe trovato un modo per licenziarmi. Senza Diana nei paraggi, non ero sicura che sarei durata molto a lungo.

«Molti di voi sono qualificati per la mia posizione,» la voce di Diana mi strappò dal mio torpore. Alzai lo sguardo e la vidi che mi fissava proprio mentre parlava. «Spero davvero che facciate domanda per il mio posto. Saresti perfetta e l'azienda sarebbe fortunata ad averti in un ruolo manageriale.»

Sapevo che non stava parlando direttamente a me, ma mi sembrò di sì. O forse lo stava facendo, ma cercava di far sentire tutti in dovere di candidarsi. Forse avrei potuto prendere il suo posto. Ero brava nel mio lavoro, perché non avrei potuto essere brava in quello di Diana?

Lasciai la riunione pochi minuti dopo con tutti gli altri.

Melody era proprio dietro di me mentre uscivo dalla porta. «Sai che stava parlando con me quando ha detto che sarei stata perfetta. Il posto è praticamente mio. E non vedo l'ora di vederti andare in fumo. Sarà il mio più grande piacere farti licenziare.»

«Davvero?» inarcai un sopracciglio verso di lei. «Il tuo più grande piacere? Allora mi dispiace per te. Pensavo davvero che con il tuo corpo perfetto avessi trovato uomini più bravi a letto. Ma se davvero sarà il tuo più grande piacere, forse non dovrei opporti resistenza. Mi dispiace davvero per te.»

Lasciai Melody a borbottare indignata mentre tornavo al mio cubicolo. Non potei fare a meno di ridere.

Diana era nel suo cubicolo quando passai, così mi fermai per congratularmi con lei.

«Deve essere emozionata, Diana. Congratulazioni per il suo pensionamento.»

Si girò sulla sedia. I suoi capelli grigi erano raccolti nel suo solito chignon, i suoi occhi verdi brillavano come sempre. «Sono emozionata. All'inizio non ne ero così sicura, ma io e mio marito stiamo programmando di girare il paese quest'estate, vedere alcuni dei posti che abbiamo sempre voluto vedere. Andremo a trovare i nostri figli e nipoti. Sarà un bel cambiamento per me.»

«Sono felice di sentirlo,» le dissi, sinceramente felice per Diana. «Spero solo che il nostro nuovo capo sia meraviglioso come Lei.»

Inclinò la testa di lato come se stesse cercando di capire qualcosa. «Sai che stavo parlando di te, vero? Quando ho detto che saresti stata perfetta. So che sei qui solo da cinque anni, ma hai del potenziale. Sei gentile e intelligente e stai sprecando il tuo talento nascondendoti dietro al telefono. Spero davvero che ti candiderai per la mia posizione. Mi piacerebbe lasciarla in mani capaci come le tue.»

Stupita, rimasi lì a bocca aperta, senza sapere cosa dire. «Grazie,» fu tutto ciò che mi uscì. Ero scioccata e commossa. «Ci penserò,» dissi a Diana mentre lasciavo il suo cubicolo e tornavo al mio.

Ero ancora frastornata quando il mio telefono squillò poco dopo. Lo presi, grata per la distrazione che mi avrebbe aiutato ad arrivare a fine giornata.

«Western New York Health, parla Mandy. Come posso aiutarla oggi?»

«Mandy, è bello sentire la tua voce.»

Era lui. Cazzo! Perché mi stava chiamando di nuovo? E perché i miei capezzoli si erano drizzati per salutarlo di loro spontanea volontà?

«Xander, come stai? Hai ricevuto il tuo estratto conto?» respiravo affannosamente, cercando di non sembrare troppo eccitata per il fatto che mi avesse chiamata. Dopotutto, probabilmente era un altro problema con la sua pratica.

«Ti ricordi di me?»

«Uh,» balbettai. Merda! Avrei dovuto lasciare che si ripresentasse. La prima regola per piacere a un uomo non è fare la difficile? E fargli pensare di esserti dimenticata di lui non rientra nel fare la difficile?

Sì, c'era un motivo se non uscivo con nessuno.

«Io, uhm, mi ricordo di te. La tua voce è molto particolare.»

'Molto particolare?' Che diavolo doveva significare?

«Particolare. E io che mi ero illuso che forse avessi il minimo interesse per me.»

Aveva davvero detto così? A me? Pensai che mi sarebbe venuto un infarto. E non potevo nemmeno dare la colpa alle scale. Lavoravo al primo piano.

«Non so niente di te, Xander. Non passo molto tempo a pensare a uomini con cui ho parlato solo una volta e che non conosco.»

'BUGIA!' urlò la mia mente. Avevo fatto sembrare che non fossi stata su Facebook ogni giorno per vedere se avesse menzionato la nostra conversazione o avesse aggiunto nuove foto di sé. No, non avevo passato al setaccio il suo profilo in cerca di indizi che avesse una ragazza o una moglie. E di certo non avevo pensato a lui giorno e notte.

Sì, certo.

«Beh, penso che dobbiamo cambiare la situazione. Speravo che ci incontrassimo qualche volta. Mi piacerebbe avere la possibilità di offrirti un caffè.»

Sorrisi. No, non era un sorriso. Era un ghigno da ebete. Non riuscivo a impedirgli di coprirmi il viso, facendomi sentire parte della bella gente. Era splendido, semplicemente sbalorditivo. E stava chiedendo a me di uscire.

A me!

A Mandy Ryan!

In realtà non avremmo dovuto uscire con i nostri clienti, ma era più una regola non scritta che altro. Non era come se potessimo sempre sapere che tipo di assicurazione avesse la gente, ma era generalmente malvisto iniziare a uscire con qualcuno una volta che sapevi che era un cliente.

Se volevo la promozione, decisamente non dovevo stare sul filo del comportamento accettabile al lavoro.

«In realtà non bevo caffè,» dissi. Non avevo idea di come rispondere. Mi sentivo come se conoscessi un segreto che lui non sapeva. Certo che lo conoscevo. Sapevo chi ero io e sapevo chi era lui. Pensava che la mia voce corrispondesse al resto di me. Si sarebbe aspettato una top model e avrebbe avuto una balena spiaggiata.

Xander rise piano, un suono che mi riempì. Potevo immaginare il suo sorriso, il sorriso che aveva tormentato i miei sogni. Volevo vedere quel sorriso di persona. Morivo dalla voglia di incontrarlo. Non sapevo spiegarlo. C'era qualcosa di diverso in lui. Qualcosa che mi spingeva a dire di sì.

«Non devi mica bere caffè. Potremmo uscire per una birra o, che ne so, per un bicchiere d'acqua, per quel che mi riguarda.»

Risi. Era affascinante. La cosa mi scaldò. No, mi accese. Quel genere di calore che ti fa bruciare all'inferno. Non stava dicendo niente di particolarmente affascinante, ma già morivo dalla voglia di lui.

«Adoro il suono della tua risata. Dio, voglio vedere il sorriso sul tuo viso quando ridi. Posso solo sognare quanto tu sia bella.»

Aprii la bocca per dirgli la verità. Per dirgli che non ero la donna che pensava che fossi. Meritava la verità prima che provasse a invitarmi a uscire.

Giusto?

«Scusami. Immagino che sia un po' inquietante, vero? Che ne dici se ci conoscessimo un po' meglio? Ti dirò tutto quello che vuoi sapere su di me, così capirai che non sono un tipo losco. Ho una sorella più piccola e le farei una ramanzina di giorni se uscisse con un ragazzo che la invita come sto facendo io. Ho ventinove anni. Lavoro per la Colton Construction come project manager. Ho una laurea in ingegneria elettrica presa all'Università di Buffalo. I miei genitori sono sposati da quasi trentacinque anni e mia sorella ne ha ventitré.»

Fece un respiro profondo. Chiusi gli occhi e immaginai il suo fiato scivolare sulla mia pelle. Lo ascoltai respirare, come se stesse cercando di capire cosa dirmi dopo. Continuò.

«Al liceo ero un po' un piantagrane. Ero il lanciatore di punta della squadra di baseball del liceo e il portiere della nostra squadra di calcio. Sono andato alla Orchard Park High School e i miei genitori e mia sorella vivono ancora a OP. Pensavo di poterla fare franca con qualsiasi cosa perché ero una stella dello sport. Bevevo e lanciavo carta igienica sulle case quasi ogni fine settimana. I miei amici erano pazzi quanto me, quindi pensavo che fossimo normali.»

Ridacchiò, ricordando i suoi stupidi giorni di gioventù. Ero un po' gelosa. Non avevo quei ricordi. Al liceo io e Claire eravamo migliori amiche, ma lei stava con BJ. Quando le cose tra loro andarono male, lei e io passammo la maggior parte dei fine settimana a casa mia o sua. Non voleva uscire perché BJ aveva detto a tutti un sacco di bugie sul suo conto. Claire voleva solo finire il liceo senza dover avere a che fare con nessuno. Onestamente, era tutto ciò che avevo sempre voluto anch'io.

«All'università ho messo la testa a posto. Per i primi due anni sono stato altrettanto pazzo, ma alla fine ho capito che non mi stavo facendo alcun favore. Al terzo anno mi sono trovato con un coinquilino che era concentrato sul suo lavoro. Eravamo nello stesso corso e lui spaccava, mentre io ero a un passo dall'essere cacciato. Sapevo che se non mi fossi dato una regolata non mi sarei laureato.»

Il telefono si fece ovattato e mi chiesi se stesse parlando con qualcun altro. Dopo un secondo lo sentii starnutire e poi tornò al telefono.

«Scusami,» disse, con un tono imbarazzato.

«Salute,» gli dissi con un sorriso. Per qualche ragione, sentirlo starnutire lo rese più umano. Come se mi fossi dimenticata che anche i ragazzi fighi starnutiscono.

«Grazie. Comunque, il mio coinquilino mi diede ripetizioni per il primo semestre del nostro terzo anno e risollevò i miei voti da schifo. Dopo di che, divenne un gioco tra me e Drew a chi prendeva il voto migliore. La maggior parte delle volte mi batteva lui, ma gli davo del filo da torcere. Siamo ancora buoni amici oggi.»

Ascoltai in silenzio. Mentre parlava, cliccai di nuovo sul suo profilo Facebook, guardandolo mentre raccontava. Mi sorprese che a uno stupendo come lui potessero importare cose come i voti. Di solito, era una cosa riservata a persone che non potevano fare affidamento sul proprio aspetto. Persone come me.

«Quindi ora ho una casa mia, ho una Jeep mia e lavoro sodo. Amo il mio lavoro. Lavoro con Drew, il mio coinquilino dell'università, e sogniamo di poter aprire un giorno la nostra società di restauro di case. Lavoriamo per l'impresa edile perché è un lavoro abbastanza stabile, ma ci piacerebbe poter entrare e riportare in vita qualcosa di vecchio invece di partire da zero. Immagino non sembri così interessante, ma io e Drew lavoriamo bene insieme e ci piacerebbe fare qualcosa di nostro.»

«Lo capisco benissimo. Voglio dire, non fa per me. A me piace molto il mio lavoro, ma posso capire il voler lasciare la propria impronta su ciò che si fa.»

«Esatto. Proprio così. So che sto facendo un buon lavoro dove sono, ma potrei fare molto di più se non dovessi dare una parte della mia paga all'azienda. In più, mi piacerebbe lavorare un po' di più con il cliente. Così come stanno le cose, entriamo in una casa in costruzione, la cabliamo, ma non abbiamo mai niente a che fare con il proprietario. So che dobbiamo seguire le normative, e lo facciamo, ma sarebbe bello sedersi e pianificare le cose con il proprietario di casa o entrare e aiutare qualcuno quando ha un problema. Sento di non usare affatto la mia istruzione e questo mi infastidisce. Ho lavorato sodo per ottenerla e mi piace risolvere problemi.»

Mi ritrovai a sorridere. Sembrava meraviglioso. Ogni volta che diceva qualcos'altro, mi veniva voglia di incontrarlo e parlargli di persona. Volevo dirgli tutto di me e imparare tutto quello che c'era da sapere su di lui.

Quando chiese, «Adesso che sai di più su di me, pensi che uscirai con me?» non ebbi altra scelta che dire: «Sì.»

«Davvero? Fantastico,» disse. Potevo sentire il suo sorriso

e questo ne portò uno sulle mie labbra. Avevo appena accettato un appuntamento con un ragazzo davvero carino e lui ne era entusiasta. «Che ne dici di questo fine settimana?»

Panico! Non c'era modo che potessi incontrarlo nel fine settimana. Il fine settimana sarebbe iniziato tra circa venti minuti. Non sarei stata pronta a incontrare un ragazzo figo in meno di ventiquattr'ore. Se mai lo fossi stata.

«Questo fine settimana non posso,» mentii. «Sei libero martedì sera?»

Fece una pausa e temetti di aver rovinato tutto. Forse avrei dovuto uscire con lui nel fine settimana. Ma poi non avrei avuto alcun rinforzo. Tutti i miei amici erano impegnati, o a lavorare o avevano qualcos'altro da fare. Avevo bisogno che almeno uno di loro fosse disponibile ad accompagnarmi, o a sostenermi quando tutto fosse andato a rotoli.

«Martedì per me va bene. Di solito stacco dal lavoro verso le quattro. Immagino che tu lavori fino alle cinque, quindi che ne dici se ci vediamo alle sei? Dove vuoi andare? Visto che non ti piace il caffè,» mi prese in giro.

Sorrisi di nuovo. Stava iniziando meglio di quanto mi aspettassi. Mi stava facendo sorridere così tanto che mi facevano male le guance. «Che ne dici del Cooler Coffee?»

«Aspetta un attimo?» rise. «Hai detto che non ti piace il caffè e ora vuoi andare in una caffetteria? Che significa?»

Risi di nuovo. Il fatto che mi prendesse in giro era un buon segno. Si sentiva già abbastanza a suo agio con me da scherzare. Sì, potevo farcela. Potevo divertirmi con un uomo.

Un uomo figo.

Che non aveva idea di che aspetto avessi.

Prima di perdere il coraggio dissi: «Mi piace la cioccolata calda. Se vuoi andare da un'altra parte possiamo…»

Rise di me, la vibrazione mi solleticò l'orecchio come se il suo fiato mi stesse davvero sfiorando. «Il Cooler Coffee sembra fantastico. Ci vediamo martedì alle sei.»

«Sì, martedì alle sei. Ciao Xander.»

«Ciao Mandy.»

Riattaccai il telefono sorridendo. Non riuscivo a smettere. Non solo aveva placato le mie preoccupazioni sull'uscire con un perfetto sconosciuto, ma mi aveva fatto ridere. Non vedevo davvero l'ora di incontrarlo.

Finché non mi voltai.

Melody era proprio dietro di me, si esaminava le unghie e fissava il mio computer.

Che aveva ancora il profilo di Xander aperto su Facebook.

«È quello il ragazzo con cui stavi parlando? Quello con cui uscirai martedì?»

Mi affrettai a chiudere la scheda prima che potesse vedere altro. Come il suo nome.

«Sa che aspetto hai? Sa in che guaio si sta cacciando?» _

«Che te ne importa?» le sbottai contro.

Un sorriso malvagio le attraversò le labbra. Sembrava una Barbie diabolica. «Quindi non gli hai detto che sei *grassa*. Pensi davvero che un ragazzo che assomiglia a *lui* vorrà stare con una come te? Voglio dire, davvero?»

«Lasciami in pace, Melody,» dissi bruscamente. Le voltai le spalle, concentrandomi di nuovo sul computer e finalizzando le ultime scartoffie che dovevo fare prima di poter andare a casa. Dopo qualche istante sentii il ticchettio dei suoi tacchi mentre tornava al suo cubicolo. Ogni passo sembrava un colpo al cuore.

Troppo grassa.

Troppo grassa.

Troppo grassa.

A cosa stavo pensando? Certo che Melody aveva ragione. Non che volessi sentirmelo dire da lei. Persino Addi aveva pensato che fosse fuori dalla mia portata quando aveva visto la sua foto. Non lo aveva detto esplicitamente, ma era piuttosto ovvio dal tono della sua voce.

Potevo provare a convincermi che Xander Carlson fosse diverso, ma in realtà non ne avevo idea. Era probabile che fosse uno stronzo. Uno stronzo colossale. Mi venne voglia di cancellare l'appuntamento.

Merda, mi chiesi, perché avevo accettato?

Mi ero detta per tutta la settimana che non avevo bisogno di lui, ma non appena avevo sentito la sua voce ero stata pronta a fare qualsiasi cosa dicesse. Ero debole. Era passato un po' di tempo dall'ultima volta che un uomo mi aveva mostrato la minima attenzione, e la cosa mi aveva attirata. Dio, che stupida.

Ma senza il suo numero non avevo modo di disdire. Se non mi fossi presentata affatto, sarei stata io la stronza. Se mi fossi presentata, sapevo che mi sarei fatta male. Ma era troppo tardi.

Il mio primo appuntamento con Xander Carlson era fissato.

CAPITOLO 4

Per tutto il weekend fui paranoica. E se non gli fossi piaciuta? E se se ne fosse andato non appena mi avesse vista? E se Melody avesse avuto ragione? Arrivato martedì, mi'ero talmente suggestionata riguardo al nostro appuntamento che niente riusciva a mettermi di buonumore.

Avevo' segretamente sperato che Xander chiamasse lunedì o martedì per dirmi che doveva annullare il nostro appuntamento, ma non lo fece mai. Con l'avvicinarsi di martedì pomeriggio, cominciai ad andare fuori di testa. Sul serio. Stavo impazzendo.

Appena scoccarono le cinque, fui fuori dalla porta. Di solito mi' assicuravo che le cose fossero in ordine per il giorno dopo, ma quel giorno non mi' presi il tempo. Dovevo arrivare presto al Cooler Coffee per parlare con le mie ragazze. Sapevo che non' sarei sopravvissuta all'appuntamento senza il loro supporto.

Pochi minuti dopo, irruppi nel locale. Addi era già seduta da sola a un tavolo e guardava lo smartphone. Ordinai la mia cioccolata calda e i miei cupcake, poi la raggiunsi.

«Sei qui in anticipo», disse Addi con un sorriso. «Di solito sto sola per qualche minuto. Stai davvero bene oggi.»

L'enormità del mio appuntamento mi travolse e quasi mi misi a piangere. Ancora non' potevo credere che sarei uscita con lui. O che lo avrei incontrato. Sembrava tutto un sogno, un brutto sogno, ne ero sicura. Persino i miei vestiti indicavano che stava succedendo qualcosa.

Non' avevo parlato con nessuno per tutto il weekend. Addi allenava le squadre di tennis e lacrosse della scuola ed era anche istruttrice privata. Uno dei club dove insegnava aveva aperto durante il weekend e lei aveva lavorato dall'alba al tramonto per far iscrivere nuovi studenti.

Anche Sam e Claire avevano lavorato per tutto il weekend. Mi sentivo strana ad avere un evento così importante, almeno per me, senza che nessuna delle mie amiche ne avesse idea.

«Mi' vedo con Xander. Mi ha chiamata venerdì e mi ha invitata a uscire. Ci' vediamo qui stasera.»

"Sbigottita"' non iniziava nemmeno a descrivere l'espressione sul volto di Addi'. Era completamente sbalordita, come se l'idea che io uscissi con un ragazzo così figo non fosse solo incredibile, ma anche un errore madornale.

La sua faccia era il ritratto di come mi sentivo dentro negli ultimi quattro giorni. Era così grave che' avevo perso quasi un chilo e mezzo perché ero troppo ansiosa per tutta la faccenda.

Sventolai la mano davanti al viso di Addi', cercando di nuovo la sua attenzione. Lei sbatté le palpebre rapidamente, poi si concentrò su di me. «Wow. Scusa, ho solo immaginato come sarebbe avere un appuntamento con uno che assomiglia a lui. Sei nervosa? Io' sarei un disastro.»

Annuii. Nervosa, terrorizzata, sul punto di vomitare. Tutto applicabile.

«Nervosa per cosa?» chiese Sam sedendosi accanto ad Addi. Non' l'avevo notata entrare. I folti capelli castani di Sam' rimbalzarono mentre si lasciava cadere sulla sedia. Osservai, ipnotizzata, i suoi capelli che si sistemavano.

«Mandy si' vede con Xander qui. Stasera», dichiarò Addi, enfatizzando 'stasera'.

Sam si voltò verso di me, un sorriso che le aleggiava sulle labbra e gli occhi che scintillavano di malizia. «Davvero?» disse strascicando le parole. «Molto interessante. Perché si vede con te qui?»

Sbuffai la mia frustrazione. «Lo sai perché, Sam. Voleva uscire durante il weekend ma non' potevo farlo sapendo di non' avere nessuna di voi da chiamare se le cose si fossero messe male. Ho chiesto di vederci qui così posso demolirlo per essere uno stronzo superficiale quando deciderà che sono' troppo grassa per stare con uno figo come lui.»

«Non credo che tu gli stia dando abbastanza credito, Mandy», ribatté Sam. «Ti ha mai chiesto che aspetto hai? Ti ha dato qualche indicazione che non' sarebbe uscito con te se non' fossi stata magra e attraente? Se l'ha fatto, di certo non ce l'hai detto.»

Scossi la testa e cominciai a controbattere: «Continuava a dirmi quanto fosse bella la mia voce e che non' vedeva l'ora di vedermi di persona per associare il mio viso alla mia voce.»

«Chi è che associa il tuo viso alla tua voce?» chiese Claire mentre prendeva posto accanto a me. «E perché sei qui prima di me?» mi prese in giro.

«Mandy ha' un appuntamento con il figo di cui ci ha parlato la settimana scorsa, ma pensa che sarà uno stronzo, quindi si vede con lui qui stasera per non' essere sola quando lui le dirà che è troppo grassa per lui. È più o meno così?» disse Addi a Claire.

Le feci una linguaccia. Aveva' perfettamente articolato i miei sentimenti, ma non' doveva essere così negativa al riguardo. «Addi, sei tu quella che ha fatto sembrare che fosse completamente fuori dalla mia portata. E sono d'accordo con te. È fuori dalla mia portata. Sono rimasta sbalordita quando ha chiamato venerdì. Ha iniziato a raccontarmi un sacco di cose su di sé, tipo del suo passato e dei suoi sogni per il futuro. Ha una sorella e ha detto che si' sarebbe incazzato se lei avesse accettato di uscire con qualcuno che' l'avesse invitata nel modo in cui lui ha invitato me. Ha iniziato a dirmi tutte queste cose per non' farmi avere paura di incontrarlo.»

Le mie amiche si scambiarono sguardi preoccupati. «Ti piace, non è vero?» chiese Sam.

Abbassai lo sguardo sulle mie mani e giocherellai con lo smalto rosa che' avevo applicato con cura durante il weekend e poi distrutto con i nervi. «Sembra un bravo ragazzo», dissi loro in modo vago.

Mi guardarono, come se stessero aspettando qualcosa. Capivano che stavo mentendo spudoratamente e aspettavano che mi tradissi da sola, ma io non' stavo abboccando all'amo. Le avrei lasciate lì ad aspettare.

E per ogni evenienza, mi ficcai in bocca un enorme boccone del mio cupcake.

«Stai bene», disse Claire. «Ti' ho sempre adorata con quel vestito.»

Sorrisi. Mi stava provocando, ma stava funzionando. Claire sapeva che stavo indossando il mio vestito preferito. Il morbido colore rosso si abbinava alle sfumature più scure dei miei capelli e metteva in risalto la mia pelle chiara. Aveva una scollatura arricciata che scendeva abbastanza da essere sexy, ma non così tanto da essere volgare. Le maniche ad aletta mi permettevano di indossare un reggiseno, cosa molto importante per le ben dotate. L'avevo abbinato a degli stivali neri alti fino al ginocchio che sfioravano appena l'orlo del vestito.

Ero sexy.

Beh, per quanto potessi esserlo.

Anche i miei capelli collaboravano, con i miei morbidi ricci che rimbalzavano perfettamente sulle spalle. Indossavo gioielli semplici e un trucco leggero, ma era tutto diverso. Non' era il mio solito modo di vestire. E loro lo sapevano.

Davo l'impressione di sforzarmi troppo.

«È un idiota se non gli piaci» disse Addi all'improvviso. «Sei splendida e sei una persona fantastica. Gli piace già il tuo carattere, o quello che conosce di te. Se ti dà buca, andremo tutte sulla sua pagina Facebook a dire a tutti che stronzo è.»

Mi salirono le lacrime agli occhi al pensiero che le mie amiche si sarebbero esposte per me. Poteva sembrare una cosa da poco, ma per me era un gesto enorme. Sapere che credevano in me abbastanza da pensare che meritassi qualcuno come lui.

Volevo crederci anch'io.

«Parliamo d'altro» proposi, sperando che capissero l'antifona e che non volevo pensare a Xander per un po'. Diedi un'occhiata al telefono e vidi che sarebbe arrivato in soli venti minuti. Dovevo rilassarmi prima del suo arrivo, altrimenti avrei rischiato di sudare da bagnare il vestito.

Per fortuna capirono il mio umore e iniziarono a parlare del tempo che si era fatto più mite. «Addi, farai lezione all'aperto questa settimana? Dovrebbe essere bellissimo. Mi è sempre piaciuto quando i miei insegnanti ci lasciavano uscire per la lezione.»

Addi rise piano all'idea di Sam. «Piacerebbe molto anche a me, ma è difficile per la mia materia. Se insegnassi English o anche storia, funzionerebbe, perché si potrebbe uscire e leggere o ascoltare una storia o persino una lezione. Io uso così tanto la lavagna, per non parlare degli esperimenti, che non so come potrei insegnare all'aperto. Devo poter mostrare ai miei studenti su cosa sto lavorando. Se non lo vedono, non lo capiranno mai.»

«È strano insegnare senza libri?»

All'inizio dell'anno Addi aveva detto che la sua scuola era passata al digitale e non forniva più libri agli studenti. Faceva risparmiare dei soldi ai contribuenti, dato che non compravano più libri, ma Addi era preoccupata che sarebbe stato più difficile per gli alunni.

Lei scrollò le spalle. «Pensavo che sarebbe stato stranissimo, ma credo di essermi abituata. I genitori, però, lo odiano perché devono cercare tutto online per capire come aiutare i figli. Alcuni dei miei alunni non fanno mai i compiti perché non hanno internet a casa e non possono cercare le cose online.»

«Davvero?» chiese Sam. «Non riesco a immaginare di non avere internet sempre a disposizione. Diavolo, abbiamo internet nel palmo della mano e questi ragazzi non ce l'hanno a casa. I genitori sono contrari o non possono permetterselo?»

«Non possono permetterselo. Alcuni stati offrono internet a basso costo o gratuito per gli studenti che usufruiscono della mensa a prezzo ridotto. Credo che New York ci stia pensando. Devono farlo se non vogliamo più dare i libri. Penso che sia fantastico per i ragazzi, ma la scuola avrebbe dovuto mettere a disposizione una qualche risorsa online, se voleva togliere i libri. Finisco per mettere insieme lezioni da una varietà di siti e cerco di mandare a casa gli indirizzi web ogni giorno, ma diventa faticoso.»

Le ascoltai parlare di scuole, poi Sam ci aggiornò sul suo incontro con la sua sposa da incubo. Claire aveva qualche nuova storia da condividere sulle cose pazzesche che la gente cerca di portare a bordo di un aereo. Per tutto il tempo in cui parlarono, io guardai la porta. Sapevo che avrei riconosciuto Xander appena fosse entrato. Avevo di sicuro fissato abbastanza a lungo le sue foto su Facebook.

Stavo ascoltando una delle storie di Claire quando lui arrivò. All'inizio non lo guardai, perché l'uomo che stava entrando era così stupendo che faceva quasi male guardarlo. Poi mi resi conto che era Xander.

Scrutò rapidamente il locale, i suoi occhi che passavano oltre il nostro tavolo. Il cuore mi sprofondò quando capii che non mi aveva degnata di uno sguardo. Vide un gruppo di ragazze grasse e guardò oltre, per trovare qualcuna di migliore.

Lo osservai mentre si avvicinava al bancone. Si appoggiò, con i jeans che minacciavano di scivolargli dai fianchi stretti. Il suo volto si illuminò di un sorriso immediato quando la barista gli si rivolse.

Era un dongiovanni.

Fantastico.

I capelli scuri erano tagliati corti, più corti che nelle foto, ma gli stavano bene. La sua mascella spigolosa era contornata da una barba rada, come se non riuscisse a decidere se farsela crescere o no. Indossava una maglietta a maniche lunghe con i jeans, di un colore verde sbiadito che faceva sembrare verdi i suoi occhi nocciola. Mi ficcai in bocca il resto del mio secondo cupcake per impedirmi di sbavare. Era girato di profilo rispetto a me, così vidi la fossetta sulla sua guancia sinistra, il rigonfiamento dei muscoli del petto che tendevano la maglietta, le leggere increspature dei suoi addominali e il volume delle sue braccia.

Cazzo, poteva far venire una ragazza solo standosene lì.

Non volevo pensare che fosse sexy. Di certo non così sexy. Avevo sperato che le foto fossero vecchie e che si fosse un po' ammorbidito, magari diventato leggermente meno stupendo. Neanche per sogno.

Chiese alla barista se qualcuno era entrato a cercarlo. Lei scosse la testa tristemente, come se gli avesse messo gli occhi addosso. Come si poteva non farlo? La ringraziò per il caffè e si diresse al tavolo nell'angolo anteriore, proprio accanto alla porta. I jeans gli si tesero sul sedere perfetto mentre camminava e le mie dita fremettero, desiderando sentire quei muscoli tra le mani.

Quando si sedette, si guardò di nuovo intorno, poi tirò fuori il telefono, probabilmente per scrivere al suo amico Drew.

Merda, odiavo sapere che fosse un ragazzo perfetto.

Con Xander seduto al suo tavolo, finalmente mi resi conto che al mio erano tutti in silenzio. Le mie amiche avevano smesso di parlare e mi stavano fissando. «Che c'è?» sbottai.

«Hai intenzione di andare a parlargli?» chiese Addi con un sorrisetto.

«Vacci tu a parlargli» sbottai di nuovo. «Sei tu quella magra.»

Sbuffò una risata e inarcò un sopracciglio verso di me. «Magra è un termine relativo in questo gruppo. Andiamo, Mandy, hai accettato questo appuntamento. Vai là e conosci quel figo. Se fosse il mio appuntamento, sarei già in braccio a lui.»

La guardai come per dire che sapevo che stava dicendo cazzate. «Non potrebbe reggermi.»

«Per come lo stavi fissando, so che hai visto quei muscoli. Probabilmente potrebbe reggerci tutte. Fortunatamente per te, non condivido i miei uomini né li rubo alle mie amiche. Inoltre, è qui per conoscere te.»

«No, non lo è» dissi con delusione. «È qui per incontrare la versione sexy di me. La versione che pesa circa la metà di me.»

«Mandy, è qui per conoscere te. Ora, va' e dai a quel figo

la possibilità di dimostrare che non è lo stronzo che pensi che sia» mi rimproverò Sam.

Sbuffai la mia irritazione e mi alzai, dirigendomi verso di lui.

Per qualche motivo, sapevo che la mia vita non sarebbe più stata la stessa.

CAPITOLO 5

XANDER NON MI VIDE ARRIVARE. Non alzò mai lo sguardo dal telefono. Ero al suo tavolo, nel tentativo di capire cosa dire, e lui ancora non sapeva che fossi lì.

Stupidamente, avevo lasciato la mia cioccolata calda, ormai fredda, al mio tavolo. Insieme alla borsa e al mio buonsenso.

Alla fine mi schiarii la gola e dissi: «Xander?».

Alzò lentamente lo sguardo, soppesandomi mentre i suoi occhi si posavano sui miei. Fu come una carezza lenta e pigra. Una di quelle che mi fece accendere tutto il corpo. I suoi occhi mi sorrisero e le labbra gli si incurvarono, come se stesse cercando di decidere cosa farne. «Sì? Sei Mandy?».

Si raddrizzò sulla sedia quando annuii. Indicò la sedia di fronte a sé e io mi sedetti, passando le mani sul vestito nel tentativo di calmare i nervi. Mi osservava, seguendo ogni mio movimento e rendendomi ancora più ansiosa.

«È bello dare un volto a quella bellissima voce. Grazie di essere venuta».

La formalità del suo tono mi spiazzò. Già, dopo pochi secondi, mi stava liquidando.

«Perdonami, posso offrirti una cioccolata calda?». Si era già quasi alzato, prima che scuotessi la testa. Cosa significava il fatto che si ricordasse che mi piaceva la cioccolata calda ma non il caffè? Era un buon segno?

«Ne ho già presa una. Grazie».

Si rimise a sedere, e i jeans si tesero sulle sue cosce, attirando il mio sguardo. La mia attenzione scivolò tra le sue gambe fino al piccolo rigonfiamento all'apice dei jeans. Non era duro, solo enorme.

Quando si sedette, alzai di nuovo gli occhi sul suo viso e mi accorsi che mi stava fissando. «Non ti ho vista entrare. Stavo cercando di tenerti d'occhio».

Sembrava gentile, ma c'era qualcosa nella sua voce che mi turbava. Non era irritazione o rabbia, era delusione. Certo.

«In realtà, ero già qui. Io e le mie amiche ci troviamo qui ogni martedì, quindi ero già arrivata quando sei entrato tu».

Accidenti, sembravo così formale. Non sembravo io. Odiavo il fatto che mi stesse rendendo così nervosa. Volevo non curarmene, liquidarlo come sapevo che lui stava liquidando me, ma dentro mi stavo mangiando le mani per essere venuta.

Avrei dovuto immaginarlo.

I suoi occhi si spostarono dietro di me, dove erano sedute Addi, Claire e Sam, che sicuramente ci stavano guardando a bocca aperta. Fece un breve cenno nella loro direzione e io sentii il suono sommesso delle loro risatine. Avevano un debole per i ragazzi fighi.

Poi puntò di nuovo i suoi occhi su di me.

Già, anch'io avevo un debole per i ragazzi fighi.

Ero spacciata.

«Allora non ti fidavi, eh? Temevi che fossi uno psicopatico?» scherzò. Gli angoli della sua bocca si sollevarono mentre portava la tazza alle labbra. Osservai le sue labbra incurvarsi attorno al bordo della tazza e desiderai di poter essere io quella tazza.

Mi sforzai di trovare una scusa ragionevole per il fatto di essere lì con le mie amiche, qualcosa che avesse un senso. Qualcosa di meglio della verità. Non potevo ammettere che mi aspettavo che fosse superficiale e non interessato a me per via del mio aspetto. L'unica cosa più umiliante del fatto che non mi volesse perché ero grassa, sarebbe stato sentirglielo ammettere in faccia.

«Sono solo prudente. Se ti fossi rivelato uno stronzo, volevo avere le mie amiche qui per non dover affrontare la cosa da sola».

Inclinò la testa di lato, con uno sguardo interrogativo negli occhi. «Davvero? Perché pensavi che fossi uno stronzo? È per qualcosa che ho detto? Mi dispiace se ci sono andato troppo pesante».

«No, non è per quello, è solo che... è solo che di solito non ho molta fortuna con gli uomini. Tendo a essere cauta quando incontro qualcuno di completamente nuovo. Se avessi saputo qualcosa di te, non ci avrei pensato due volte a incontrarti da sola».

Annuì, dandomi ragione, ma qualcosa nei suoi occhi mi impedì di credere che avesse capito.

«Capisco, ma è per questo che ti ho raccontato un po' di me. Perché ti fidassi. Pensavo che volessi essere qui, ma a sentirti sembra che ti ci abbia costretta».

Non potevo credere che lo stesse facendo. Stava rigirando tutto ciò che dicevo per far sembrare che fossi io quella non interessata all'appuntamento. Che fossi io a respingerlo. In questo modo si ripuliva la coscienza e poteva andarsene credendo che fosse stata colpa mia.

«Ho accettato di mia spontanea volontà. Apprezzo le informazioni che mi hai dato ma, devi ammetterlo, non mi dicono molto su chi sei veramente. So dove lavori, che hai una sorella e dove sei cresciuto, ma non ti conosco davvero».

Il suo sguardo era come ghiaccio che mi scorreva sulla pelle. Mi fece venire la pelle d'oca sulle parti esposte e mi fece drizzare i capezzoli. Aveva un'aria predatoria, come se si preparasse a rivendicare il suo possesso su di me. Come se fosse incazzato e possessivo allo stesso tempo.

Non avevo mai avuto un uomo che mi guardasse in quel modo.

E mi piaceva.

«Cosa vuoi sapere? Ti dirò qualsiasi cosa».

Lo squadrai con cautela. Ciò che la gente dice e ciò che fa possono essere due cose molto diverse. Non lo conoscevo ancora e non avevo idea se avrebbe davvero risposto alle mie domande, ma pensai di fare un tentativo.

«Quanto è durata la tua ultima relazione?».

«Sei mesi», rispose senza battere ciglio. Se era sorpreso che avessi iniziato da lì, non lo diede a vedere.

«Quando è finita?».

«Quattro mesi fa. E prima che tu me lo chieda, l'ho lasciata io perché mi sono reso conto che non era giusta per me. Non mi faceva più ridere».

«Qual è la cosa più importante in una relazione?».

«La compatibilità,» rispose, guardandomi dritto negli occhi. Cercai di leggere qualcosa nel suo sguardo, di capire se pensava che fossimo anche solo lontanamente compatibili, ma non ne avevo la più pallida idea.

«Che cosa costituisce la compatibilità per te?».

«Beh, dev'essere una persona con cui posso avere una conversazione. Qualcuna con cui posso parlare e andare d'accordo. Mi piace una donna sicura di sé e che sa chi è, che non cerca sempre un uomo, un lavoro o gli amici per definirsi. Voglio una persona a cui piacciono alcune delle cose che piacciono a me, ma che sia aperta a nuove attività».

«E il sesso?».

Si fermò, la tazza di caffè a un centimetro dal tavolo. La posò con cautela e incrociò i miei occhi; il suo verde fangoso mi risucchiò, facendomi dimenticare sia dove fossimo sia che ci eravamo appena conosciuti. «Cosa c'entra il sesso, Mandy?».

Il mio nome sulle sue labbra era paradisiaco. Volevo sentirlo di nuovo, una parola dolce e perfetta che avrebbe potuto essere un suono appassionato o sprezzante, ma tutto ciò che sentii fu passione.

Stava giocando con me?

«Il sesso è importante per determinare la compatibilità?».

Prese un sorso di caffè, osservandomi mentre ponderava le sue prossime parole. Ero sicura che pensasse che gli stessi facendo delle avance, che gli stessi dicendo che ero pronta e disponibile. Certo che lo avrebbe pensato. La ragazza grassa era disperata, quindi perché non avrebbe dovuto implorare di farlo.

«Il sesso è molto importante per determinare la compatibilità. Ma penso anche che sia una delle ultime cose da capire, per vedere se funziona. La prima cosa che noto in una donna è il suo sorriso. È per questo che volevo incontrarti. La tua risata mi ha fatto credere che avresti avuto un sorriso magnifico».

Stava accuratamente evitando proprio quello che volevo mi dicesse. Volevo che lo tirasse fuori. Che mi dicesse semplicemente che ero una vacca grassa e brutta e che non mi avrebbe mai voluta. Era tutto ciò che volevo da lui, ma non lo diceva.

Immagino di dovergli dare atto di essere diplomatico.

«Dopo il sorriso, cosa noti in una donna? Fisicamente».

«Fisicamente?» chiese inarcando un sopracciglio. «È una specie di progetto di ricerca o qualcosa del genere? Mi sento come se stessi facendo un test».

Nessuno dovrebbe essere così affascinante con un sopracciglio inarcato. La maggior parte delle persone sembrava ridicola, ma su Xander nulla lo era. Era semplicemente sexy da morire. Mi stava prendendo in giro, mi tormentava per farmi arrivare a porgli la domanda diretta che stavo cercando di evitare.

«Ti piacciono le ragazze grasse? Come me? Sputiamo il rospo.»

Xander si appoggiò allo schienale della sedia. All'improvviso, la presa in giro e l'umorismo scomparvero dal suo viso e una quieta serietà prese il sopravvento sui suoi lineamenti. Appariva minaccioso, forte. E incazzato.

«Non direi che sei grassa, Mandy, ma onestamente, non ho mai pensato molto alla taglia delle donne con cui esco. Cerco una donna della cui compagnia io possa godere e parto da lì.»

«Davvero? Quindi sei uscito con donne grasse prima d'ora» gli ringhiai contro. La sua risposta evitava ciò che volevo sapere e lui lo sapeva. Stava cercando di scaricarmi con delicatezza e la cosa mi stava facendo incazzare. Dimmi solo la dannata verità.

Il suo sguardo mi sorvolò, come per cercare di capire quanto fossi grossa. Rimasi seduta rigida, con la mascella contratta in una linea dura per mostrargli che non sarei stata una facile qualunque da portarsi a letto e dimenticare. Non mi avrebbe fregata.

«La maggior parte delle donne con cui sono uscito erano magre, sì. Direi che sei la più in carne con cui sia mai uscito.»

Annuii, sforzandomi di trattenere le lacrime che sentivo bruciarmi gli occhi finché non me ne fossi andata. «È quello che pensavo. Beh, grazie per avermi ricordato qual è il mio posto nel mondo.»

Mi alzai e tornai al mio tavolo, dove le mie amiche mi fissavano a bocca aperta. Afferrai la borsa e mi diressi dritta in bagno, ignorando Xander che mi chiamava per nome e gli sguardi delle mie amiche.

In bagno lasciai cadere qualche lacrima. Fu un bene lasciarle uscire, per liberare il dolore che provavo. Anche se sapevo che non sarei piaciuta a Xander, mi ferì sentire che non sarebbe mai uscito con una donna grassa. Non so perché mi fossi presa il disturbo di uscire con lui, in primo luogo. Era stato davvero stupido da parte mia.

Dopo qualche minuto, mi ricomposi, mi schizzai dell'acqua fredda sugli occhi e mi rimisi il mascara. Uscii dal bagno a testa alta e andai dritta al mio tavolo. Non fu una grande sorpresa trovare vuoto il tavolo di Xander.

La sorpresa fu il modo in cui reagirono le mie amiche.

«Perché sei stata così cattiva con lui?» chiese Claire. «È stato gentile con te.»

«Ovviamente non l'hai sentito dire che esce solo con ragazze magre. Se quello non era un modo per liquidarmi, non so cosa fosse.»

Claire mi mise un braccio intorno alle spalle e mi strinse. «Mi'dispiace. Volevo credere che potesse essere diverso. Io, più di chiunque altro, dovrei saperlo.»

Le passai un braccio dietro la schiena e la abbracciai. «Non era così, Claire. Spero che un giorno tu possa fidarti di nuovo degli uomini.»

Claire fece un gesto noncurante con la mano. «Qui non si tratta di me e delle mie pazzie. Si tratta di te e delle tue.»

Risi, sentendomi già meglio. «Pensavo che forse sarebbe stato diverso. L'altro giorno Melody mi ha detto che lo stavo ingannando non dicendogli che aspetto avevo. Avevo iniziato a credere che avessi ragione tu, Addi, sul fatto che non gli importasse del mio aspetto perché non me l'aveva mai chiesto. Purtroppo, sembra che quella stronza compiaciuta avesse ragione.»

Le mie amiche sembravano tutte mortificate, incerte. Si

erano trovate tutte nella mia stessa situazione, a pensare che potesse esserci una possibilità con un uomo e a vedersi sbattere in faccia che siamo troppo grasse per essere amate.

Faceva ancora male.

Ogni.

Singola.

Volta.

Parlammo ancora per qualche minuto, tutte d'accordo che Xander era carino ma non ne valeva la pena. Le mie amiche mi dissero di andare avanti e di vivere la mia vita.

E per un secondo o due pensai di poter tornare indietro. Pensai che sarebbe stato perfettamente normale tornare a casa e stare bene.

Quando tornai a casa quella notte, la mia gatta, Zada, mi stava aspettando. Sorrisi al suo miagolio e le permisi di guidarmi in cucina.

Amavo il mio appartamento. L'avevo comprato due anni prima ed era casa mia, in tutto e per tutto. L'unica cosa che desideravo avesse era un garage, ma a parte quello, per me era perfetto.

Nell'angolo della cucina aprii la porta della dispensa e tirai fuori il sacchetto di cibo per gatti. Zada mi si attorcigliò tra le gambe mentre le versavo il cibo e le mettevo la ciotola davanti. Mi voltai verso il resto della cucina, cercando di decidere se volessi mangiare qualcosa.

Il mio lato imbarazzato voleva evitare la cena. Saltare qualche pasto probabilmente mi avrebbe aiutata a perdere qualche chilo. Forse se avessi saltato abbastanza pasti sarei dimagrita al punto che qualcuno mi avrebbe trovata bella.

Il mio lato pratico diceva che stavo delirando. Ero sempre stata grassa e ormai faceva parte di me. Non volevo ammettere quanto fosse deprimente. Sentii che qualcosa dentro di me si era spezzato. Come se avessi riposto tutte le mie speranze per il futuro in un ragazzo a cui piaceva la mia voce. Un ragazzo che aveva detto che nient'altro che il suono della mia voce lo attraeva. Questo mi aveva fatto credere che la mia voce fosse abbastanza. Che io fossi abbastanza.

Infastidita dalla mia debolezza, attraversai il pavimento di piastrelle grigie della cucina verso il mio elegante frigorifero in acciaio inossidabile. Aprii il freezer e tirai fuori una vaschetta di gelato ai biscotti. Aprii il cassetto accanto al frigo e presi un cucchiaio. Dal frigo tirai fuori una bottiglia di pinot nero. Armata del mio bottino, andai in soggiorno e mi accomodai sul mio divano blu notte, oversize ed extra profondo.

Presi il telecomando e accesi la TV. Era ancora su The Food Network e c'era *Cupcake Wars*. Riposi il telecomando e affogai i miei dispiaceri nel vino, nel gelato e nei cupcake virtuali.

La mia mente tornò al mio passato, specialmente alla relazione che ancora mi perseguitava quando smettevo di combattere i ricordi.

L'ultima volta che mi ero persa era stato quando avevo conosciuto Dave. Era il mio primo anno di università. Io e Claire avevamo appena conosciuto Addi e Sam e ci eravamo abituate ai nostri fine settimana nel dormitorio. Dave era in classe con Sam e una sera si unì a noi. Non era un gran festaiolo ed era felice di avere qualcosa da fare nel weekend.

All'inizio parlavamo e basta. Flirtava un po' con me, ma per la maggior parte avevamo un rapporto informale. Iniziò a venire più regolarmente alle nostre serate film, di solito trovando posto vicino a me.

Quando mi chiese di uscire, mi sentii speciale. Mi sentii come se gli importasse. Voglio dire, avevamo passato del tempo tutti insieme, ma lui aveva scelto me come quella che gli piaceva.

La nostra relazione iniziò lentamente, ma decollò in men

che non si dica. Nel giro di pochi mesi, andavamo a letto insieme e passavamo la notte l'uno nella stanza dell'altra.

Quando iniziò il nostro nuovo semestre, cominciammo ad allontanarci. Dave diventò sempre più impegnato e dava la colpa allo studio. Diceva sempre di avere un esame o un progetto da consegnare.

Una sera decisi di fargli una sorpresa. Probabilmente puoi indovinare il resto della storia. Andai nella sua stanza. Mi ero vestita sexy per lui, comprando qualcosa di speciale. Lingerie. Non avevamo mai fatto niente di simile prima, ma mi sentii adulta a comprare e indossare qualcosa di sexy per il mio ragazzo.

Sapevo che sarebbe stato a casa perché mi aveva detto che avrebbe studiato tutta la notte. Volevo sorprenderlo, così bussai alla porta e aprii leggermente la giacca, abbastanza da fargli vedere cosa nascondevo sotto, ma non tanto da essere vista da chiunque fosse in corridoio.

Spalancò la porta, iniziando a urlare contro il suo coinquilino, che pensava fosse sull'uscio. Invece vide me e un lento sorriso gli attraversò il viso. Abbassò lo sguardo su quello che indossavo e sogghignò.

«Stai diventando un po' disperata, eh?»

Scossi la testa, confusa. Non ero disperata, solo innamorata. Volevo condividere qualcosa di nuovo con lui.

«Oh, Mandy, pensavi davvero che sarei rimasto con te? Quando ci sono così tante altre donne là fuori. Abbiamo solo diciotto anni. E io sono qui per divertirmi, non per farmi risucchiare in una relazione con la prima ragazza che vedo. Specialmente non una con il tuo aspetto.»

A quel punto guardai oltre di lui, verso la bionda snella nel suo letto. Ero scioccata, ma lei mi stava sogghignando. Inciampai all'indietro nel corridoio, stringendomi il cappotto attorno. Corsi nella mia stanza del dormitorio e piansi fino ad addormentarmi.

Xander non era Dave. Me lo ripetei più e più volte. Non era neanche lontanamente crudele come era stato Dave, neanche lontanamente quel bastardo malvagio, ma comunque non mi voleva. Dovevo accettarlo ancora una volta. E non ero sicura di come ricominciare a sperare di nuovo.

CAPITOLO 6

PASSAI i giorni seguenti a sguazzare nella miseria. Evitai di parlare con tutti al lavoro e tenni brevi persino le telefonate con le mie amiche. Una sera, Claire cercò di convincermi ad andare da lei, ma non ne avevo proprio la forza.

La parte peggiore era che non sapevo nemmeno perché fossi così sconvolta. Voglio dire, non è che stessimo uscendo insieme o fossimo coinvolti in qualche modo. Sapevo di stare esagerando per tutta la situazione. C'era solo qualcosa che mi faceva sentire come se mi fossi persa qualcosa di straordinario con Xander.

Al lavoro, sentivo Melody che mi ronzava intorno per la maggior parte del tempo. Sapeva che avrei dovuto incontrare Xander martedì e continuava a cercare di mettermi alle strette. Mi assicuravo di essere sempre al telefono. Se non ero al telefono, mi rifugiavo in bagno. Pranzavo in macchina invece che alla mia scrivania.

Mi stavo nascondendo.

Da una donna che era la metà di me.

Solo che non volevo sentirne parlare. Sapevo che poteva

intuire che le cose non erano andate bene, e non ero in vena di subire le sue frecciatine.

L'unica cosa buona che accadde quella settimana fu che decisi che avrei sicuramente fatto domanda per il posto di Diana. Non potevo più starmene con le mani in mano e lasciare che la vita mi passasse davanti. E se non dovevo avere un uomo nella mia vita, potevo almeno assicurarmi di non perdere il lavoro quando Melody avesse ottenuto la promozione al posto mio, per poi licenziarmi subito dopo.

Venerdì, dopo pranzo, stavo tornando alla mia scrivania quando sentii Melody chiamarmi per nome. Accelerai il passo, sperando di iniziare una telefonata prima che mi raggiungesse. Il ticchettio dei suoi tacchi era attutito dalla moquette bassa dell'area di lavoro, ma riuscivo comunque a sentirlo chiaramente dietro di me. Sempre più vicino.

«Mi scusi, Mandy, avrei bisogno del suo aiuto per una cosa,» disse a voce alta. Sapevo che era solo a beneficio degli altri intorno a noi, così sarei stata costretta a fermarmi. Diana sporse la testa dal suo cubicolo e io feci un respiro profondo mentre mi fermavo.

Mi voltai e mi stampai un sorriso in faccia. «Cosa posso fare per Lei, Melody?»

«Oh, mi stavo solo chiedendo se ha più avuto notizie dal signor Carlson. Ho sentito che la settimana scorsa ha gestito la sua pratica, dopo che gli avevo parlato io la settimana precedente. Diana mi ha detto che Lei ha fatto notare qualcosa che secondo Lei avrei dovuto cogliere io. Siamo fortunate che se ne sia occupata Lei. Si è più fatto sentire?»

Feci un respiro profondo. Non sapevo come avesse messo insieme i pezzi, ma aveva capito chi fosse Xander. E ora stava usando il lavoro per ottenere informazioni sul nostro appuntamento.

«No, Melody. Non gli ho più parlato dalla settimana scorsa.»

«Oh, davvero? Pensavo che lo avresti visto martedì,» sussurrò.

Mi irrigidii di scatto e incrociai il suo sguardo. Vidi la sfida nei suoi occhi, che mi provocavano a dire qualcosa di inappropriato. Per chiunque altro, mi stava chiedendo di un cliente, non della mia vita privata. Melody conosceva le regole tanto quanto me, e sapeva che avevo superato il limite uscendo con un cliente.

«Sì, l'ho visto martedì,» dissi a denti stretti.

«Mmh, e non si è più fatto sentire? Non è una gran sorpresa.» Mi squadrò da capo a piedi, rendendo chiaro il suo punto. «Avessi saputo che era così carino, forse mi sarei fatta in quattro per assicurarmi che mi fosse grato. Certo, se fosse uscito con me, sono sicura che mi avrebbe richiamata.»

La bile mi salì in gola immaginando Melody dare la caccia a Xander. Era esattamente il tipo di donna da cui uno come lui sarebbe probabilmente stato interessato. Lui non avrebbe trascurato Melody, liquidandola come se non esistesse.

«C'è altro, Melody?» chiesi dolcemente, ricacciando indietro le lacrime che minacciavano di uscire.

«No, credo che questo sia tutto,» disse e si voltò verso la sua scrivania. La guardai ancheggiare via e mi chiesi se mi avrebbero licenziata per averle lanciato una pinzatrice.

Immaginando che non fosse il caso di tirare troppo la corda, ripresi a camminare verso la mia scrivania. Mi sedetti e tirai un sospiro di sollievo. Per quanto non volessi parlare di Xander con Melody, l'averlo fatto significava che potevo respirare un po' più facilmente.

Anche se mi aveva piantato in testa immagini di loro due insieme.

Mandai un veloce messaggio a Claire e le chiesi se potevamo vederci durante il fine settimana. Melody mi aveva forse costretta ad affrontare di nuovo la mia delusione per

Xander, ma mi aveva anche aiutata a ricordare che dovevo andare avanti.

Il telefono vibrò con una risposta di Claire che diceva che avrebbe chiamato Sam e Addi e che avremmo cercato di vederci tutte per vino e cioccolata, il nostro appuntamento fisso del fine settimana, quando potevamo accamparci a casa di qualcuna. Di solito venivano tutte da me perché avevo lo spazio per ospitarci tutte. La loro compagnia mi avrebbe fatto bene.

Sorridendo per i miei imminenti piani per il weekend, composi il numero del servizio telefonico e riattivai il mio telefono in modo che le chiamate mi fossero inoltrate. In pochi minuti, il telefono squillò.

«Western New York Health, sono Mandy. Come posso aiutarla?» dissi rispondendo al telefono.

«Ciao Mandy. Come stai oggi?» disse la voce dolcemente nel mio orecchio. Xander. Che diavolo ci faceva a chiamarmi?

E che diavolo stavano facendo i miei capezzoli, drizzandosi per sentire cosa aveva da dire?

«Sto bene,» ringhiai. «Come stai tu oggi?»

«Beh, vedi, è per questo che ti chiamo, Mandy. Ho un piccolo problema. Ho chiamato la settimana scorsa e ho parlato con una donna, stranamente si chiamava anche lei Mandy. Era dolce e aveva una voce sexy. Mi è piaciuto molto parlare con lei.»

«Uh-huh,» dissi, chiedendomi dove diavolo volesse andare a parare con tutta quella storia.

«Beh, vedi, le ho chiesto di uscire per una cioccolata calda, non le piace il caffè, e si è presentata una donna, ma non era la stessa.»

«Oh, davvero?» ribattei seccamente. Stavo iniziando a incazzarmi. Credeva davvero che non fossi la stessa donna.

Che una donna grassa si fosse finta me e fosse andata al mio posto. Era un fottuto pazzo.

«Sì, beh, lascia che ti spieghi. Vedi, aveva la stessa voce, la stessa voce seducente. Il problema era che questa donna aveva un atteggiamento che non mi aspettavo. La donna al telefono è sicura di sé e fiduciosa. È sexy perché sa chi è. Mi ha fatto venire voglia di conoscerla, ed è per questo che le ho chiesto di uscire. La donna che mi ha incontrato è arrivata con il dente avvelenato e non mi ha mai dato una vera possibilità. In pratica, mi ha liquidato senza parlarmi davvero e poi se n'è andata. Ero distrutto. Mi ci sono voluti giorni per trovare il coraggio di chiamarti per chiederti aiuto.»

Non poteva essere serio. Mi stava chiamando per lamentarsi di me. Per criticare il mio atteggiamento. Ok, forse non gli avevo dato una grande possibilità, ma perché avrei dovuto? Aveva detto che non usciva con le ragazze grasse.

«Tu, deluso? Faccio fatica a crederlo. Avresti potuto schioccare le dita e avere un mare di donne grandi la metà di me e due volte più sexy a sbavarti dietro» dichiarai con tono piatto.

Lui rise piano. «Quindi è perché sono di bell'aspetto? Credi che le persone belle non soffrano quando si insinuano certe cose su di loro? Pensi che non sarei interessato a te perché non sembri una che ha bisogno di qualche dozzina di cheeseburger per rimettersi in salute? Solo perché sono attraente, sono automaticamente superficiale? È questo?»

Balbettai, senza trovare le parole. Non sapevo cosa rispondergli. All'improvviso, mi sentii una stronza di prima categoria.

«Scusa se l'ho insinuato.»

«No, non ti dispiace. Lo pensavi davvero. E lo capisco. Il fatto è, Mandy, che vorrei che si fosse presentata la donna del telefono. Quella sexy, sfrontata. Quella a cui ero interessato. La donna che c'era, era amareggiata e se l'è presa con me.

Non so cosa sia successo nel suo passato da farle pensare di non potersi fidare di me, ma mi piacerebbe molto sapere cosa sia stato. Anzi, mi piacerebbe molto sapere praticamente tutto di lei.»

«Perché?» sussurrai. Doveva per forza prendermi in giro, tirandola per le lunghe così che mi innamorassi di lui per poi potermi distruggere.

«Perché la donna al telefono era dolce, aveva una voce sexy e mi piaceva. È stata gentile con me e mi ha dimostrato che è davvero una persona che si preoccupa degli altri. Mi ha fatto credere che forse c'è del buono nel mondo. Anche se non fosse il mio personale lieto fine, mi piacerebbe avere la possibilità di conoscerla e scoprire se potrebbe esserlo.»

Le lacrime mi rigarono le guance. Era bravo. Era davvero bravo.

«Un ragazzo come te non si interesserebbe mai a una donna come me. Semplicemente non succede.»

«Se le cose stanno così, allora dovrai spiegarmi perché non riesco a smettere di pensarti. Quando chiudo gli occhi, associo la tua personalità al telefono al tuo aspetto e ti sogno. Mandy, voglio vedere te, la vera te. Voglio guardarti mentre ridi, vedere quel bellissimo sorriso sul tuo viso e sapere che ce l'ho messo io.»

«Sei serio? Cioè, davvero? Perché non posso sopportarlo se stai giocando con me» gli dissi onestamente. Se stava giocando con me, la realtà era che probabilmente non l'avrebbe ammesso. Ma forse la mia confessione l'avrebbe fatto riflettere prima di ingannarmi.

«Mandy, sono assolutamente serio. So che aspetto hai, so chi sei. Tutto quello che chiedo è una possibilità di conoscerti, che noi possiamo conoscerci a vicenda.»

Feci un respiro profondo e mi asciugai le lacrime dalle guance. Sembrava sincero, come se dicesse sul serio. Potevo fidarmi di lui? Era onesto?

Sapevo di dover fare una scelta. Potevo scegliere di fidarmi delle sue buone intenzioni e buttarmi, oppure potevo credere che fosse uguale al mio ex e mandarlo a quel paese.

In silenzio, contemplai le opzioni, sapendo di avere solo pochi istanti. Volevo credergli. Volevo pensare che fosse diverso. Era l'unico ragazzo al mondo che pensava fossi bella. Ma le vecchie abitudini sono dure a morire.

«Mandy, so che non hai motivo di fidarti di me, ma non hai nemmeno motivo per non farlo. È difficile incontrare qualcuno di nuovo, credimi, lo capisco. Ma pensala in questo modo, ti ho chiesto di uscire prima di sapere che aspetto avessi. Non ero attratto dal tuo corpo, ero attratto dalla tua personalità. Spero che questo significhi qualcosa.»

Aveva ragione. Addi aveva detto la stessa cosa e io non avevo voluto ascoltarla, ma era la verità. Avevo solo una domanda.

«Ti sei immaginato che aspetto avrei avuto prima di incontrarci?»

Dovevo saperlo. Il suo silenzio mi diede la risposta che temevo, ma poi parlò. «Ci ho provato. Mi chiedevo chi potesse incarnare uno spirito e una voce così straordinari. Ma ogni volta che provavo a immaginarti, l'immagine si annebbiava. Al massimo riuscivo a vedere degli occhi, dolci occhi verdi, ma era l'unica cosa che fosse mai chiara. Sentivo che non mi veniva data una tua immagine perché non dovevo avere un'idea di chi fossi. La verità è che non avrei potuto sognare una donna più bella di te.»

Le lacrime zampillarono libere dai miei occhi. Mi coprii la bocca con una mano e mi strinsi il telefono all'orecchio. «Io non mi sento così, sarò onesta con te.»

«Ma lo sei. Non ci vediamo mai come ci vedono gli altri. Tu dici che sono attraente ma io vedo solo me. Non vedo quello che vedono le donne, vedo solo me. E vedo te. Voglio vedere di più di te. Che ne pensi?»

Oh, cavolo, stava già parlando di sesso. Non ero pronta per quello.

«Merda, non intendevo in quel senso. Intendevo solo che voglio conoscerti. La vera te. Quello che mi sto chiedendo in realtà è se mi darai il tuo numero di telefono, quello personale, non quello del lavoro. Poi potremo parlare, conoscerci, e vedere come va. Se entriamo in sintonia come penso, usciremo per un altro appuntamento. E spero che non ti preoccuperai che io sia uno stronzo se avrai imparato a conoscermi un po' meglio.»

Annuii. Quello che disse aveva senso. Se la mia preoccupazione era che lui fosse troppo sexy per me, togliere dall'equazione il nostro aspetto mi avrebbe permesso di pensare a lui come a un ragazzo invisibile, invece che all'uomo più affascinante che avessi mai incontrato.

Era dannatamente intelligente.

«Okay.»

«Okay? Hai detto okay?» chiese. Sentii l'entusiasmo nella sua voce. Non era qualcosa che potesse fingere. Era reale, genuino. Voleva davvero conoscermi.

«Sì, ti darò il mio numero. Possiamo conoscerci e vedere come va.»

«Ti darò anch'io il mio numero, così sai da chi ti arriva la chiamata. Non rispondo mai a chiamate da persone che non conosco e immagino che per te sia lo stesso.»

Sorrisi al telefono, pensando a quanto fossimo simili nonostante le nostre ovvie differenze. «Hai ragione. Grazie.»

Ci scambiammo i numeri e riattaccammo. Sapevo che c'era ancora la possibilità che non mi chiamasse, ma era bello sapere che non gli avevo semplicemente dato il mio numero per poi starmene lì ad aspettarlo. Se non avesse chiamato lui, avrei potuto chiamarlo io.

O semplicemente andare avanti con la mia vita.

Prima che mettessi via il telefono, vibrò. Pronta a ricevere un altro messaggio di Claire per organizzare qualcosa, fui sorpresa di vedere comparire il nome di Xander.

> Mi ha fatto piacere parlare con te, la vera Mandy. Non vedo l'ora di conoscerti meglio. Ci sentiamo stasera.

Sorrisi al telefono. Non solo non mi stava ignorando, ma mi aveva già mandato un messaggio. Gli risposi velocemente che non vedevo l'ora di sentirlo e misi via il telefono, ansiosa di ricevere sue notizie più tardi quella notte.

CAPITOLO 7

XANDER MI CHIAMÒ tutti i giorni per la settimana successiva. Mi mandò anche diversi messaggi. Era il fidanzato premuroso, anche se in realtà non era il mio fidanzato.

Non parlammo di avere una relazione. L'argomento era lì, denso e incombente su ogni conversazione, ma Xander non accennò più al fatto di uscire di nuovo. Non ero sicura se fosse perché non voleva uscire con me o se stesse cercando di non spaventarmi di nuovo.

Volevo credere che si trattasse della seconda opzione, ma la maggior parte degli uomini non era così paziente. Raramente avevo incontrato un uomo che fosse anche solo disposto a parlare per conoscersi, soprattutto al telefono, invece di buttarsi in qualcosa di fisico. Sapevo che non era possibile che fosse spaventato quanto me, ma si stava trattenendo.

Il venerdì sera seguente, una settimana dopo che mi aveva convinta a dargli il mio numero, fissò la nostra chiamata per tardi. Mi preoccupai che si stesse vedendo con un'altra e mi avesse rimandata a dopo il suo appuntamento. Quando chiamò, non solo ero ferita, ma anche furibonda. Per poco non risposi.

«Pronto», ringhiai rispondendo al telefono.

Ci fu una pausa dall'altra parte della linea. Sapevo che si stava chiedendo se avesse chiamato la persona sbagliata. «Mandy? Che c'è? Perché sembri turbata?»

«Non sono turbata, perché dovrei esserlo?»

Calcai la mano, sapendo che avrebbe colto il sarcasmo nella mia voce. E così fu.

«Ah, davvero? E allora come mai al telefono c'è la donna della caffetteria? Che è successo? Melody ti ha rotto le scatole oggi? Ti avevo detto di non preoccuparti per lei.»

È grave ammettere che mi commosse il fatto che la prima cosa a cui avesse pensato fosse Melody? Mi ero lamentata di lei tutta la settimana, raccontandogli quanto fosse orribile il suo carattere e quanto fosse perfetta nel suo aspetto. Lui confessò che le donne come lei erano proprio il motivo per cui aveva voluto uscire con me. Un bel corpo non significa una bella personalità. Parole mie, non sue.

Ero anche contenta che non avesse dato per scontato che avessi il ciclo. La maggior parte degli uomini, specialmente mio padre, pensava che l'unico momento in cui le donne diventavano acide fosse in quel periodo del mese. Si chiudeva a chiave nel suo studio quando io e mia madre avevamo il ciclo insieme. Era esilarante perché ogni volta che volevamo una serata per noi, gli rispondevamo un po' male e lui spariva.

Per fortuna si portava dietro mio fratello.

«Non sono turbata per Melody. Oggi non mi ha nemmeno rivolto la parola. Tu piuttosto, che facevi prima?»

«Che vuoi dire? Oggi ho lavorato.»

Non ero sicura se facesse l'ottuso di proposito o se mi stesse prendendo in giro, ma in entrambi i casi la cosa non mi piaceva.

«Intendo dire, perché mi chiami così tardi?»

«Ahhhh», disse direttamente nel telefono. Finalmente aveva capito dove volevo andare a parare, e anche il mio umore. «Pensi che fossi uscito con un'altra, è così? Davvero, Mandy? Sono due settimane che riesco a pensare solo a te. Sei sempre nei miei pensieri, solo tu. Perché dovrei uscire con un'altra?»

Mi sentii subito imbarazzata e in colpa. L'avevo accusato di tradirmi quando non esisteva nemmeno un "noi". Non si può tradire se non si sta insieme.

Però aveva detto che pensava solo a me. È una cosa buona, no?

Ma d'altra parte, non mi aveva detto cosa stava facendo. E questo è male, no?

Come se mi avesse letto nel pensiero, riprese: «Ero con mia sorella. Ti ho parlato di lei. Cerchiamo di cenare insieme circa una volta al mese. Siamo entrambi sempre così impegnati che non riusciamo a vederci molto, ma siamo comunque legati. Quando mi ha chiesto se potevamo uscire venerdì ho accettato, ma non volevo perdere la nostra chiamata.»

Caspita, che stronza ero stata. Non riuscivo a concepire un legame così stretto con mio fratello. Eravamo cresciuti litigando costantemente e non ci eravamo mai piaciuti. Da adulti, ci vedevamo solo alle riunioni di famiglia, e anche lì parlavamo a malapena. È come se fossimo dei perfetti sconosciuti.

«Scusa se ho dubitato di te.»

«Tesoro, ascolta, voglio che tu sia in grado di dirmi quello che pensi. Dobbiamo essere sinceri l'uno con l'altra, anche se a volte la verità fa male. Io voglio stare con te, e solo con te, e non farò nulla per rovinare tutto.»

Sapeva sempre cosa dire per farmi sentire meglio. Non so come facesse, ma era come se mi conoscesse già. Come se conoscesse il mio cuore. In un certo senso, suppongo fosse così.

«Grazie per non essertela presa con me. Non ho mai detto a nessuno le cose che dico a te.»

Rise piano. «Nemmeno io. È strano quanto mi senta legato a te. Soprattutto visto che ti ho vista solo una volta.»

«Ed ero una stronza», aggiunsi.

Rise di nuovo, più forte questa volta. Sentii un fruscio in sottofondo e guardai l'orologio. Erano quasi le dieci e mi chiesi se stesse andando a letto. C'era qualcosa di molto sexy nel parlare con un uomo a letto.

«Non eri sicura di me. So che la prossima volta che ci vedremo le cose saranno diverse.»

«Sei a letto?»

Fece una breve pausa, prima di rispondere. «Sì. È stata una settimana lunga. Volevo sdraiarmi mentre parlavo con te. Va bene?»

«Sì. Sembra solo… non so, molto personale. Come se ci stessimo confidando dei segreti.»

Fece una risatina. «Ci stiamo confidando dei segreti. È solo che io lo sto facendo mentre sono a letto.»

Il mio cuore accelerò al pensiero di Xander a letto. Sapevo quanto fosse stupendo e mi ritrovai a chiedermi cosa indossasse. Aprii la bocca per chiederglielo ma lui parlò per primo.

«Perché non mi dici qualcosa di nuovo, qualcosa che non mi hai ancora detto. Che ne dici se tu mi dici cinque cose nuove e io te ne dico cinque nuove.»

Sentendomi improvvisamente stanca, salii le scale verso la mia camera. «Okay», dissi mentre salivo. Entrai in camera e accesi la lampada accanto al letto. Per qualche motivo, la luce soffusa mi mise più a mio agio al pensiero di parlare con Xander mentre ero a letto. Andai nell'armadio e mi cambiai, togliendomi i vestiti da lavoro che indossavo ancora per mettere il pigiama. Infilai un paio di pantaloncini di cotone e una canottiera, poi mi infilai a letto.

«Anche tu sei a letto?» chiese, la sua voce profonda e sensuale.

«Sì. Mi stavo stancando e ho pensato che se tu eri a letto potevo esserlo anch'io.»

«Dio, come vorrei essere lì con te, al tuo fianco.»

Sorrisi, e un sospiro mi uscì in un suono a metà tra una risata e un fremito nervoso. «Anch'io.»

«Mmm», gemette piano. «Okay, prima di distrarmi troppo, dimmi le tue cinque cose nuove.»

Mi rannicchiai un po' più a fondo sotto le coperte, cercando di pensare a qualcosa di nuovo che potessi dirgli. Dopo aver parlato per tutta la settimana, non ero sicura che ci fosse qualcosa di me che lui non sapesse già.

«Ho dato il mio primo bacio a quattordici anni, il mio primo amore è stato George Strait perché mia madre ascoltava musica country, leggo circa tre libri a settimana, l'unico paese straniero che ho visitato è il Canada, e... voglio davvero rivederti.»

Xander rise alle mie prime ammissioni e si fece molto silenzioso all'ultima. Cominciai a chiedermi se avesse riattaccato, o se fosse caduta la linea, perché rimase in silenzio così a lungo. «Anche io voglio davvero vederti. Chi è stato il tuo primo bacio? Come si chiamava?» La sua voce si era fatta più profonda, più morbida. Era stanco, potevo sentirlo dal suo modo lento di parlare, ma era anche più sexy con quella sua voce assonnata.

«Si chiamava Joey Maynard. Avevamo studi sociali insieme e un giorno, dopo le lezioni, mi ha chiesto di uscire. Mi ha baciata nel bosco dietro la scuola. Siamo usciti insieme per circa un mese prima che passasse a un'altra.»

«Peggio per lui,» disse Xander con voce roca. «Non avrei mai pensato di poter essere geloso di George Strait, ma mi hai ufficialmente fatto arrivare a odiarlo. Anche Joey Maynard.»

Risi. Era un seduttore, si capiva. D'altronde, l''avevo capito già prima di quella sera.

«Che genere di libri ti piace leggere?»

«Riderai di me,» protestai.

«Non oserei. Anche a me piace leggere, ma di solito non leggo molto. Forse ci piacciono le stesse cose.»

«Ah! Ne dubito. Leggo romanzi rosa.»

«Davvero?» disse, con un tono sorpreso e interessato. «Tipo roba d'amore e di sesso.»

Sbuffai una risata. «Sì, qualcosa del genere. Mi sono sempre piaciuti. La mia vita non ha mai avuto molto romanticismo e quei libri sono una via di fuga per me, un modo per immaginare la mia vita diversa. Il protagonista arriva a salvare la ragazza da se stessa e vivono per sempre felici e contenti. E sì, mi piacciono anche quelli con un po' di sesso.»

«Beh, questa è una cosa che non mi aspettavo. Uff,» sospirò. «Faccio un po' fatica a concentrarmi dopo questa. Ok, allora, Canada. Dove sei andata e perché?»

Risi piano per l'angoscia nella sua voce, ma continuai: «Ci sono andata con la mia famiglia quando ero alle medie. Mio padre e mio fratello volevano andare a vedere gli Yankees giocare contro Toronto, così siamo andati tutti. Io e mia madre abbiamo girovagato per lo stadio mentre i ragazzi guardavano la partita. Dopo siamo andate a fare shopping mentre mio padre e mio fratello sono tornati in albergo e sono crollati. È stato un weekend divertente con mia madre, ma avrei fatto volentieri a meno della partita. Non' guardo molto il baseball.»

«C'è uno sport che ti piace?»

«Mah, non proprio. Non' mi sono mai interessata molto agli sport. Mio fratello era un atleta e penso che questo mi abbia spinta nella direzione opposta. La maggior parte dei giorni volevo stare il più lontano possibile da lui.»

«Posso capirlo. Per me è difficile immaginare la mia vita senza mia sorella. Io e Jessica ne abbiamo passate tante insieme. A' volte è difficile perché abbiamo sei anni di differenza, ma farei qualsiasi cosa per lei e so che per lei è lo stesso. Vorrei che tu avessi lo stesso rapporto con tuo fratello.»

Feci spallucce, scacciando il pensiero. C'erano state volte in cui avrei voluto che mio fratello non' fosse così stronzo con me, ma la maggior parte del tempo non' mi importava davvero. Eravamo parenti per sangue, non per scelta. Sapevamo entrambi che se ci fosse stata una scelta, non avremmo avuto niente a che fare l'uno con l'altra.

«Ci sono abituata, da parte sua. Ma crescendo ho avuto Claire. Per me era come una sorella. Ovviamente non' vivevamo insieme, ma siamo sempre state molto unite e sapevo di poter contare su di lei come tu conti su Jessica. E su Drew.»

«Credo di sì. Drew è una specie di fratello per me ora, anche se ci conosciamo solo da circa nove anni. Mi sembra di conoscerlo da sempre.»

«È così per me e Claire. Ci conosciamo davvero da sempre. Abbiamo affrontato insieme tutte le cose difficili della vita. È bello avere un'amica così, sai? Qualcuno che raccolga i pezzi quando vai in frantumi.»

Xander rimase in silenzio per qualche minuto, un silenzio complice che ci lasciò entrambi a pensare alle nostre famiglie e ai nostri amici, al nostro passato e al nostro futuro. Speravo che un giorno Xander sarebbe stato così per me, qualcuno su cui avrei potuto contare a prescindere da tutto, ma non' ne ero sicura.

«Ok, dimmi le tue cinque cose. Smettila di temporeggiare.»

Fece una risata secca. «Non' stavo temporeggiando. Stavo cercando di capirti meglio. Sono cose molto diverse.»

«Sì, come no,» lo presi in giro.

Ridacchiò piano, e il suono mi solleticò l'orecchio, quasi come se fosse lì, con le labbra premute contro il mio orecchio invece di un telefono.

«Avevo una cotta per la mia maestra dell'asilo, ho perso la verginità a diciott'anni, ho sempre voluto andare in England e vedere Buckingham Palace, martedì ho praticamente dovuto ammanettarmi al letto per non venire a cercarti, e ho fatto una doccia fredda ogni sera da quando ti ho incontrata.»

Non' sapevo come rispondergli. Cosa si dice in questi casi? Voleva vedermi, e si' eccitava parlando con me. Com'era possibile una cosa del genere?

Mentre rimuginavo su ciò che Xander aveva detto, rimasi in silenzio. Lui chiese: «Mandy, ci sei ancora?» Nella sua voce c'era preoccupazione e paura.

«Ci sono. Sono solo sorpresa, tutto qui. Non' me l'aspettavo.»

«Beh, la mia maestra dell'asilo è stata la prima donna che ho conosciuto al di fuori della mia famiglia, ed era giovane e carina, quindi immagino fosse destino che mi piacesse,» disse scherzando.

Risi nonostante il mio nervosismo. «Sai che non' è a quello che mi riferivo.»

«Lo so,» disse piano. «Ma dicevo sul serio, su tutto.»

«Perché diciott'anni? Sembra un tempo molto lungo per aspettare, specialmente per uno come te.»

«Uno come me? Cosa vuoi dire?»

Risi. «Voglio dire, la stella del baseball e del calcio che aveva il mondo ai suoi piedi. Non puoi' dirmi che non' c'erano ragazze al liceo.»

«Al liceo ero immaturo. Sapevo di non' essere pronto e

non' avevo nessuna ragazza fissa. Non' sarei potuto andare a letto con una con cui sapevo non' sarei uscito di nuovo, specialmente per la mia prima volta. So che non' è la tipica cosa da ragazzi, ma sapevo che me lo sarei ricordato per il resto della vita e volevo che fosse più di un'avventura di una notte. La mia ragazza del primo anno di università era in classe con me. Era anche la sua prima volta. Siamo usciti insieme per quasi tutto il primo anno, ma abbiamo deciso che volevamo cose diverse e ci siamo lasciati. A' volte ci parlo ancora, ma non' siamo così intimi.»

«Sei un ottimo partito, Xander Carlson.»

«Anche tu, Mandy Ryan. Spero solo di averti presa.»

Sorrisi tra me e me, sperando anche io che mi'avesse presa. «Perché l'England? Che c'entra?»

«Non' lo so. Ne ho visto delle foto durante le lezioni di storia e sono rimasto affascinato dal suo design e dalla sua struttura. Immagino sia l'ingegnere che è in me a volerlo esplorare. Anche Stonehenge. Mi affascina.»

«Beh, spero che un giorno riuscirai a vederli entrambi.»

«Sì, lo spero anch'io,» mormorò.

Rimasi in silenzio per qualche minuto. Volevo chiedergli delle ultime cose che mi aveva detto, ma non' sapevo come tirare fuori l'argomento. Voglio dire, come si fa a chiedere a un ragazzo delle sue docce fredde o del fatto che voleva venire a vederti? Sembrava così presuntuoso. Ma era così bello.

«Non' vuoi chiedere, vero?» offrì dolcemente.

«Non' ho la minima idea di come chiedere. Ma sono curiosa.»

Rise di nuovo, trovandomi sempre divertente. Sotto molti aspetti, faceva bene al mio ego. «Dopo averti parlato ogni sera, volevo davvero vederti. Dato che non' so dove abiti e mi sentirei uno stalker se venissi al tuo lavoro, ho solo sperato di poterti rivedere. Martedì, quando mi hai chiesto se potevamo parlare più tardi per la tua serata tra ragazze, sono quasi andato al Cooler Coffee. Sapevo che saresti stata di nuovo lì e morivo dalla voglia di vederti. Io solo… volevo vederti. Ovviamente non' ci sono andato, ma è stata la cosa più difficile che ho dovuto fare da molto tempo a questa parte.»

«Non credo che sarei stata così stronza con te, stavolta,» dissi piano, con la voce che si era fatta bassa e sexy. Quasi non la riconobbi.

«Non era per quello. Ho capito quanto sono importanti le tue amiche per te e non volevo intromettermi nel vostro tempo insieme. Sapevo che avrei potuto parlarti dopo il tuo appuntamento per la cioccolata calda, così mi sono chiuso sotto la doccia fredda.»

«Okay, allora, a proposito di questo. Perché non… non so, ti prendi semplicemente cura di te?» chiesi con audacia. Non potevo credere di star chiedendogli delle sue abitudini masturbatorie, ma non riuscii a trattenermi.

La sua risata secca mi sorprese. «Adoro il fatto che dici quello che ti passa per la testa. E per quanto riguarda il prendermi cura di me, l'ho fatto, ma a volte non basta. Questa settimana non è stato neanche lontanamente abbastanza.»

«Perché no?» chiesi ad alta voce.

«Perché la tua voce è nella mia testa. Quando parliamo non posso fare a meno di chiedermi che sensazione dia la tua pelle, che sapore hai, i suoni che fai quando sei eccitata o quando vieni. Conosco il suono della tua risata e la tua voce mi è familiare come la mia, ma devo immaginare tutto il resto. E quando lo faccio, resto duro. Continuamente.»

«Wow, io… ehm, wow. Non so cosa rispondere.»

«Mi hai pensato questa settimana? Hai immaginato le mie mani su di te?» la sua voce si addolcì e si fece più roca. Mi provocò un brivido lungo il corpo e le mie mutandine si inumidirono.

«Certo,» ammisi.

«Ti sei toccata? Lo fai?»

«A volte,» confessai. Non avevo mai detto a nessuno di averci provato, ma sentivo di potergli dire qualsiasi cosa.

«E adesso? Stai immaginando che ti tocco, proprio ora? Perché io ti sto immaginando nel mio letto. Le tue dita che scivolano su di me, le tue labbra contro il mio orecchio ogni volta che parli.»

Calore ed eccitazione mi pervasero. Non sapevo come parlare sporco a un uomo. Potevo immaginarlo, ma non l'avevo mai fatto. Sentire la sua voce, però, mi stava decisamente mettendo dell'umore giusto.

«Mandy, ti toccheresti per me? Mi lasceresti sentirti? Ti prego?» mi sussurrò dolcemente, il suono profondo della sua voce che mi solleticava l'orecchio e mandava tremori in tutto il corpo.

Un fuoco divampò dentro di me, scaldandomi da in mezzo alle gambe in su. Mi sentii sussurrare: «Sì.»

«Grazie, tesoro. Sogno questo momento da tempo. Farai quello che dico? Mi lascerai guidare le tue mani?»

«Sì,» sussurrai di nuovo, chiudendo lentamente gli occhi per potermi concentrare sulle sue parole.

«Cosa indossi? Voglio poterti immaginare.»

«Pantaloncini di cotone e una canottiera.»

«Di che colore?»

«La canottiera è rosa e i pantaloncini sono neri.»

«Indossi le mutandine?»

«Sì. Sono color granata. E sono un perizoma.»

«Oh, Dio, la tua voce è così eccitante. Porta la mano al viso e scostati i capelli. Voglio poterti vedere, nella mia mente. Sdraiati sulla schiena e lascia che la mano scivoli dal viso, lungo la mascella, attraverso la gola e giù, tra i tuoi seni meravigliosi.»

Feci come mi chiese, dimenticando che la mia mano non

era la sua. Lo sentii lì accanto a me, la sua mano che mi toccava.

«Stringeresti uno dei tuoi capezzoli per me? Stringilo e tiralo appena un po'. Ora voglio che ti alzi la maglietta e faccia lo stesso con l'altro, ma sotto la maglietta.»

Gemei piano al contatto, dolore e piacere che si mescolavano dentro di me.

«Oh, Dio, vorrei essere lì con te. Infileresti la mano nei pantaloncini? Dimmi quanto sei bagnata, Mandy. Ho bisogno di saperlo.»

Feci scivolare la mano sotto l'elastico dei pantaloncini, sulla pancia fino al punto in cui sentivo un dolore sordo. Feci scorrere le dita tra le mie pieghe, sentendo il mio umido fuoriuscire dal mio corpo. «Sono così bagnata, Xander. Il mio corpo è lubrificato, pronto per te.»

«Argh,» gemette lui. «Infila le dita dentro, coprile col tuo succo in modo che siano lisce.»

Feci come mi disse, portando l'umido da dentro di me verso l'esterno. «Ho bisogno di venire, Xander. Mi aiuterai?»

«Dio, sì, tesoro. Press le dita dentro di te, fai dei cerchi, stuzzicati. Fammi sentire, tesoro. Ho bisogno di sentirti,» mi blandì.

Gemei ad alta voce, sentendomi libera. Sapevo che sarei venuta presto. «Ci sono quasi, Xander,» dissi a denti stretti.

«Bene, tesoro. Ora, vai veloce, più veloce che puoi, e con forza, proprio sopra. Voglio sentirti. Voglio che vieni per me, tesoro. Voglio che vieni forte. Proprio adesso, Mandy. Vieni adesso.»

Il mio corpo obbedì al suo comando e si abbandonò alla sua parola. Urlai il suo nome, contorcendomi da sola nel mio letto con la mia stessa mano nei pantaloncini. Sentii lui, dall'altro capo del telefono, ansimare freneticamente e grugnire, il suo orgasmo solo pochi secondi dopo il mio.

Ritirai lentamente la mano da in mezzo alle gambe, con le

scosse di assestamento che ancora mi scuotevano il corpo. «Porca puttana, Mandy, è stato fantastico. Grazie per averlo condiviso con me. Per avermi lasciato ascoltarti. Non ho mai sentito niente di così sexy in tutta la mia vita.»

«Faccio fatica a crederlo, ma grazie. È stata la prima volta che l'ho fatto.»

«Pensavo avessi detto che ti eri già toccata prima?» chiese.

«Sì, ma non al telefono. Non ho mai fatto sesso al telefono.»

Il suo silenzio mi preoccupò. Forse non avrei dovuto ammettere così tante cose con lui.

«Neanch'io. Semplicemente non sono riuscito a trattenermi. Mi dispiace se ti ho turbata.»

Risi di una risata bassa e roca. «Neanche per sogno. Non mi sentivo così bene da un'eternità.»

Rise piano. «Neanch'io. Voglio solo che tu sappia che dopo questo non posso aspettare ancora a lungo per vederti. Non sto dicendo che debba succedere una cosa del genere, ma ho bisogno di poterti vedere. Voglio sentire la tua pelle sotto le mie dita. Non riesco più a staccarmi da te.»

«È lo stesso per me,» ammisi.

«Che ne dici di domani? Sei impegnata? Posso portarti a cena, poi magari a ballare e a prendere un dolce?»

Ripensai velocemente al mio fine settimana. Io e Claire avevamo parlato di fare qualcosa, ma non avevamo piani definiti. Ero libera di dire: «Sì.»

«Eccellente. Non vedo l'ora. Ora vai a dormire un po'. Ti sei appena sfinita.»

«Anche tu. Buonanotte, Xander.»

«Buonanotte, Mandy. Ci vediamo domani.»

CAPITOLO 8

IL POMERIGGIO seguente mi ero fatta prendere dal panico. Stavo per uscire per il mio primo appuntamento con Xander ed ero nervosissima. Dopo quello che avevamo condiviso la sera prima, non sapevo cosa aspettarmi. E non sapevo nemmeno cosa volevo.

L'unica cosa di cui ero sicura era che non vedevo l'ora di uscire con lui.

Chiamai i rinforzi per aiutarmi a decidere cosa indossare per il nostro appuntamento. Quando arrivarono, avevo già svuotato gran parte del mio armadio sul letto.

Claire arrivò per prima, entrando in casa dopo aver bussato brevemente. Addi e Sam erano subito dietro di lei ed entrarono di slancio poco dopo che Claire ebbe chiuso la porta. Mi trovarono tutte di sopra, in camera mia, circondata dalla mia follia e in biancheria intima.

«Ti metti quello?», domandò Addi arricciando il naso.

Abbassai lo sguardo sulla mia biancheria. Indossavo un reggiseno di cotone rosa e mutandine di cotone bianche. Non capivo quale fosse il problema.

«Non puoi metterti quella roba. È una settimana che gli

parli e finalmente uscite insieme per un appuntamento. Non sto dicendo che devi farci sesso, ma dico che dovresti tenere aperta la possibilità. E quella roba grida 'Chiuso' da un miglio.»

Sbuffai, frustrata. Quest'appuntamento stava iniziando a farmi impazzire. Anzi, no, avevo superato la follia da un pezzo. Ero solo confusa.

«Cosa vuoi che succeda? Se ti tieni i mutandoni della nonna non lascerai che succeda niente. Se ci stai pensando, dovresti metterti qualcosa di meglio.»

Feci un respiro profondo e ammisi la verità. «Devo cambiarmi. Non voglio qualcosa che dica 'Disponibile a tutto', ma non voglio neanche smontarlo prima ancora che inizi.»

Sam frugò nel mio cassetto della biancheria, cosa che avrebbe dovuto infastidirmi, ma ehi, era Sam. Tirò fuori un semplice reggiseno nero con un piccolo bordo di pizzo e coppe push-up. Era sensuale anziché volgare. Continuò a cercare e trovò le mutandine abbinate, porgendomi entrambi i capi.

«La biancheria nera richiede vestiti scuri, così il nero non si vede attraverso. Tu vai a metterti quella mentre noi rovistiamo nel casino che hai fatto», comandò Addi. Si capiva che era un'insegnante, sempre a prendere in mano la situazione. In quel momento ne avevo bisogno.

Mi rintanai in bagno e mi cambiai, mettendo la nuova biancheria. Dovetti ammettere che mi sentivo un po' meglio solo con quel cambiamento. Un po' più sexy. Come se potessi essere degna di Xander.

Uscii dal bagno e mi appoggiai allo stipite della porta, mettendomi in posa per le mie amiche. Mi morsi un'unghia e inarcai la schiena, offrendo loro la mia posa sexy.

Claire fischiò, Addi esultò e Sam finse di scattare delle foto. Fu una reazione fantastica. «Grazie, grazie. Ho sempre saputo di dare il meglio di me in biancheria. Col cavolo!»

«Sei stupenda, Mandy. È l'inizio perfetto.»

«In effetti mi sento meglio. Grazie, ragazze. Non ce l'avrei fatta senza di voi.»

Claire e Sam tentennarono, ma Addi richiamò tutte all'ordine. «Non è il momento di fare le smielate. Dobbiamo ancora trovare qualcosa per coprire tutta quella sensualità.»

Guardai Addi dirigere Sam e Claire con maestria. Sam mostrava i completi e Claire appendeva i vestiti che scartavano. Io mi sedetti e le lasciai lavorare, chiedendomi che diavolo avrebbero tirato fuori.

«Mandy, perché non ti trucchi mentre noi finiamo con i vestiti? Quando avremo qualche completo da farti provare, potrai sfilarli per noi», comandò Addi.

Tornai in bagno, lasciando la porta aperta per poter sentire la conversazione. Mi chinai verso lo specchio e stesi un leggero strato di fondotinta prima di passare agli occhi. Applicai una base neutra sulle palpebre, poi sfumai un marrone più intenso lungo la piega e più marcato verso gli angoli esterni. Coprii le palpebre con un oro scintillante, poi tracciai una linea con l'eyeliner e passai il mascara.

Passai un fard color rame sulle guance e aggiunsi un rossetto rame più chiaro. Mi allontanai dallo specchio e rimasi stupita io stessa.

I miei occhi verdi risaltavano, scintillanti grazie al trucco che avevo applicato. Avevo lasciato i miei ricci color rame spazzolato sciolti sul collo. Li ricoprii con una spruzzata leggera di lacca per evitare che si afflosciassero e uscii dal bagno.

«Porca miseria», disse Claire quando mi guardò. «Sei stupenda. Forse dovresti andare così.»

Alzai gli occhi al cielo, ma ero elettrizzata dal complimento. Addi aveva preparato quattro completi sul letto da farmi provare. Claire stava ancora appendendo i vestiti e Sam stava frugando tra i miei gioielli.

Presi il primo completo, una gonna grigia corta e un morbido maglione rosa. La gonna andava bene, ma il maglione non stava bene con i miei capelli. Succedeva di rado. Il rosa era il mio colore preferito, ma non riuscivo mai a indossarlo. Era frustrante.

Poi c'era un vestito a portafoglio verde. Lo avvolsi attorno al corpo, abbottonando il primo lato e poi legando il secondo per coprirmi. Calzava bene e stava bene, ma non nascondeva le mie imperfezioni. Comunque, era meglio del primo completo.

Come terzo provai un vestito nero che era semplicemente troppo noioso. Quello era un appuntamento, non una riunione di lavoro.

Infine, Addi aveva scelto un top blu cobalto che era aderente sul seno ma scendeva morbido sulla vita. L'aveva abbinato a una gonna marrone chiaro con fili dello stesso blu e rosa che la attraversavano, creando dei fiori.

Non appena infilai la gonna, le mie amiche smisero tutte di fare quello che stavano facendo per guardarmi. Per come si emozionarono, mi sentii come se stessi provando un abito da sposa. «Cosa c'è? Va bene?», chiesi.

«È perfetto», disse Claire, emergendo dal mio armadio con un paio di scarpe col tacco marroni con un fiocco rosa sulla punta. Le avevo comprate l'estate precedente ma non avevo mai saputo con cosa abbinarle. Ovviamente, Claire lo sapeva.

Fu il turno di Sam, che aveva in mano dei gioielli. Mi mise al collo una scintillante catenina d'oro con un minuscolo ciondolo a forma di margherita, sempre d'oro. Mi porse degli orecchini che sembravano dollari di sabbia dorati in miniatura e che pendevano dai miei lobi.

Alla fine mi voltai a guardarmi nello specchio a figura

intera, per godermi l'effetto completo. «Accidenti, sono uno schianto», dissi con sicurezza. Le mie amiche risero con me e mi seguirono di sotto.

«Dove vai?» chiese Sam.

«Voleva che ci vedessimo al Thai This. Gli ho detto che sono stata solo in Canada, quindi vuole fare il giro del mondo attraverso il cibo. Ha pensato che nei posti americani possiamo andarci quando vogliamo, ma che sarebbe stato speciale andare insieme in un posto diverso.»

«Wow, sembra un sogno che si avvera», disse Addi.

«A volte penso che lo sia. Okay, ora devo andare. Grazie per l'aiuto. C'è del vino in frigo e altro nella credenza. Servitevi pure. Vi voglio bene, ragazze», gridai mentre mi dirigevo verso la porta d'ingresso.

«Divertiti!», sentii dire in coro alle mie spalle, e corsi fuori verso la macchina.

La neve si era finalmente sciolta a Winterville, ma la città aveva ancora un alone tenue. Amavo la mia città, specialmente al tramonto. Non eravamo situati proprio sulle rive del lago Erie, ma eravamo abbastanza vicini da poter godere di tramonti meravigliosi. Sfortunatamente, eravamo anche abbastanza vicini da beccarci tutta la neve che il lago Erie di solito scaricava sulla zona.

Svoltai uscendo dalla mia via e sorrisi, come facevo sempre, ai buffi nomi legati alla neve e all'inverno che aveva la maggior parte delle strade della città. Abitavo su Frozen Drive ed ero cresciuta su Jack Frost Lane. Percorsi Snowy Road verso il centro. La via principale era Winter Way, una strada che attraversava il centro città e da cui si diramavano quasi tutte le altre. Superai il Cooler Coffee, poi svoltai da Winter Way su Icy Lane, in direzione del Thai This.

Trovai parcheggio nell'area di sosta accanto al ristorante. Non avevo idea di che macchina guidasse Xander, perciò mi diressi verso l'ingresso, per una volta con qualche minuto d'anticipo, pensando che lo avrei aspettato dentro. Mi misi in bocca un cioccolatino come portafortuna ed entrai.

La hostess mi sorrise calorosamente e mi chiese in quanti fossimo. «Ho un appuntamento qui. Non sono sicura che lui sia già arrivato, però.»

«Lei è Mandy?» mi chiese gentilmente.

«Sì, sono io.»

«La persona con cui ha appuntamento è già qui. Posso accompagnarla al tavolo, se è pronta.»

Annuii e la seguii attraverso il ristorante. La sala principale era piena e accogliente, pervasa dal mormorio dei clienti che chiacchieravano durante la cena. Mi guardai intorno nervosamente, cercando Xander.

Passammo attraverso un'apertura in una sala da pranzo più piccola con solo una manciata di separé, tutti circolari in modo che un intero gruppo potesse sedersi uno accanto all'altro. Ogni separé era alto e appartato rispetto agli altri, quindi c'era un'aria di privacy anche se la stanza era aperta. Era molto romantico.

La hostess si fermò al separé nell'angolo in fondo e mi sorrise. Mi avvicinai e vidi un piede spuntare dal separé. Poi, davanti a me, si alzò in piedi Xander Carlson.

«Te ne stai andando?» chiesi, terrorizzata dall'idea che avesse cambiato idea e stesse cercando di svignarsela prima che arrivassi.

«No», disse con un sorriso. Mi offrì la mano e io feci scivolare la mia nella sua; una scintilla di consapevolezza mi percorse il braccio e andò a fermarsi in fondo al ventre. «Sto cercando di fare il gentiluomo e di farti sedere per prima.»

Mi sorrise e mi strinse delicatamente la mano. Scivolai per prima nel separé, tenendogli ancora la mano, e Xander mi seguì. La hostess disse: «Buona cena», poi ci lasciò soli.

«Ciao», disse lui, voltandosi verso di me quando lei se ne fu andata.

«Ciao», sussurrai di rimando, mentre un sorriso mi si allargava sul viso.

«Sei stupenda. Quasi non vorrei rovinare tutto», disse.

«Rovinare cosa?» stavo per chiedere, ma fui interrotta dalle sue labbra sulle mie.

Mi teneva la mano stretta, mentre l'altra gli scivolava dolcemente sulla guancia. Le sue labbra erano premute morbidamente contro le mie, scambiandoci piccoli baci. Sospirai, amando la sensazione delle sue labbra sulle mie, e la sua lingua si allungò per accarezzarmele. Si schiusero automaticamente, come sotto il suo comando, e la sua lingua scivolò nella mia bocca.

La sua mano scivolò dalla mia guancia ai capelli sulla nuca, mentre mi tirava più vicino a sé. La sua lingua esplorò delicatamente la mia bocca, scivolando accanto alla mia e portandoci entrambi a vivere l'esperienza più incredibile della nostra vita.

Persi per un istante nel nostro bacio, Xander mi inclinò la testa e lo approfondì, la fame e il bisogno che ci rendevano entrambi quasi frenetici. Esplorai la sua bocca, leccandogli il palato e immergendo la lingua nell'incavo delle sue guance. Lui fece lo stesso, imparando a conoscermi, tornando sui punti in cui emettevo un suono o gli stringevo le dita più forte.

Dopo troppi istanti per poterli contare, Xander mi lasciò andare. Premette la sua fronte contro la mia, i nostri respiri affannosi che si mescolavano tra le nostre bocche. «Mi dispiace. Ti ho rovinato il trucco. È solo che non potevo aspettare un minuto di più per baciarti.»

«Mmm», mormorai, ancora intontita da un bacio così intenso. Se quell'uomo poteva baciarmi fino a farmi perdere la cognizione del tempo, potevo solo immaginare cosa avrebbe potuto fare mettendoci tutto il corpo.

«Sai di cioccolato», sussurrò, come se stessimo condividendo un segreto.

Spalancai gli occhi e sentii le guance avvampare. «Ne ho mangiato un pezzetto prima di entrare. Per farmi coraggio, o qualcosa del genere. Mi ha fatto sentire meglio.»

«Mi è piaciuto. Non mangerò mai più cioccolato senza pensare a te e a quel bacio.»

Sorrisi. Dio, era perfetto.

MI RADDRIZZAI e stavo per prendere il mio menù quando il cameriere si avvicinò al nostro tavolo. «Buonasera», disse. Ebbe un breve sussulto mentre spostava lo sguardo da me a Xander, poi ricompose il suo contegno. Ero sicura che fosse solo scioccato dal fatto che una come me fosse uscita con un dio come Xander.

«Posso portarvi qualcosa da bere? Abbiamo prodotti della Coca-Cola e la nostra lista dei vini è in fondo al menù. Abbiamo anche dei cocktail speciali su questo menù qui.» Presi il menù dei cocktail che mi porgeva e gli diedi una rapida occhiata mentre Xander ordinava una birra e dell'acqua.

«Io prendo un cocktail Raspberry Lemonade e un'acqua» gli dissi. Lui annuì e poi ci lasciò di nuovo soli.

Xander mi teneva ancora la mano stretta nella sua. «Guardami» disse. «Hai il rossetto sbavato. Ci ha lanciato uno sguardo piuttosto strano.»

Sfilai la mano da quella di Xander per cercare lo specchietto nella borsetta. Lo aprii e risi del pasticcio che avevo sul viso. Sembravo una bambina che prova il rossetto della mamma. Xander mi posò la mano sulla gamba e si chinò a baciarmi la spalla.

«Pensavo si stesse chiedendo cosa stessi facendo con me» confessai.

Xander mi strinse la coscia. «Sapeva esattamente cosa stavo facendo con te. Come mi sta il rossetto marrone?»

Mi voltai verso di lui e sbuffai una risata vedendo l'alone ramato attorno alle sue labbra. «Vieni qui» lo invitai, con un tovagliolo in mano. Gli tolsi delicatamente il mio rossetto dal viso, senza lasciare tracce della nostra appassionata sessione di baci al ristorante.

Mi sfilò il tovagliolo dalle mani e mi prese il mento con la mano per farmi voltare verso di lui. Strofinò delicatamente, passandolo intorno alla mia bocca per pulire il rossetto. Il tocco gentile delle sue mani sul mio viso mi accelerò il battito cardiaco e quando finì stavo quasi ansimando. Il suo polso si fece irregolare e il suo respiro seguì a ruota.

Posò il tovagliolo e guardò il tubetto di rossetto che avevo in mano. «Non metterne altro. Te lo toglierei a furia di baci» disse, avvicinandosi a ogni parola, così che quando pronunciò l'ultima le sue labbra erano a un soffio dal mio orecchio. I capezzoli mi si indurirono e le mutandine erano già completamente bagnate.

Xander inspirò profondamente. «Hai un profumo così buono» mi sussurrò all'orecchio; la dolcezza delle sue parole e il solletico del suo respiro mi mandarono un brivido lungo la schiena. La sua lingua scattò fuori e mi leccò dietro l'orecchio. «Anche il tuo sapore è buono.»

Serrai le labbra per impedire a un gemito di sfuggirmi. Xander mi baciò scendendo lungo il collo fino alla gola e poi risalì fino alla bocca. Teneva una mano intrecciata alla mia e l'altra in grembo. Quando mi baciò di nuovo, fu più dolce, più supplice che implorante. Il suo bacio faceva promesse, raccontava storie, ma era appassionato tanto quanto il precedente e mi fece comunque arricciare le dita dei piedi.

«Prevedo già una lunga doccia fredda nel mio futuro» mi mormorò all'orecchio. Abbassai lo sguardo e vidi che i suoi jeans erano tesi sul davanti per fare spazio alla considerevole erezione che stava nascondendo sotto il tavolo.

Proprio in quel momento tornò il cameriere con i nostri drink e prese l'ordinazione, ritirandosi rapidamente quando vide che non avevamo bisogno di nient'altro.

Sorseggiai il mio drink, cercando di calmare gli ormoni che mi scorrevano nelle vene. Non ero abituata a sentirmi così desiderata e la cosa mi stava facendo un po' impazzire. Volevo strisciare sotto il tavolo e alleviare la pressione che Xander stava provando. O trascinarlo sotto con me e dare una mano a entrambi.

Come se avesse percepito i miei pensieri, Xander mi portò la mano sulla schiena fino alla nuca. Mi teneva senza stringere, ma abbastanza da non lasciare dubbi sulla sua presenza. «Non riesco a smettere di toccarti, o baciarti, o respirarti. Questa è la cosa più folle che abbia mai fatto, sentirmi così, e non riesco a controllarlo. Non ti sto spaventando, vero?»

Scossi la testa e lo guardai da sopra la spalla, lanciandogli un'occhiata maliziosa. «Mi stai eccitando da morire. Non mi sono mai sentita così bella in vita mia.»

Si chinò in avanti e appoggiò il mento sulla mia spalla. «Sei bellissima. Così fottutamente stupenda. Grazie per avermi dato una possibilità.»

Sorrisi. «Grazie a te per avermi dato qualche possibilità.»

Rise, sorpreso dalla mia affermazione. Il suo fiato mi soffiò sul viso, solleticandomi il naso. Mi inclinai verso di lui e premetti dolcemente le nostre labbra l'una contro l'altra. Rispose all'istante, stringendo la presa sulla mia nuca e facendomi voltare verso di lui. Mi voltai verso di lui, lasciando che i nostri corpi si fondessero, le mie curve morbide si adattavano alle sue linee dure.

Stretta contro di lui potevo sentire quanto fosse eccezionale il suo fisico. Feci scorrere le mani sul suo petto e giù fino allo stomaco, lasciando che le dita incontrassero i suoi muscoli scolpiti. Le mie mani risalirono fino alle sue spalle e mi aggrappai ai muscoli lì, che si tendevano e sobbalzavano a ogni movimento delle mie mani. Sfiorai le sue braccia, facendo scorrere un dito delicato su ogni rilievo muscolare e sentendolo flettersi sotto il mio tocco.

Anche le mani di Xander esplorarono. Lasciò la mia nuca e fece scorrere una mano lungo la schiena fino a fermarsi sulla parte alta del mio sedere. Separò la mia maglia dalla gonna e lasciò che le dita vagassero sulla parte bassa della mia schiena, provocando scintille in tutto il mio corpo. L'altra sua mano poggiava possessivamente sulla mia coscia, appena sotto l'orlo della gonna. Mi accarezzò la coscia, nuda sotto la gonna, e mi fece desiderare ardentemente che salisse più in alto.

«Chiedo scusa» disse una voce da un punto indefinito fuori dalla mia coscienza. Xander si ritrasse da me con aria colpevole, ma tenne la mano sulla mia coscia. Alzai lo sguardo e vidi il nostro cameriere in piedi sopra di noi con i piatti di cibo. Depositò tutto sul tavolo e chiese se avessimo bisogno di altro, poi svanì di nuovo.

Xander si chinò verso di me e mi baciò il collo. «Ops» scherzò contro la mia pelle. Risi con lui, sentendomi piena di potere per il modo in cui mi stava facendo sentire.

Entrambi ci tuffammo sul cibo, affamati. O forse eravamo solo ansiosi di andarcene da lì. In ogni caso, mangiammo in fretta, condividendo il cibo dai nostri piatti e imboccandoci a vicenda con la stessa forchetta. Xander mi toccava o mi baciava ogni pochi secondi, come se non ne avesse mai abbastanza di me. Era una sensazione nuova ma incredibile. Neanch'io ne avevo mai abbastanza di lui.

Quando finimmo la cena, ci appoggiammo allo schienale e ci tenemmo per mano, rubandoci baci veloci mentre parlavamo. «Pensavo di andare da Dolce e sfacciata per il dolce. Il sabato sera c'è musica dal vivo, artisti locali. E ovviamente i loro dolci sono fantastici.»

«Mi sembra un'ottima idea. Possiamo arrivarci a piedi da qui, giusto?»

«Sì» annuì Xander. «È all'angolo con Winter Way.»

Xander scivolò fuori dal separé dopo aver pagato la cena e mi tese la mano. Infilai la mia mano nella sua e sorrisi quando la strinse forte mentre lasciavamo il ristorante.

CAPITOLO 9

Dolce e sfacciata era affollato, ma riuscimmo comunque a rimediare un tavolo. Una cameriera tutta vestita di nero, con un grembiule rosa legato in vita, ci accolse calorosamente e ci diede i menù. Rimasi un po' delusa dal fatto di essere seduti uno di fronte all'altra, ma Xander rimediò subito, spostando la sua sedia accanto alla mia.

E riappoggiò la mano sulla mia coscia.

«Cosa ti ispira?» mi chiese a bassa voce, premendo le labbra contro il mio orecchio.

Il mio corpo fu scosso da un fremito, mentre ondate di piacere mi attraversavano. Diedi un'occhiata al menù e vidi cioccolato, cioccolato e ancora cioccolato. «Scegli tu. A me sembra tutto buono.»

«Sei tu a sembrarmi buona», sussurrò, mordicchiandomi il lobo con delicatezza. Sobbalzai, sorpresa da quel tocco intimo in un luogo così pubblico. Un sorriso mi si disegnò sulle labbra mentre il mio corpo si surriscaldava. «Che ne dici di qualcosa al cioccolato?» scherzò.

La cameriera tornò e Xander ordinò un vassoio misto di tartufi, due mini cupcake alla mousse di cioccolato e due bicchieri di vino. Mentre lei si allontanava, Xander mi chiese di ballare. C'era una band che suonava dal vivo, ma nessuno ballava. Davanti alla band c'era un'ampia pista da ballo vuota, ma non ero sicura di voler essere in mostra davanti a tutti. «Non so. Non balla nessun altro.»

«E allora?» disse lui, stringendosi nelle spalle. «Magari li spingeremo a unirsi a noi.»

Sorrisi alla sua espressione speranzosa e lo lasciai guidarmi verso il centro del locale. La band iniziò a suonare una canzone lenta e dolce proprio mentre mettevamo piede in pista. Xander mi strinse a sé, una mano stretta alla mia, mentre l'altra si posava possessiva in fondo alla mia schiena.

Avvolta nelle sue braccia, mi sentii più piccola della mia taglia 52. Xander era alto, facilmente sopra il metro e ottanta. La sua mole faceva sembrare minuta la mia, permettendomi di sentirmi piccola al suo confronto. Mi teneva stretta, i nostri corpi premuti l'uno contro l'altro, facendomi godere la tonicità del suo fisico.

I muscoli mi tenevano ferma contro di lui e la sua erezione nascente premeva contro di me. Ballammo lentamente, trascinando appena i piedi per continuare a muoverci, ma in realtà stavamo solo usando la musica come scusa per stringerci l'uno all'altra. Mi resi conto, mentre mi teneva stretta, che non mi ero mai sentita più protetta o amata di quanto non fossi in quel momento.

La cosa mi spaventò a morte.

Non volevo innamorarmi di Xander così in fretta, eppure stava succedendo. Mi conosceva meglio di chiunque altro, compresa Claire. Avevo condiviso con lui i miei segreti più profondi e le mie paure. Gli avevo parlato del mio passato e delle mie speranze per il futuro. E lui aveva condiviso le stesse cose con me.

Sapevo che dopo di lui non sarei mai più stata la stessa.

Quando la canzone finì, Xander notò che il nostro dessert

ci stava aspettando al tavolo. Mi cinse la vita con le braccia mentre mi seguiva, nascondendo il rigonfiamento nei pantaloni, fino al nostro tavolo._

Xander si lasciò cadere sulla sedia accanto a me e si portò alle labbra le nostre mani intrecciate, sfiorandomi le nocche con un bacio leggero. Allungò un braccio per avvicinare a noi il piatto di dolcetti e ne scelse uno. Lo annusò, come se potesse indovinare il gusto sotto la spessa copertura di cioccolato.

Me lo offrì e sussurrò: «Dai un morso.»

Aprii la bocca e richiusi le labbra sul cioccolatino, le sue dita che appena sfioravano l'interno della mia bocca. Addentai il tartufo e le mie papille gustative furono colpite dal dolce del cioccolato e dal sapore del burro d'arachidi. Gemetti piano e chiusi gli occhi. Quando li riaprii, Xander mi stava osservando. Si mise in bocca il resto del tartufo e si leccò le dita per pulirle.

«Era proprio buono», dissi.

Xander scelse un altro tartufo, di nuovo dividendolo tra noi. Condividemmo ogni tartufo, i sapori che si fondevano tra le nostre bocche. Quando Xander inclinò le labbra sulle mie, potei sentire il sapore del cioccolato nella sua bocca, il dolce che si mescolava alla sua lingua autoritaria e faceva vibrare il mio corpo per l'attesa.

Bevemmo il nostro vino, poi Xander mi imboccò con uno dei cupcake. Era morbido e dolce e mi si sciolse in bocca. Presi il secondo e glielo porsi. Lui mi tenne gli occhi addosso mentre chiudeva le labbra sulle mie dita, portandosi via il cupcake con la lingua. La sua mano sul mio polso tenne le mie dita nella sua bocca e se le leccò e succhiò finché non furono pulite e io ansimante. Le mutandine bagnate e i capezzoli turgidi anticipavano il mio corpo dolorante che pulsava per lui. Lo volevo. Da morire.

Quando si chinò e mi sussurrò all'orecchio: «Vuoi venire da me?» annuii avidamente e lo seguii fuori dalla porta.

Nell'aria fresca e frizzante, un senso di lucidità si fece strada in me. Stavo davvero per andare a casa con qualcuno che conoscevo a malapena? Dopotutto, io e Xander avevamo parlato, ma ci eravamo incontrati davvero solo una volta. Ero il tipo di donna che andava a letto con un ragazzo al primo appuntamento?

Come se potesse percepire il mio cambio d'umore, Xander mi fermò sul marciapiede. La luce dei negozi aperti accanto a noi svaniva nelle ombre profonde dove ci trovavamo. Mi tirò a sé e mi strinse forte. «Stai bene?»

Cercai di annuire, ma non ero del tutto sicura di come mi sentissi. Stretta forte tra le sue braccia mi sentivo al sicuro and protetta, ma andando a casa sua temevo di stare facendo il passo più lungo della gamba.

Xander si chinò e passò leggermente la lingua sul mio orecchio. Le sue labbra rimasero vicine a me mentre faceva un respiro profondo. Poi disse: «Non devi venire a casa con me se non vuoi. So che è tutto strano e la connessione tra noi è… non so. È fottutamente potente. Non ti sto chiedendo di venire da me per fare sesso. Voglio solo stare da solo con te. Senza che ogni altro uomo nel locale ti mangi con gli occhi.»

Risi contro il suo petto muscoloso, aggrappandomi alla sua vita come a un salvagente. «Nessuno mi stava guardando in quel modo.»

Si scostò per guardarmi negli occhi. «Sì, invece. Come hai fatto a non accorgertene?»

«Ehm, perché non stava succedendo», lo presi in giro.

«Sì, tesoro, stava succedendo. Non ti rendi nemmeno conto di quanto sei stupenda.»

Feci un gesto vago con la mano, incapace di esprimere a parole quanto significasse per me sentirgli dire quelle parole. Avevo sognato per tutta la vita che qualcuno mi trovasse attraente, e il ragazzo più sexy che avessi mai incontrato mi stava dicendo che ero stupenda. Era quasi troppo per me.

Xander si appoggiò al muro di mattoni dell'edificio dietro di noi e mi tirò contro di sé. «Mandy, ascolta. Sono qui con te perché adoro la tua personalità. Parliamo con facilità e mi piace sapere tutto di te. Stasera, il modo in cui non riuscivo a tenerti le mani di dosso, non aveva niente a che fare con le nostre conversazioni. Quella sei tutta tu, piccola. Sei bellissima e mi stai facendo eccitare. So che puoi sentirlo, puoi capirlo. Voglio te, non una tua versione magra. Sei bellissima così come sei. Vorrei che tu potessi vedere ciò che vedo io.»

«Non so se mi vedrò mai in quel modo. Ho accettato chi sono e sono fondamentalmente felice, ma non mi considero sexy. Mi sconcerta il fatto che tu mi desideri. Punto.»

Xander ancorò le mani ai miei fianchi, le dita che affondavano nei miei lati carnosi, e mi tirò contro di sé. I nostri corpi si incontrarono e lui mi diede un colpetto leggero, la sua erezione dura che si conficcava nella mia pancia morbida. «Sai che è così. Lo senti. Non c'è nessun altro qui fuori a parte noi e questo è tutto merito tuo. E sì, mi piacerebbe da morire portarti a casa e fare l'amore con te fino all'alba, ma sarò più che felice di passare semplicemente più tempo con te. Riguarda entrambi. Voglio renderti felice.»

«Non ho mai avuto una cosa del genere. Non ho mai avuto qualcuno a cui importasse se sono felice. Che pensasse a me per prima invece di pensare a sé stesso. È... è solo strano. Nessuna delle mie amiche ha uomini come te nella loro vita. È come se fossimo sempre state messe da parte perché siamo formose e tu che stai qui a dirmi che mi vuoi... È tutto un po' surreale per me.»

Xander mi strinse forte a sé, trattenendomi. Le sue mani mi accarezzarono la schiena e premette le labbra sui miei capelli. Se a cena e al dolce era stato sexy e sensuale, ora, in piedi sul marciapiede, era dolce e sensibile. Il suo tocco era una rassicurazione, non inteso a eccitarmi o a caricarlo, ma solo a convincermi che era lì per le mie stesse ragioni. Voleva esserci.

«Se ti fa sentire meglio, è un po' surreale anche per me. So che pensi che io abbia avuto una vita facile perché sono di bell'aspetto...»

«Sexy, Xander. Non solo di bell'aspetto. Sei fottutamente stupendo. Per non parlare del fascino.»

Rise dolcemente tra i miei capelli. «A prescindere da questo, non è che tutto mi venga facile. Ti ho raccontato del college e di quanto fossi andato male. Ho anche sempre problemi con le ragazze. Non crederesti a quante donne là fuori mi vogliano solo come accessorio.»

«Chi ha detto che non ti voglio per quello?» lo presi in giro.

Gettò la testa all'indietro e rise di cuore. Il suono rimbombò dal suo petto fino a me, premuto contro di lui. «Vedi, è questo che amo di te. Puoi scherzare con me. Nessuna donna che mi volesse davvero per secondi fini scherzerebbe su una cosa del genere. Tra noi è scattata la scintilla. È strano ed è spaventoso, ma è fantastico. Tu sei fantastica.»

«Sei sicuro di non stare solo cercando di portarmi a letto?»

Si scostò da me, con le mani ancora aggrappate ai miei fianchi. Mi guardò negli occhi mentre si avvicinava, il suo sguardo che scivolava sulle mie labbra pochi secondi prima che la sua bocca catturasse la mia. Il suo bacio fu lento, morbido. Mi baciò le labbra, facendosi strada da un angolo all'altro della bocca. Mi prese il labbro inferiore in bocca, succhiandolo con forza. Lo lasciò andare solo per riprenderlo tra i denti, mordicchiandolo e tirandolo.

Il cuore mi martellava nel petto, minacciando di uscirne. Le labbra di Xander coprirono di nuovo le mie, la sua lingua che scivolava oltre le mie labbra mentre sospiravo di piacere. La sua lingua scivolò dolcemente sulla mia. Il suo bacio era ancora morbido, ma c'era un'urgenza dietro, come se avesse paura che qualcuno potesse fermarci.

Mi aggrappai a lui, spingendolo con la schiena contro i mattoni e lasciando che le mie mani corressero sul suo corpo. La sua camicia era a maniche lunghe, ma era sottile e mi permetteva di sentire i piani del suo corpo, la forza che nascondeva sotto i vestiti. Le mie mani scivolarono sulla sua vita ed esitai. Volevo allungarle tra di noi e tenerlo, sentirlo pulsare nella mia mano, ma non potevo farlo in pubblico. Invece, feci scivolare la mano sotto la sua camicia, sentendo la pelle morbida e i peli setosi sul suo stomaco. I suoi muscoli si contrassero sotto le mie dita e lui gemette mentre mi spingeva contro.

Le sue mani scesero dai miei fianchi per coppeggiarmi il sedere. Mi strizzò e impastò la carne, tenendomi stretta a sé. Gemetti piano dentro di lui e mi tirai indietro.

«Andiamo da te», dissi. La mia voce era irriconoscibile, annebbiata dalla forte emozione.

Xander mi guardò e mi prese il viso tra le mani. «Non è per questo che ti ho baciata. Avevo intenzione di baciarti e lasciarti tornare a casa. Non voglio che tu faccia niente che non vuoi fare. Ho bisogno che tu ti fidi di me.»

«Lo so. Mi fido di te. E voglio venire da te. Adesso.»

Xander mi osservò per qualche altro secondo, poi mi prese le mani e mi trascinò praticamente fino al parcheggio fuori dal Thai This, dove avevamo lasciato le nostre auto. Mi indicò la sua e mi condusse alla mia, baciandomi con forza prima che salissi. Corse attraverso il parcheggio fino alla sua Jeep e, in pochi secondi, lo stavo seguendo fino a casa sua.

CAPITOLO 10

IL TRAGITTO fino a casa di Xander ci riportò verso la mia
zona. Quando entrammo nel vialetto di una villetta a un
piano in stile classico, rimasi colpita. Xander aveva accen-
nato di avere una casa di proprietà, ma mi aspettavo un
elegante appartamento da scapolo, non un'abitazione in un
quartiere vicino al mio.

Xander entrò nel garage e io parcheggiai proprio dietro
di lui, nel vialetto. Scese dalla sua Jeep e tornò verso di me.
Lo raggiunsi all'ingresso del garage e lui mi afferrò la mano,
trascinandomi dentro dietro di sé.

Entrammo direttamente in cucina. Aveva un'aria antica,
rustica. I mobili erano chiaramente quelli originali della casa,
ma in ottimo stato. I ripiani in pietra sembrava fossero stati
sostituiti di recente. Sulla destra c'era un tavolo in legno
massiccio di un intenso e ricco color caffè espresso, con
quattro sedie spaiate che, in qualche modo, sembravano
perfette.

«È splendida», ansimai, impressionata dalla sua casa.

«Grazie. Avresti dovuto vedere com'era quando l'ho

comprata. Aveva delle buone fondamenta, ma aveva bisogno di un po' di cure».

«Hai fatto tu tutti i lavori qui?» Lui annuì. «Wow, adesso sono ancora più impressionata. Mi racconti quello che hai fatto?»

Sollevò un sopracciglio scettico verso di me. «Vuoi davvero sentire tutto questo?»

Sorrisi. «Sì. Mi dà un'idea migliore di chi sei. E poi, adoro la mia villetta a schiera, ma non ha il fascino di questo posto. Amo le case antiche come questa. Quelle in cui senti che hanno una storia da raccontare e tu devi scoprire qual è. Credo che tu abbia trovato la storia di questa casa».

Arrossì e distolse lo sguardo, guardandosi intorno nella cucina di casa sua. L'orgoglio e l'imbarazzo lottavano sul suo volto, ma quando si voltò di nuovo verso di me, l'orgoglio ebbe la meglio.

«La casa era di proprietà di una donna che è cresciuta qui. I suoi genitori l'avevano costruita. Stava per andare in una casa di riposo e non aveva parenti, quindi vendeva la casa e pensava di usare i soldi per la sua permanenza lì».

Stava in piedi accanto a me mentre parlava. Quando i nostri sguardi si incrociarono, capii quanto fosse importante per lui la casa.

«L'aveva messa in vendita a un prezzo molto inferiore a quello di mercato, ma nessuno la voleva per via di tutti i lavori che c'erano da fare. Andai a trovarla, si era già trasferita nella casa di riposo, e le parlai della casa. Mi raccontò di essere cresciuta qui e di quanto amore avesse riempito quelle mura. Aveva due fratelli, ma entrambi si erano trasferiti anni fa e non avevano alcun interesse per la casa. Non si era mai sposata, quindi non aveva nemmeno figli che potessero reclamarla. Voleva solo che andasse a qualcuno che l'avrebbe amata».

Gli strinsi la mano, incoraggiandolo a continuare. Capivo che si era affezionato a quella donna.

«Comunque, era preoccupata per i soldi perché il prezzo richiesto le sarebbe bastato solo per circa cinque anni nella casa di riposo. Mi disse che sapeva che c'erano molti lavori da fare, ma doveva ricavarne abbastanza per essere sicura di poter vivere senza preoccupazioni. Essendo sola, non aveva una famiglia da chiamare se fosse rimasta senza soldi. Accettai di pagare un po' più del prezzo richiesto e firmai un contratto con la casa di cura: se mai dovesse rimanere senza soldi, si rivolgeranno a me per aiutarla».

«Come si chiama?»

«Louise. È diventata come una nonna per me. Vado a trovarla ogni settimana e giochiamo a carte. Le porto le foto della casa e lei mi racconta delle storie. Questa casa ha molte storie e hai ragione, ho cercato con tutte le forze di trovarle. Louise mi ha aiutato».

«Sembra una donna meravigliosa. Questo rende il posto ancora più speciale, perché hai un legame con il suo passato».

Xander annuì. «È per questo che la amo così tanto. So che è solo una casa, ma per me è casa. È il primo posto di cui io sia mai stato fiero».

Sorrisi e mi alzai in punta di piedi per baciarlo. Lui mi venne incontro e la sua lingua passò rapida nella mia bocca. Mi tirai indietro prima che ci lasciassimo troppo coinvolgere dal bacio e chiesi: «Allora, cos'hai fatto qui dentro?»

Si guardò intorno in cucina, osservando la stanza. «Praticamente tutto. I mobili non sono originali, ma ne ho fatti su misura che riprendono il vecchio design. I ripiani sono nuovi e ho sostituito il pavimento piastrellato appena arrivato. Ovviamente tutti gli elettrodomestici sono nuovi. Il tavolo l'ho trovato a un mercatino dell'usato qualche anno fa e ho pensato che ci stesse bene. Ho collezionato le sedie nel corso degli anni, cercando dimensioni e colori simili, ma volevo qualcosa di un po' diverso».

«Hai fatto un lavoro incredibile. Pensavo davvero che quelli fossero i mobili originali. Sono bellissimi». Passai la mano sulle ante dei mobili e sentii il legno liscio e fresco sotto i polpastrelli.

«Vuoi vedere il resto?» domandò Xander, timidamente.

Mi voltai verso di lui, con un sorriso che mi spaccava il viso. «Assolutamente».

Mi guidò attraverso la sala da pranzo, dove aveva sostituito i pavimenti in legno e installato una credenza a muro per contenere i piatti da portata e altri oggetti da cucina usati di rado. Il soggiorno aveva gli stessi pavimenti in legno e un nuovo ventilatore a soffitto. I mobili erano grandi e in pelle, molto invitanti. Xander aveva un'enorme TV di fronte al divano e alcuni tavolini sparsi per la stanza. L'intero posto aveva un'atmosfera molto confortevole e accogliente.

Oltre il soggiorno c'era uno stretto corridoio che portava alle camere da letto. Passammo davanti a due piccole stanze che Xander usava come ufficio e palestra e a un bagno di servizio prima di arrivare alla sua camera da letto.

«Non sto cercando di adescarti qui dentro. Voglio solo che tu la veda».

«È un eufemismo?»

Lui scoppiò in una risata roca, mi tirò a sé per un bacio secco e poi accese la luce nella sua camera da letto.

Fui contenta che l'avesse lasciata per ultima, perché sapevo che non sarei riuscita a visitare il resto della casa.

Al centro della scena c'era un letto king-size con un'enorme testiera in legno che copriva metà della parete. Lenzuola bianche e fresche e un piumone rivestivano il letto, con cuscini gettati a caso sopra. Un grande comò era posizionato su un lato e una TV era appoggiata su un mobiletto nell'angolo. Due porte incorniciavano il letto accanto ai comodini, conducendo al bagno e alla cabina armadio.

Entrando nell'enorme cabina armadio mi chiesi perché Xander non avesse più vestiti. L'armadio sembrava pieno solo a metà. «Dov'è il resto della tua roba?»

Abbassò lo sguardo sui suoi piedi e si passò una mano tra i corti capelli scuri. «Non ho molta roba. La cabina è fantastica perché le cose si perdono di rado, ma è troppo grande per me. Se mai qualcuno si trasferirà qui con me, sarà un bene che lei abbia spazio, quindi non cerco di riempirla».

Pronunciò l'ultima frase con gli occhi fissi nei miei, come se stesse considerando la possibilità che io mi trasferissi da lui. Sillabai: «Oh» e tornai nella camera da letto. Aggirai il suo letto fino all'altra porta.

Xander accese la luce del suo bagno e io quasi caddi a terra. «Porca miseria», mi scappò detto. La stanza era sbalorditiva.

Una doccia per due o più persone correva lungo una parete con accanto una vasca idromassaggio, sormontata da una finestra. Il mobile del bagno e il water erano dall'altro lato, con una porta per mantenere la privacy del gabinetto. Doppi lavandini adornavano gli eleganti ripiani in cemento, ancorati a un robusto mobile in legno. I pavimenti in ardesia scintillavano sotto le luci e il color ambra delle piastrelle era stato ripreso e dipinto sulle pareti.

Volevo vivere in quel bagno.

«Hai fatto tu anche tutto questo?» chiesi.

Annuì timidamente. «Ho pensato che se dovevo rifare tutto, tanto valeva esagerare. È un po' eccessivo, ma lo adoro».

«È incredibile. Ucciderei per un bagno come questo».

«Ci stai bene qui dentro. Ti si addice». Mi tese le braccia e io caddi docilmente nel suo abbraccio. Tenendomi stretta, appoggiata al bancone, ascoltai il suo cuore battere. Le sue mani scivolavano lentamente sulla mia schiena. Feci lo stesso, ascoltando il suo cuore costante battere più veloce man mano che ci tenevamo stretti.

Quando mi sollevò il viso verso il suo, mi baciò, infilando una mano tra i miei capelli e tenendomi ferma. Le mie mani corsero sul suo petto, scivolando verso la sua vita. Sollevai il bordo della sua maglietta e lasciai che le mie dita tracciassero i suoi muscoli, godendomi la contrazione che provocavano ogni volta che li toccavo.

La lingua di Xander spazzò la mia bocca, reclamandomi come sua. La forza e la velocità della sua lingua aumentarono a ogni tocco delle mie mani sul suo stomaco, finché non interruppe il nostro bacio, senza fiato.

«Mi dispiace, tesoro, non posso farlo. Non posso baciarti così. Non qui, così vicino al mio letto. Possiamo andare nell'altra stanza a parlare».

«Oppure…» lanciai un'occhiata verso la sua stanza, dove il letto king-size si trovava appena fuori dalla vista.

«Oppure cosa?» disse a denti stretti, combattendo contro gli ormoni che sapevo gli stavano scorrendo in corpo.

Decisi di essere la donna audace e sicura di sé che ero al telefono. Quella che aveva fatto venire Xander solo con le mie parole e i miei suoni la sera prima. Quella che lo aveva tenuto duro per tutta la serata.

«Oppure potremmo vedere dove ci porta questa cosa, magari sul tuo letto».

Mi afferrò così in fretta che non capii cosa stesse facendo finché non mi sollevò tra le braccia. «Ti farai male. Mettimi giù», protestai.

Xander mi portò a letto, baciandomi il collo mentre camminava e mormorando contro la mia pelle. Le mie gambe erano avvolte intorno a lui e mi tenevo stretta, sperando che non si procurasse un'ernia.

Sul bordo del letto, Xander mi abbassò lentamente, i

nostri corpi che si strofinavano l'uno contro l'altro per tutta la discesa. Gemette quando i miei piedi toccarono il pavimento e sigillò le nostre bocche, baciandomi freneticamente.

«Sul letto. Ora», ordinò. Un piccolo brivido mi percorse al suo improvviso cambiamento. Non avevo mai avuto un uomo che mi desse ordini a letto, ma pensavo che mi sarebbe piaciuto.

Le mie mutandine si inumidirono ancora di più mentre osservavo lo sguardo di puro desiderio sul suo volto. Mi voleva. Da morire.

Strisciò sul letto e lungo il mio corpo, fermandosi alla mia vita. Sollevò la mia maglietta con il naso e passò la lingua sulla pelle morbida della mia pancia. Mi irrigidii e cercai di allontanarmi, desiderando che non avesse il viso così vicino alla mia parte più grassa.

«Non muoverti», disse duramente. «Ho toccato questo punto per tutta la notte e ho bisogno di sapere che sapore ha».

Rimasi immobile mentre lui mi sollevava ulteriormente la maglietta, baciando e succhiando la pelle flaccida della mia pancia. Immerse la lingua nel mio ombelico e ronzò contro il mio corpo. Il mio cuore batteva all'impazzata e il fuoco lambiva ogni centimetro della mia pelle, dolorante e ardente, desiderando che continuasse a toccarmi.

«Togliti la maglietta», mi disse. Sollevai le spalle dal letto, mi sfilai la maglietta dalla testa e la lasciai cadere a lato del letto.

I suoi occhi nocciola, di un verde fango profondo e carico di lussuria, scrutarono la metà superiore del mio corpo, soffermandosi sulla mia bocca per un breve secondo prima di incontrare il mio sguardo. «Sei bellissima,» disse seriamente quando i nostri sguardi si incatenarono. I miei brillarono di lacrime e lui si mosse subito per baciarmi.

Si sorresse con una mano e infilò l'altra tra i miei capelli, tirandomi su per incontrare il suo bacio. La sua lingua si fece strada tra i miei denti e affondò con foga nella mia bocca. Mi aggrappai a lui, cercando di ricordare tutto ciò che stavo provando, nel caso fosse un sogno e mi fossi svegliata.

Quando si ritrasse, mi guardò negli occhi, con le nostre fronti premute l'una contro l'altra. «Sei la donna più bella che abbia mai avuto nel mio letto. La donna più bella che abbia mai visto. E mi assicurerò che tu sappia quanto ti desidero quando avrò finito con te.»

Deglutii, improvvisamente terrorizzata da ciò che stava per fare. No, sapevo che non mi avrebbe fatto del male, ma sapevo che sarebbe stato molto forte dal punto di vista emotivo se avesse provato a farmi vedere me stessa in modo diverso.

«Ti bacio le labbra e non vedo una faccia grassa come credi di avere. Assaporo la tua dolcezza, un sentore di cioccolato che mi ricorda te, e so che non posso fermarmi lì.»

Si avvicinò al mio orecchio e sussurrò: «Quando ti bacio la guancia non penso ai tuoi zigomi nascosti o alle tue guance paffute. Penso a quanto profuma la tua pelle e a quanto ti piace quando immergo la lingua dietro l'orecchio e a quanto sono veloci le tue pulsazioni quando sono vicino.»

La sua lingua mi accarezzò il polso, che accelerò i battiti, incoraggiandolo.

«Scendo lungo il tuo collo fino al seno e non penso che sia troppo grande o pesante, penso che stia perfettamente nelle mie mani e,» fece una pausa mentre passava rudemente un pollice su un capezzolo. Mi inarcai verso di lui, premendo con più forza il seno contro la sua mano. «penso a come rispondi al mio tocco. A come ti ho ascoltata ieri sera quando ti toccavi i capezzoli e a quanto mi sono indurito.»

Allungò le mani dietro di me, mi slacciò il reggiseno, me lo sfilò lungo le braccia e lo gettò alle sue spalle. La sua bocca coprì un capezzolo mentre le sue dita torturavano l'altro.

Gemei e lo graffiai. Ero sull'orlo di un orgasmo solo per le sue parole e qualche giochino con i capezzoli, cosa che non era mai successa prima. Sapevo che sarei esplosa se mi avesse toccata dove lo desideravo ardentemente.

Le sue mani scivolarono sui miei fianchi e lui lasciò una scia di baci mentre scendeva. Sulla mia pancia disse: «Quando bacio qui non penso al peso che credi di dover perdere. Penso a quanto è morbida la tua pelle e a come questo sia l'unico posto che so che profuma di te. Un posto che non è contaminato da deodorante o profumo o qualsiasi altra cosa, ma che racchiude solo te.»

Le mie mani gli afferrarono la testa, i suoi capelli corti sfioravano la punta delle mie dita e mi solleticavano i palmi. Mentre mi baciava, mi sfilò la gonna e le mutandine dai fianchi. Mi guardò, un'interrogazione negli occhi. Gli sorrisi, dandogli il permesso che cercava.

Gettò gonna e mutandine sul pavimento insieme agli altri miei vestiti e io strinsi forte gli occhi, non volendo vedere l'espressione sul suo viso quando avesse visto il mio corpo completamente nudo.

«Guardami, Mandy,» disse dolcemente. Costrinsi i miei occhi ad aprirsi e incontrai i suoi, trovandovi bisogno e desiderio struggente invece del disgusto che mi aspettavo. «Sei fottutamente bella. Non so come ho fatto a essere così fortunato, ma grazie per essere qui.»

Una lacrima mi scivolò da un occhio e Xander si spostò per sdraiarsi accanto a me. «Parlami, tesoro. A cosa stai pensando in questo momento?»

Esitai. Aveva detto che gli piaceva la donna sicura di sé del telefono e in quel momento mi sentivo tutto tranne che così. Volevo tirarmi le coperte addosso e nascondermi da lui. Volevo scappare da casa sua urlando e non guardarmi mai più indietro. Volevo svegliarmi dal sogno che ero sicura mi avrebbe presto portato dolore.

«Ho una paura tremenda. Non capisco perché mi trovi attraente, perché io non mi ci trovo per niente.»

«Basta. Fermati qui. L'attrazione non è qualcosa che possiamo controllare. Mi sei piaciuta dal momento in cui hai risposto al telefono e questo non è cambiato per via del tuo aspetto. Anzi, si è intensificata. So che non lo capisci, ma ai miei occhi sei bellissima. Non deve succedere nulla. Posso rimetterti i vestiti e possiamo andare a sederci sul divano. Qui comandi tu.»

«Davvero?» lo presi in giro. «Perché in un certo senso mi è piaciuto ricevere ordini.»

«Sì?»

«È stato piuttosto eccitante.»

«Dovrò tenerlo a mente. Per ora penso che dobbiamo prenderla con calma. Ti va bene?»

Abbassai lo sguardo sui nostri corpi premuti fianco a fianco, il mio completamente nudo e il suo vestito di tutto punto. «Penso che starei meglio con tutto se anche tu fossi nudo.»

Lui sorrise e mi baciò il naso prima di rotolare giù dal letto. I suoi vestiti scomparvero rapidamente e tornò al mio fianco, sorreggendosi su un gomito. Mi voltai verso di lui, sentendolo premere in basso e duro contro il mio stomaco nudo. Guardai in basso e allungai la mano verso di lui, incapace di fermarmi.

Avvolsi le dita intorno alla sua lunghezza, meravigliandomi della pelle setosa che ricopriva la sua asta dura. Alcune gocce di sperma luccicavano sulla punta e le asciugai con il pollice, cerchiando la sua cappella. Xander strinse i denti e spinse contro la mia mano. «Cazzo, tesoro, non puoi continuare a farlo o vengo.»

«Voglio che tu venga. Voglio guardarti. Voglio assaggiarti.»

«Posso assaggiarti prima io? Ti prego,» gemette mentre lo

accarezzavo dolcemente. Mi spinse delicatamente sulla schiena e si chinò su di me, baciandomi il collo e scendendo lungo il mio corpo. Si fermò sui miei capezzoli per leccarli e mordicchiarli, poi passò la lingua sul mio ventre prima di sistemarsi tra le mie gambe.

Non gli avevo ancora risposto, così mi guardò con fare speranzoso mentre premeva il naso contro il mio corpo. Le sue dita corsero lungo l'interno delle mie cosce, solleticandomi e stuzzicandomi per farmi aprire completamente a lui. Gemei piano e lasciai cadere le ginocchia sul letto, dando a Xander l'accesso di cui aveva bisogno.

Non perse tempo, passando la lingua su di me con un unico rapido movimento. Gemei forte e mi inarcai verso di lui. «Cazzo, hai un sapore così buono,» mormorò contro la mia pelle. Le sue mani mi tenevano le gambe ai lati mentre immergeva la lingua dentro di me, spingendo delicatamente prima di tornare sul mio clitoride.

Mi circondò, succhiandomi dolcemente. Le sue dita si avvicinarono a me finché non ne fece scivolare uno dentro, sondando in profondità. Estrasse il dito bagnato da me e lo spinse di nuovo dentro con un altro, mentre mi prendeva in bocca. Urlai e mi dibattei, cercando di trattenermi invece di lasciare che il piacere mi riempisse.

«Vieni per me, tesoro. Ho bisogno di assaggiarti. Adesso.»

Xander aggiunse un terzo dito e spinse forte e in profondità dentro di me, la sua lingua mi leccava furiosamente mentre il mio corpo si contraeva stretto intorno a lui e sentivo il mio piacere sulla punta della sua lingua. Allungò la mano libera e mi strizzò un capezzolo mentre immergeva le dita dentro di me la volta successiva, il piacere e il dolore del suo movimento mi strapparono l'orgasmo di dosso.

Gridai il suo nome, venendo in una potente esplosione convulsa. Mi tenne stretta, succhiando e sondando mentre ondate di orgasmo mi travolgevano. Mentre l'impeto rallentava, sentii le dita di Xander scivolare via dal profondo di me e mi baciò la coscia con labbra bagnate. Si arrampicò su di me, sdraiandosi accanto a me sul letto, la sua erezione a colmare il vuoto tra noi.

«È stata la cosa più incredibile di sempre. Non potrò mai smettere di pensare al tuo suono e al tuo sapore.»

Allungai la mano tra noi e lo presi, esitando. Lui mi accarezzò dolcemente i capelli, baciandomi la tempia e tenendomi stretta. «Faresti l'amore con me?» chiesi infine.

Si bloccò. Come se avesse cambiato idea. Quando raccolsi il coraggio di guardarlo, aveva il più grande dei sorrisi stampato in faccia. «Sei sicura? Non voglio che ti senta obbligata.»

«Se non vuoi-»

«Cazzo, no,» mi interruppe. «Sai che lo voglio. Voglio solo essere sicuro che tu sia pronta.»

«Voglio sentirti dentro di me. Io... ho bisogno di te dentro di me.»

Xander si chinò su di me, aprì il cassetto del suo comodino e tirò fuori un preservativo. Glielo presi dalle dita e lo strappai. Si sdraiò sulla schiena, con l'erezione puntata verso il soffitto. Tenni il preservativo sopra di lui e lo guardai brevemente prima di iniziare a srotolarlo su di lui.

Le sue dita trovarono la mia vagina nuda e ne fece scivolare dentro due mentre io ero impegnata con lui. Il mio corpo si muoveva con le sue dita, rimbalzando sulla sua mano, cercando un altro piacere mentre giocava con me.

Quando il preservativo fu a posto, Xander mi afferrò i fianchi e iniziò a guidarmi per farmi salire sopra di lui. «Cosa stai facendo?» chiesi freneticamente. Non potevo sedermi su di lui, lo avrei schiacciato.

«Ti voglio sopra, almeno per iniziare. Voglio guardarti cavalcarmi.»

«Ho paura di farti male.»

«Non c'è pericolo. Ti prego. Voglio solo guardarti per qualche minuto.»

Cedetti al suo sguardo supplichevole e salii sopra di lui. Si guidò dentro di me, tenendomi i fianchi quando fu allineato. Lasciando che controllasse il mio corpo, mi godetti la sensazione di lui che pulsava alla mia entrata. Il mio corpo era bagnato e pronto per lui, già dolorante per il suo tocco.

Xander mi fece scivolare su di lui centimetro per centimetro, lasciando che il mio corpo si allargasse per accogliere il suo cazzo grosso. Allargai ulteriormente le ginocchia per accoglierlo e mi lasciai cadere su di lui, impalandomi sulla sua erezione.

Il dolore e il piacere di averlo dentro di me assalirono il mio corpo e mi fecero capire che ero pronta a ricominciare. Xander sentì il mio corpo contrarsi intorno a lui e gemette debolmente. «Cavalcami, tesoro. Prenditi il tuo piacere dal mio corpo. Come ti sei presa quello di ieri sera dalle mie parole. Cavalcami con forza.»

Appoggiai le mani sul suo petto per fare leva e lentamente mi sollevai da lui. Ricaddi giù, allargando bene le ginocchia per accogliere Xander il più a fondo possibile. Il suo cazzo mi colpì in profondità e con forza, ma io lo volevo più veloce. Le sue mani mi tenevano i fianchi, non per controllarmi, solo per sentirmi. Mi sollevai e ricaddi sempre più forte e più veloce, sentendo il mio corpo avvolgersi stretto intorno a lui mentre il mio orgasmo si avvicinava furtivamente alla superficie.

Frustrata per non potermi muovere più velocemente, gettai la testa all'indietro e mi misi a sedere. Xander percepì il mio bisogno e fece scivolare la mano tra di noi. Sfregò furiosamente contro di me con le dita, facendomi piegare ancora di più all'indietro per dargli un accesso migliore. Gemei forte, sempre più vicina al baratro su cui avevo un disperato bisogno di cadere. Xander ci capovolse bruscamente, rimanendo inguainato nel mio corpo, e si schiantò dentro di me.

Le sue dita operarono la loro magia su di me mentre i nostri corpi si martellavano a vicenda. Lo schiocco della pelle era un rumore debole in sottofondo rispetto ai nostri respiri pesanti e ai gemiti. Xander gemette nel mio orecchio: «Vieni per me, Mandy. Tesoro, ho bisogno che tu venga adesso. Non ce la faccio più a trattenermi, piccola. Dammelo.»

Venni al suo comando, gridando il suo nome e aggrappandomi a lui mentre il mio corpo era scosso dalla potenza del mio orgasmo. Lui spinse forte e in profondità, il mio nome sulle sue labbra mentre venne subito dopo di me.

Mi baciò gli occhi, le guance, le dita, ovunque potesse arrivare mentre entrambi tremavamo per le scosse di assestamento. Fare l'amore con lui era stata l'esperienza più potente e tenera della mia vita. Anche se iniziavo a sentire dolore tra le gambe e sapevo che sarei rimasta indolenzita per giorni, sapevo più di ogni altra cosa che mi aveva rovinata per tutti gli altri uomini. Nessuno sarebbe mai stato paragonabile a Xander Carlson.

CAPITOLO 11

Dopo, Xander mi strinse tra le braccia e mi tenne con sé. Mi sussurrò all'orecchio e mi disse quanto fossi bella. Nella beatitudine del dopo sesso, mi permisi di credere che potesse davvero pensarlo.

Deliziosamente sazia e palpitante per il nostro piacere reciproco, rimasi tra le braccia di Xander, nel suo letto. Sapevo che avrei dovuto andarmene, tornare a casa invece di affrontare l'imbarazzo del giorno dopo o la passeggiata della vergogna. Xander mi teneva stretta mentre ci coccolavamo nel suo letto, parlando tra un bacio e l'altro. Gli dissi che dovevo andare, ma lui continuò a parlare e a baciarmi, e io non me ne andai mai.

Poco dopo la mezzanotte ci addormentammo, avvinghiati l'uno all'altra, avvolti nelle fresche lenzuola bianche. Ero vagamente consapevole di non aver mai passato tanto tempo nuda con un uomo. Mentre scivolavo nel sonno, mi resi anche conto di non aver mai passato la notte con un uomo.

Qualche ora dopo, mi svegliai e mi sentii a disagio a essere lì. Dopo tutto quello che avevamo condiviso, le nostre telefonate, le carezze, l'aver fatto l'amore, temevo ancora che la mattina sarebbe stata strana.

Mi liberai dal suo abbraccio e scivolai giù dal letto. Raccolsi silenziosamente i miei vestiti e mi rivestii. Diedi un'occhiata al letto, a Xander steso a pancia in giù e spaparanzato sulla sua parte. Il cuore mi doleva, dicendomi di rannicchiarmi di nuovo accanto a lui, ma sapevo che avrei dovuto andarmene.

Invece di svignarmela senza dire una parola, decisi di dirgli che me ne stavo andando. Avvicinandomi al suo lato del letto, appoggiai la mano sulla sua spalla nuda; il calore della sua pelle mi riscaldò. «Xander» chiamai a bassa voce, spingendolo leggermente.

«Mmm?»

«Torno a casa.»

Si girò e mi guardò, con gli occhi assonnati e confusi. «Mandy. Tesoro, torna a letto.»

«No, vado a casa. Torna a dormire.»

Mi afferrò la mano e mi tirò giù verso di lui per un bacio assonnato. «Non devi andartene. Voglio che tu rimanga.»

Sorrisi, chiedendomi se forse avrei dovuto restare, ma sapevo che la mattina sarebbe stata strana. «Devo tornare a casa. Credo che i miei amici siano ancora lì.»

«Oh, piccola, non sapevo di averti trattenuta dai tuoi amici. Scusami.»

Sorrisi. «No, va tutto bene. Sono venuti ad aiutarmi a decidere cosa indossare per il nostro appuntamento.»

Mi passò una mano sul sedere, poi la fece scivolare sotto la gonna per toccarmi la pelle nuda. «Allora ringraziali da parte mia. Eri stupenda. Lo sei ancora.»

«Glielo dirò. Mi chiami domani?»

«Senza dubbio. Stai attenta, tesoro.»

Lo baciai dolcemente e uscii dalla porta d'ingresso. Le strade erano silenziose mentre guidavo verso casa e trovai la mia villetta a schiera al buio. Dentro, vidi Sam sul divano e sorrisi. Mi trascinai di sopra ed entrai nella mia stanza, spogliandomi per la seconda volta. Indossai una canottiera e dei pantaloncini e mi infilai a letto accanto a una Claire svenuta.

La mattina dopo, Claire si girò e mi diede uno schiaffo, svegliandomi. Urlò e balzò in piedi prima di vedere che ero solo io. Nel mio letto. «Quando sei tornata a casa?» mi chiese, risalendo sul letto.

«Intorno alle tre. Xander voleva che rimanessi, ma temevo che il giorno dopo sarebbe stato strano.»

«Ooh, il giorno dopo. Sembra che tu abbia passato una bella serata.»

«Già, una serata davvero bella. È fantastico. E mi ha sfinita. Ho una fame da lupi. Andiamo a svegliare Sam e Addi e vi racconto tutto della mia serata.»

In cucina tirai fuori il preparato per pancake. Sam prese le ciotole e Addi tirò fuori latte, uova e pancetta dal frigo. Claire preparò il caffè.

Accesi il fornello, scaldando la padella per i pancake mentre Addi disponeva le strisce di pancetta su un piatto per cuocerle al microonde.

«Okay, sputa il rospo. Com'è andata ieri sera?» chiese Addi mentre versavo i primi pancake nella padella.

«È stato fantastico. Siamo andati a cena e non riusciva a tenermi le mani di dosso. La prima cosa che ha fatto è stata baciarmi, tipo un bacio follemente appassionato, da pomiciata. Avevo il rossetto spalmato su tutta la faccia e sulla sua, e il cameriere ci guardava come se fossimo pazzi. Ha detto che non ha potuto far a meno di scoprire che sapore avessi.»

«Cavolo, che cosa eccitante» disse Sam.

«Sì, lo è stato. Non è riuscito a tenermi le mani di dosso per tutta la sera. O mi teneva la mano, o mi accarezzava la gamba, o mi teneva abbracciata praticamente per tutta la sera. È stato... merda, non riesco nemmeno a descriverlo.»

«Pensi ancora che non faccia sul serio?» chiese Addi.

«Penso che resterà sempre un pensiero fisso, il chiedermi se sta con me solo finché non arriverà qualcuna più magra. Ho passato 27 anni a credere di essere troppo grassa perché qualcuno potesse amarmi ed è strano iniziare a pensare che forse potrebbe succedere. Cioè, non sto pensando che sia innamorato di me adesso, ma il modo in cui reagisce a me, quanto era eccitato per tutta la sera, e non solo io, è stato semplicemente... è stato diverso da chiunque altro con cui sia mai stata.»

«Sembra perfetto, quasi troppo bello per essere vero. Sono solo contenta che tu sia felice» aggiunse Sam.

«Grazie. È strano iniziare a crederci, ma ci credo. E so che se può succedere a me, può succedere anche a voi.»

Gemettero all'unisono e io risi, girando i pancake su un piatto e sgranocchiando un pezzo di pancetta scura e croccante.

«Allora, ci sei andata a letto?» mi chiese Addi.

Arrossii, chiedendomi cosa avrebbero pensato di me, che ero andata a letto con lui al nostro primo appuntamento. Non contavo la prima volta che ci eravamo incontrati, perché mi sembrava una situazione diversa. Questo era il nostro primo appuntamento.

«Sì. Questo fa di me una puttana?»

«Assolutamente no» urlò Sam. «È fantastico. Com'è stato?»

Lanciai un'occhiata ad Addi e Claire e le vidi sorridere incoraggianti. Neanche loro sembravano pensare che fossi una poco di buono, ed erano ansiose di avere i dettagli. Era strano essere quella con una storia da raccontare.

«È stato fantastico, tipo il miglior sesso della mia vita. Non credo che farò mai più sesso senza paragonarlo a lui e dubito che qualcuno reggerà mai il confronto. È stato dolce e sexy, ma anche passionale e selvaggio. Si è preso cura di me prima, un paio di volte, e poi di nuovo durante. Ma era semplicemente... potrei facilmente diventarne dipendente.»

«Accidenti, ne voglio uno anch'io. Ha un fratello figo a cui piacciono le donne grasse?» scherzò Addi.

Risi e scossi la testa. «No, solo una sorella. E sono abbastanza sicura che le piacciano gli uomini.»

«Comunque non potrei giocare per l'altra squadra. C'è qualcosa nell'immaginare di toccare una donna che mi fa venire i brividi. E non in senso buono.»

«Lo so» intervenne Claire. «Sento che la vita potrebbe essere più facile se mi piacessero le ragazze, ma proprio non ci riesco.»

«Già, fan del salsicciotto anche qui. Le donne sono troppo lunatiche. E poi, mi piace troppo il cazzo. Beh, per quel che me ne ricordo» scherzò Sam.

Addi rise. «Sì, sono con te. È passato così tanto tempo che non sono sicura che saprei cosa farci. Dovremo vivere per interposta persona attraverso Mandy, però. Forse possiamo imparare qualche trucchetto strada facendo.»

Risi insieme a loro, girando i pancake e mangiandone uno caldo di tanto in tanto. Claire mi preparò una cioccolata calda mentre le altre si godevano il caffè. Dopo colazione ci ammassammo sul mio divano e facemmo zapping prima di decidere di guardare *Le amiche della sposa*.

Il telefono emise un segnale acustico per un nuovo messaggio poco dopo l'inizio del film. Lo presi svogliatamente, non aspettandomi altro che un avviso su coupon in scadenza o qualcosa del genere.

Il nome di Xander era sullo schermo e aprii il messaggio. Claire mise in pausa il film. «Che succede?»

«Niente, solo un messaggio da Xander. Oh, è così dolce» dissi, passandole il mio telefono. Si era fatto una foto con un cuscino vuoto accanto a lui e aveva scritto: "Tu e il tuo cuscino sentite la mia mancanza."

Il telefono suonò di nuovo quando raggiunse Addi all'altra estremità del divano e lei strillò, lasciando cadere il mio telefono. «Cos'è successo?»

«Non avevo bisogno di leggere quello!» esclamò. «Oh, merda, non posso cancellarlo dalla mente.»

«Cosa diceva?» chiese Sam ridendo. Prese il mio telefono e lesse il testo, ridendo. Passò il telefono a Claire che reagì in modo simile ad Addi e me lo lanciò.

Anche al mio cazzo manchi. Sono pronto per il secondo round quando lo sarai tu.

Arrossii e gli mandai un rapido messaggio per vederci il giorno dopo. Rispose all'istante dicendo che voleva vedere casa mia. Gli mandai il mio indirizzo e concordammo che sarebbe venuto a cena da me dopo il lavoro il giorno seguente.

Misi via il telefono e tornai a guardare il film, sentendomi bene per il giorno dopo non così imbarazzante.

CAPITOLO 12

LE SETTIMANE SUCCESSIVE VOLARONO. Xander e io passammo molto tempo insieme, imparando a conoscere le abitudini, gli umori e i corpi l'uno dell'altra. Sapevo di starmi innamorando di lui e la cosa mi spaventava ed entusiasmava allo stesso tempo. In poco tempo, iniziammo a passare la notte insieme quasi ogni sera.

Melody venne a sapere della mia nuova relazione e minacciò di denunciarmi a Diana per aver violato la politica aziendale. Sapevamo entrambe che non poteva davvero mettermi nei guai, ma non aiutava le mie possibilità di ottenere la promozione. Ovviamente, era esattamente ciò che voleva Melody. Se io fossi stata fuori dai giochi, avrebbe avuto la garanzia di ottenere la promozione. Diana mi disse che io e Melody eravamo le due candidate principali. Dato che stavo forzando le regole, Melody avrebbe potuto facilmente tradirmi e assicurarsi la posizione.

Per qualche ragione, non l'aveva ancora fatto.

«Mandy, hai avuto notizie dal signor Carlson di recente?» chiese lei un venerdì pomeriggio mentre passavo davanti al suo cubicolo.

La voce di Melody si diffuse per l'ufficio, fermandomi e facendomi chiedere che diavolo avesse in mente.

«Sì, l'ho sentito. Perché?» risposi, sapendo benissimo che lei era al corrente che mi vedevo con Xander.

«Volevo solo assicurarmi che non avesse altri problemi. Se sta chiamando te, presumo ci sia un problema con la sua pratica. La sua precedente richiesta è stata liquidata?»

Strinsi i denti, sapendo che stava insinuando che lui avrebbe voluto parlare con me solo se avesse avuto un problema. Ovviamente, non potevo certo annunciare che le nostre conversazioni non avevano niente a che fare con il lavoro e tutto a che fare con... altre cose. «La sua richiesta è stata liquidata. A quanto ne so, non ha avuto altri problemi di richieste non pagate correttamente.»

«Forse dovrei chiamarlo io per un follow-up. Vedere se c'è qualcosa che *io* posso fare per lui...»

Il sangue mi ribollì nelle vene e strinsi i pugni. Non avevo mai desiderato colpire qualcuno così tanto come in quel momento. Mi stava provocando, e cazzo se non ci stava riuscendo.

«Certo, Melody. Se il signor Carlson dovesse trovare i miei servizi... carenti... sono sicura che tu sarai in grado di aiutarlo.»

Dopodiché, girai sui tacchi e corsi al mio cubicolo, sperando di riuscire a contattare Xander prima che lo facesse Melody.

Prima gli mandai un messaggio, ma non rispose subito. Lo chiamai, ma dopo un minuto scattò la segreteria telefonica, il che significava che era occupato, ma che mi avrebbe richiamato appena avesse avuto un attimo.

L'inquietudine mi attanagliava lo stomaco mentre aspettavo sue notizie. La mattinata sembrava non passare mai e quando arrivò l'ora di pranzo ero così ansiosa che non riuscii nemmeno a mangiare. Ogni volta che il telefono squillava, sussultavo.

Era quasi ora di andare a casa quando finalmente ricevetti notizie da Xander.

Giornata impegnativa. Tutto ok?

Melody vuole parlarti. Sta cercando di farmi incazzare.

Era per questo? Le ho già parlato.

Mi si strinse il cuore.

Prima che potessi rispondere, l'inconfondibile ticchettio dei tacchi di Melody echeggiò intorno a me, indicando che si stava avvicinando. Rimisi il telefono nel cassetto della scrivania e tornai alla mia casella di posta elettronica, sperando che non mi disturbasse.

«Mandy, ho appena parlato con il signor Carlson. Ho pensato che dovessi saperlo, visto che eri così *interessata* al suo caso.»

Annuii, ma non parlai, sperando che tutto finisse presto.

«Vuoi sapere cosa ha detto?»

«Certo, Melody. Tengo ai nostri clienti tanto quanto te.»

Melody sorrise come se avesse un segreto. «Il signor Carlson ha detto di essere stato felice di sentirmi. Ha promesso che mi avrebbe fatto sapere se ci fosse stato qualsiasi cosa che avrei potuto fare per lui.»

«Ne sono sicura,» scattai, un misto di rabbia e dolore che mi riempiva. Perché Xander avrebbe detto una cosa del genere?

«È stato molto grato che l'abbia chiamato. Penso che lo metterò nella mia lista di clienti da chiamare regolarmente, solo per assicurarmi che stia bene. Dopotutto,» disse a bassa voce in modo che nessun altro potesse sentire, «ha una voce sexy. Una che non dovrebbe essere sprecata per una che ha il tuo aspetto.»

Dopodiché, si girò e se ne andò, lasciandomi con la sensazione di aver ricevuto un pugno nello stomaco.

In un certo senso era così.

Passai l'ultima ora di lavoro ignorando il telefono che vibrava nel cassetto, sapendo che era solo Xander. Non ero pronta a parlargli dopo aver sentito quanto fosse stato felice di parlare con Melody.

Le mie amiche mi stavano assillando per conoscere Xander. Sapevo che volevano valutarlo di persona. Quella sera sarebbero venute tutte a casa mia per una serata film. Sapevo di non poterlo evitare per sempre, ma avevo bisogno di un po' di tempo per respirare, senza Melody alle calcagna.

Nei giorni precedenti, ero nervosa. Le quattro persone a me più vicine sarebbero state tutte a casa mia per la serata e temevo che non andassero d'accordo. Pensavo che magari a Xander non sarebbero piaciute le mie amiche o che forse loro lo avrebbero considerato uno stronzo. Volevo che tutto fosse perfetto.

Con la conversazione di Melody con Xander che mi pendeva sulla testa, non ero più nervosa. Ero solo ferita, frustrata e confusa.

Dopo un salto in un negozio di alcolici per prendere una nuova bottiglia di vodka e qualche bottiglia di vino, mi fermai al supermercato. Trovai la birra che piaceva a Xander, anche se ero arrabbiata con lui, e feci scorta di pasta per biscotti cruda, gelato e cupcake. Tendevamo a mangiare un sacco di snack e bere molto durante le serate film.

Il campanello suonò verso le cinque e sentii la porta aprirsi. Svoltai l'angolo della cucina ed entrai in soggiorno in tempo per vedere Claire chiudere la porta dietro di sé. «Ehi,» disse. «Posso fare qualcosa?»

Claire mi conosceva troppo bene. Non avevo detto

esplicitamente quanto fossi nervosa per la serata, ma ovviamente non importava quando si trattava di migliori amiche.

«Sto solo cercando di rilassarmi un po' in questo momento. Melody ha chiamato Xander dal lavoro oggi e ha detto che lui le ha detto di essere felice di sentirla e che l'avrebbe chiamata se ci fosse stato qualcosa di cui avesse avuto bisogno.»

Gli occhi di Claire si strinsero. «Perché sei così sconvolta per questo?» Tirò fuori un cavatappi e riempì due calici di vino, porgendomene uno.

«Mi è sembrato che le stesse dicendo che preferirebbe avere a che fare con lei.»

«E da allora hai ignorato le sue chiamate, non è vero?» disse, prendendo il mio telefono e sbloccandolo. «Diciassette chiamate perse da lui? Mandy, io sono un disastro con gli uomini, ma persino io riesco a vedere che Xander ci sta provando. Melody stravolge tutto, lo sai. Lui sa che tutte le tue chiamate sono registrate. Probabilmente non voleva dire niente che potesse indicare che avesse qualcosa a che fare con te, o essere eccessivamente sgarbato con lei senza motivo. Sarà qui a breve. Non hai bisogno di litigare con lui quando è qui per conoscerci.»

Sospirai pesantemente, sapendo che Claire aveva ragione. Era da Melody prendersi gioco di me. Per quanto ne sapessi, non gli aveva nemmeno parlato. No, lui aveva detto di sì, ma questo non significava che avesse detto le cose che lei sosteneva.

«Mi sto comportando di nuovo come una stronza pazza, non è vero?»

Claire si strinse nelle spalle e sorseggiò il suo vino. «L'hai detto tu, non io.»

Risi sentendo bussare alla porta d'ingresso, poi mi bloccai. Sapevo che era Xander, perché Sam e Addi sarebbero entrati da soli. Feci un respiro profondo e borbottai: «Meglio togliersi il pensiero.»

Non appena aprii la porta, mi rivolse un timido sorriso. Sentendomi un po' meglio, cercai di sciogliere la tensione che sentivo nel corpo. Xander entrò e mi prese il mento nella sua mano forte. Mi sollevò il viso e chiese: «Che c'è che non va? Stai bene?»

Mi rifugiai tra le sue braccia e sorrisi quando queste mi avvolsero automaticamente. Mi strusciai contro il suo petto possente e ascoltai per qualche secondo il battito regolare del suo cuore. I suoi muscoli si tesero sotto di me, assorbendo la mia tensione, e mi strinse a sé, premendo le labbra tra i miei capelli. «Cos'è successo, tesoro? Parlami. Perché non hai risposto alle mie chiamate o ai miei messaggi?»

«Melody me l'ha messa giù come se d'ora in poi volessi avere a che fare con lei, come se ti piacesse, e la cosa mi ha davvero spiazzata.»

«Oh, piccola, mi dispiace. Sapevo che tramava qualcosa quando ho sentito che era lei a chiamarmi e non tu. Mi ha chiesto se tutti i miei problemi con la pratica precedente erano stati risolti e se ero soddisfatto del servizio che stavo ricevendo dalla WNY Health. Poi mi ha detto di chiamare se avessi avuto bisogno di altro. Ho detto "va bene". Tutto qui.»

Mi venne da ridere. Mi ero agitata tanto per nulla. A sentirlo da Xander, sembrava una sciocchezza. Dio, ero proprio una stupida.

«Cos'altro c'è? Sei preoccupata per stasera? Stamattina, quando ti sei alzata, eri tesa.»

«Come fai a conoscermi così bene?» Lui si strinse nelle spalle e mi tirò più vicina. «Sì, sono un po' nervosa all'idea che tu conosca le mie amiche.»

Si scostò per guardarmi, tenendo le braccia avvolte intorno alla mia vita. «È brutto ammettere che sono nervoso anch'io? Voglio piacergli.»

Mi alzai in punta di piedi e premetti le mie labbra contro le sue, sospirando quando mi strinse più forte e fece scivolare rapidamente la sua lingua nella mia bocca. Avvolsi le braccia intorno al suo collo e mi lasciai sciogliere contro di lui. Erano passate solo poche ore da quando ero stata tra le sue braccia, ma mi era mancato.

«Oh, scusate,» sentii dire a Claire alle nostre spalle. Mi allontanai da Xander e lui mi fece l'occhiolino mentre mi lasciava andare e si avvicinava a Claire.

«Ciao, sono Xander. Tu sei Claire, giusto?»

«Sì,» balbettò lei. «Come facevi a saperlo?»

«Oh, be', Mandy mi ha mostrato delle vostre foto e mi ha parlato così tanto di tutte voi. Scusa se sono troppo diretto, ma è come se ti conoscessi già. Mandy ti adora.»

«Ehm, grazie. Sembra che anche lei sia piuttosto cotta di te,» ribatté Claire, facendomi arrossire.

«Be', non è l'unica a essere cotta da queste parti. È davvero fantastica, ma questo lo sapevate già.»

Claire sorrise e annuì. «Abbiamo già iniziato a bere. Ti andrebbe un po' di vino?»

«No, grazie,» rispose Xander. «Mi fa venire mal di testa. Prendo dell'acqua o qualcos'altro.»

«Ti ho comprato la birra, tesoro,» proposi mentre Xander si dirigeva verso la cucina.

«Grazie, tesoro,» rispose lui da lì.

Claire mi afferrò la mano e disse: «Tutto a posto? Ti ha spiegato?»

«Sì. Stavo sclerando come al solito. Ha detto che non era niente di che, solo Melody che gli chiedeva se era stato risolto tutto e gli diceva di chiamare se ci fossero stati altri problemi.»

Claire annuì mentre Xander tornava nella stanza con una birra in una mano e il mio bicchiere di vino nell'altra. «È tuo questo, tesoro?»

Lo ringraziai e presi il bicchiere dalla sua mano; la familiare scintilla di consapevolezza mi attraversò mentre le nostre dita si sfiorarono. I suoi occhi incontrarono i miei e vidi che provava lo stesso. Mi fece l'occhiolino e capii che stava pensando alla nostra mattinata. A quando mi teneva le mani mentre lo cavalcavo.

Addi e Sam arrivarono pochi minuti dopo, entrando di corsa e presentandosi a Xander e abbracciando me e Claire. Quando tutti ebbero da bere, ordinammo la pizza e iniziammo a cercare dei film.

«Che film ti piace guardare, Xander?» gli chiese Addi.

Lui mi sorrise prima di dire: «Ultimamente, qualunque cosa voglia guardare Mandy, ma di solito guardo film d'azione. Mi piace avere qualcosa da capire o un compito da portare a termine. Non mi piacciono gli spargimenti di sangue o i film horror, ma i combattimenti corpo a corpo o qualcosa con auto veloci sono piuttosto fighi.»

«Mi piacciono le auto veloci,» ammise Claire. «Ho amato i film di Fast and Furious. Mi sono piaciuti i film d'azione con un elemento comico, come 21 Jump Street con Channing Tatum. Certo, qualsiasi cosa con lui è bella, anche senza audio.»

Xander rise e Claire mi fece un cenno complice con le sopracciglia. Avevamo parlato molte volte dei numerosi pregi di Channing Tatum. E c'erano davvero molti pregi. È l'unico uomo con cui abbiamo mai detto di essere disposte a fare un trio, se non fosse stato disposto a prenderci separatamente.

«Per me andrebbe bene un film di Channing Tatum, se volete. E tu Xander?» chiese Sam.

«Qualsiasi cosa va bene. È un bravo attore, anche se vorrei tenere l'audio acceso,» disse, prendendo in giro Claire.

Lei rise e disse: «Se insisti. Lo sognerò mentre tu guardi il film.»

Scorsi l'elenco e trovai una lista di film di Channing Tatum. «Che ne dite di uno dei film di GI Joe?» suggerì Addi. «L'azione c'è di sicuro, ma credo che ci sia anche una trama.»

«Non dovete cambiare la vostra solita routine cinematografica perché ci sono io, sapete. Per me andrebbe bene guardare She's the Man o Dear John, se ne volete uno di quelli. Diamine, anche Step Up va bene.»

Sorrisi e lo baciai leggermente. La sua mano si strinse sulla mia coscia e potei sentire la moderazione che stava usando per non divorarmi di fronte alle mie amiche. Lo apprezzai, ma mi fece provare un dolore acuto tra le gambe. Sarebbe stata una lunga notte.

Alla fine optammo per iniziare con Step Up, perché tutte noi amavamo guardare Channing Tatum ballare. Xander disse che gli andava bene e si preparò a guardare il film.

Xander si sedette sul pavimento ai miei piedi, lasciando a noi quattro il divano. Mi chiesi se la cosa lo infastidisse, ma si era offerto lui. C'era una poltrona reclinabile nell'angolo che gli avevo offerto, ma lui aveva detto che voleva starmi vicino. Con la coda dell'occhio, colsi uno sguardo che si scambiarono Addi, Sam e Claire, ma Claire si limitò a stringermi il braccio. Sembrava che stessero cominciando ad apprezzarlo.

CAPITOLO 13

A METÀ del film arrivò la pizza. Xander pagò per tutti, rifiutando le offerte di dargli dei soldi. «Se stai cercando di comprare la nostra approvazione con la pizza, potrebbe anche funzionare», lo prese in giro Addi.

Lui rise e disse: «Speravo di ottenere la vostra approvazione con il mio fascino e la mia arguzia, ma finché ho la vostra approvazione, immagino non importi molto come l'ho ottenuta».

Ridemmo tutti mentre ci riempivamo i piatti di pizza e tornavamo in salotto. Xander mi afferrò per un braccio prima che uscissimo dalla cucina e mi trascinò in un bacio irruento, la sua lingua che si faceva strada nella mia bocca. Mi esplorò, stringendomi il sedere e premendo i suoi fianchi contro i miei mentre io stavo lì, in piedi, con la pizza e il vino in mano.

Si staccò da me con la stessa rapidità con cui mi aveva afferrata e disse: «Morivo dalla voglia di baciarti. È difficile tenere le mani a posto quando sei così vicina. Basta un soffio del tuo profumo per inebriarmi».

Sconvolta ed eccitata da non credere, rimasi lì a fissarlo.

«Non puoi baciarmi così e andartene. Merda, non ho nemmeno avuto la possibilità di toccarti».

Raccolse la sua pizza e la bottiglia di birra e mi fece l'occhiolino mentre lasciava la cucina per finire di guardare il film con le mie amiche. Lo guardai allontanarsi, desiderando che la pulsazione tra le mie cosce si fermasse, ma sapevo che solo una cosa poteva farlo accadere. E sembrava che per quello non avessi fortuna.

Quando *Step Up* finì, Xander raccolse i piatti della pizza e li portò in cucina. «È davvero dolce», disse Addi quando lui fu fuori dalla nostra vista. «Mi piace. Ed è completamente preso da te».

«Già», dissi, lanciando un'occhiata verso la cucina, «La maggior parte delle volte ancora non ci credo. Le donne lo guardano a bocca aperta ogni volta che usciamo, ma lui non se ne accorge nemmeno. È strano».

«Gli piaci molto, Mandy. Non fartene un problema, goditelo e basta», disse Sam. «Vorrei poter catturare il modo in cui ti guarda quando non lo stai guardando. Lo sguardo nei suoi occhi... È lo stesso sguardo che ha la maggior parte degli sposi quando la loro sposa compare per la prima volta. È semplicemente potente e meraviglioso».

«Beh, non siamo neanche lontanamente pronti a sposarci, ma so che ci tiene. Non ha detto di amarmi e nemmeno io l'ho fatto».

«E tu? Lo ami?», chiese Claire, con un tono sorpreso.

Feci spallucce, incerta su come spiegare il legame improvviso e potente che condividevamo. Sapevo di essere sulla buona strada per innamorarmi di Xander, ma sapevo anche che, per me, l'amore era stato sfuggente per tutta la vita. Non ero del tutto sicura di come sarebbe stato l'amore e non volevo confondere quel sentimento con il godersi del sesso fantastico.

«Non credo, non ancora. Ma provo qualcosa di molto

forte per lui. Solo, non sono ancora pronta a dire che sia amore».

Prima che avessi la possibilità di dire loro che l'idea di innamorarmi di Xander mi spaventava a morte, lui tornò nella stanza. Aveva un vassoio carico dei cupcake che avevo comprato, una vaschetta di impasto per biscotti e una grande ciotola di popcorn freschi.

«Spero che a voi ragazze non dispiaccia. Mi piacciono i popcorn quando guardo un film e mi piace sempre qualcosa di dolce con essi. Oltre a questa qui», disse facendomi l'occhiolino.

Si sistemò di nuovo sul pavimento ai miei piedi e mi baciò l'interno del ginocchio. Aprì leggermente la bocca per succhiare la pelle della mia coscia e quasi gemetti per la sensazione. Le serate film di solito duravano tutta la notte con un pigiama party alla fine, ma averlo intorno mi stava facendo impazzire. Continuavo a chiedermi se potessi chiedergli di aiutarmi con qualcosa di sopra senza che le mie amiche capissero che era un codice per 'Vieni a scoparmi mentre loro guardano il film'. Ero quasi sicura che avrebbero capito qualsiasi cosa mi fossi inventata.

Scegliemmo *Fast Five* per il nostro film successivo, concordando che Vin Diesel e Paul Walker erano alla pari con Channing Tatum. Xander appoggiò la testa sul mio ginocchio e fece scorrere le dita su e giù per i miei polpacci durante il film. Quando si alzò per prendere un'altra birra, mi baciò dolcemente e mi sussurrò all'orecchio: «Il suono che fai quando qualcosa ti spaventa è lo stesso che fai quando ti ficco il cazzo dentro. Mi stai facendo impazzire, cazzo».

Gli sorrisi mentre si allontanava, guardando i suoi jeans che si tendevano contro il suo sedere. La sua maglietta si tese sulla sua schiena ampia quando si voltò per sorprendermi a fissarlo e mi rivolse un sorriso da un milione di dollari prima di scomparire dietro l'angolo in cucina.

Quando lo sentii tornare, inclinai la testa all'indietro contro lo schienale del divano e aspettai che si chinasse a baciarmi. La sua mano, fredda per la bottiglia di birra, si posò sulla mia gola mentre la sua lingua mi scivolava in bocca. Sussultai per il freddo e quasi lo morsi. Lui rise e si sedette di nuovo di fronte a me, tenendo la bottiglia di birra fredda contro la mia gamba. Sobbalzai al contatto e sentii la sua mano stringersi attorno alla mia caviglia sentendo il suono che mi era uscito. Gli passai la mano tra i capelli corti e lui vi si appoggiò, come se non ne avesse mai abbastanza del mio tocco.

Finimmo i popcorn e i cupcake durante il film e decidemmo di trasformare l'ultimo film in un gioco alcolico. Stabilite le regole, feci partire *Never Been Kissed*. In pochi secondi stavamo tutti bevendo e ridendo. Fu divertente e sciocco, e sapevo che probabilmente ce ne saremmo pentiti tutti la mattina dopo, ma in quel momento ci stavamo godendo la serata.

Quando il film finì, eravamo tutti felicemente ubriachi. Sam si stese sul divano e ci cacciò via tutti per poter andare a dormire. Il resto di noi salì di sopra, e Claire e Addi si diressero verso la mia stanza degli ospiti, mentre Xander mi seguì nella mia camera.

«Le tue amiche sono fantastiche. Sono davvero felice che sia piaciuto loro».

«Anche io», dissi mentre mi mettevo a gattoni sul letto.

«Fottiti, tesoro. Non puoi fare così».

«Fare cosa?», chiesi stupidamente.

«Non puoi stare a carponi. Potrei doverti prendere così. Gesù, sono stato duro come la roccia praticamente per tutta la notte e non sopporto che tu mi provochi».

«Chi ha detto che stavo provocando? Primo, non sapevo che ti avrebbe eccitato. Secondo, sono eccitata tanto quanto te», ansimai.

Ero sdraiata supina sul letto, e lo stavo osservando quando vidi il cambiamento nei suoi occhi. In un secondo, passarono dall'eccitazione alla possessione. Si arrampicò sul letto, con gli occhi fissi nei miei mentre si avvicinava sempre di più a me. Si sostenne sugli avambracci e sentii il suo corpo sfiorare il mio mentre si muoveva sopra di me.

Pulsavo di desiderio, smaniavo perché mi toccasse, mi baciasse, qualsiasi cosa. Ancora completamente vestito, Xander disegnò il contorno del mio capezzolo che si erse in cerca di maggiori attenzioni. Abbassò le labbra su di esso, mordicchiandomi attraverso la maglietta, e io emisi un grido.

Mi coprii subito la bocca con una mano, dimenticando che non eravamo soli. «Voglio vedere quanto riesco a eccitarti prima che tu non riesca più a trattenere le urla. Ti farò supplicare di lasciarti venire.»

Le sue parole mi mandarono una scossa dritta attraverso il corpo fino al calore che si era raccolto tra le mie cosce. Sapevo che non ci sarebbe voluto molto quando spinse il suo cazzo contro di me e io gemetti piano.

«Ti è piaciuto, tesoro?»

«Sì» gemetti, inarcandomi contro di lui quando lo fece una seconda volta.

Xander annullò la distanza tra le nostre bocche con la sua terza spinta, inghiottendo il gemito che mi era sfuggito dalle labbra. Affondò la lingua nella mia bocca con lo stesso ritmo che usava con i fianchi e sentii che stavo lentamente andando in pezzi.

«Xander, ho bisogno di venire» lo supplicai.

Un brivido freddo mi pervase quando lui scomparve. Prima che la delusione potesse farsi strada, lo sentii strapparmi i vestiti di dosso. I miei pantaloncini e le mutandine sparirono con un unico movimento efficiente e un attimo dopo mi strappò la canottiera. Ansimavo ancora, smaniosa di liberarmi della tensione che si era avvolta stretta intorno al mio corpo.

Xander mi divaricò le gambe e se le mise sulle spalle mentre si tuffava su di me, leccandomi da un'estremità all'altra. «Cazzo, sto per venire.»

Le sue dita affondarono in profondità dentro di me, spingendo forte e facendo turbinare il mio corpo. Leccava, succhiava e mordicchiava mentre mi martellava con le dita. Proprio quando stavo per venire, rallentò tutto finché il bisogno non si placò e io non fui ridotta a un fagotto di gemiti.

Ricominciò, aumentando la velocità e la potenza e facendo avvinghiare il mio corpo stretto attorno a lui. Poco prima che superassi il limite, si tirò di nuovo indietro, e la frustrazione si impossessò di me. Gli afferrai la testa e lo tirai stretto a me, tenendo il suo viso contro il mio corpo. «Fammi venire, ora. O lo fai tu o lo faccio io» pretesi.

Non si lasciò sfuggire l'opportunità e spinse forte dentro di me con le dita, senza allontanare il suo viso da me mentre il mio corpo iniziava a contorcersi. Morsi il cuscino e soffocai il grido come meglio potei mentre il potente bisogno di venire mi travolgeva, pochi secondi prima di raggiungere l'orgasmo più bello della mia vita.

Mentre tornavo con i piedi per terra, sentii Xander tra le mie ginocchia. Mi tolsi il cuscino dal viso e lo guardai dall'alto, con le labbra bagnate di me e un sorriso soddisfatto sul volto. Era nudo e aveva indossato il preservativo, e lo incitai a venire da me con un colpetto dei talloni. Capì il messaggio e si chinò per baciarmi, con il sapore del mio stesso orgasmo ancora in bocca.

Mentre la sua lingua affondava nella mia bocca, lui spinse la sua erezione dentro di me. Gemei forte, sentendo quella deliziosa pienezza da cui ero diventata dipendente nelle ultime settimane.

Xander rimase immobile dentro di me, lasciandomi godere la sensazione dei nostri corpi così intimamente connessi. Quando scivolò fuori lentamente, quasi piansi per il desiderio che provavo per lui. Si rispinse rapidamente dentro, con i miei fianchi che si sollevavano per andargli incontro e accoglierlo più a fondo. Sentii una contrazione nel ventre che sapevo significava che sarei venuta di nuovo con lui.

Il suo respiro divenne frenetico mentre affondava le spinte dentro di me, i muscoli tesi sopra di me. Gli avvolsi le gambe intorno alla sua vita snella, quasi riuscendo a intrecciare i piedi. Sentivo la tensione nei suoi muscoli, e feci scorrere le mani sulle sue braccia fino al petto. Le mie unghie sfiorarono i suoi capezzoli e lui andò più forte e più veloce, portandomi sempre più vicina al limite.

Ansimavo in cerca d'aria, disperata di venire mentre lui continuava la sua tortura sul mio corpo. Sentii il dolore tra le gambe che mi avrebbe ricordato che era stato lì e l'ondata dell'orgasmo mi travolse. Ero vagamente consapevole del fatto che Xander spinse a fondo altre due volte prima di rabbrividire sopra di me, gemendo il mio nome tra i capelli mentre veniva.

Crollò sopra di me senza nemmeno l'energia per spostarsi di lato. Lasciai che le mie mani vagassero sulla sua schiena, accarezzando dolcemente i suoi muscoli forti. «Dio, che bella sensazione. Scusa se ti sto schiacciando.»

Fece per spostarsi, ma lo tenni più stretto. «Adoro sentire il tuo corpo premuto contro il mio. Se fossi io sopra di te ti starei schiacciando, ma tu non sei grosso quanto me.»

«Piccola» tubò mentre sollevava la testa, «sei perfetta. Se tu fossi una stronzetta magra, non ti vorrei. A me piace una donna a cui piacciono il cioccolato e i cheeseburger. Sai quanto ti trovo stupenda. Ecco perché voglio che tu conosca la mia famiglia e i miei amici. Il prossimo fine settimana. I miei genitori danno una cena domenica sera e ci hanno invitato e alcuni dei miei amici faranno un barbecue lunedì per il Memorial Day. Ci sarà anche Drew e voglio che tu li conosca tutti.»

Spinsi sulla sua spalla per fargli rotolare via da me. Si sdraiò al mio fianco, la sua erezione che si sgonfiava nel preservativo che aveva usato, chiedendomi di incontrare le persone che erano le più importanti per lui.

«Non lo so» dissi a bassa voce. «E se non gli piacessi?»

«Come potresti non piacergli? E poi, chi se ne frega. Tu piaci a me abbastanza per tutti loro. Mandy, ti voglio lì con me. Ti prego, dimmi almeno che ci penserai.»

Lo guardai, così perfetto, nel mio letto. Sapevo che era importante per lui. Incontrare la sua famiglia e i suoi amici era importante per lui tanto quanto lo era per me fargli conoscere i miei amici. Stavamo insieme da solo un mese circa, ma se le cose dovevano continuare, avremmo dovuto fare queste cose.

E poi, di cosa mi preoccupavo? Non avrebbe importato se non fossi piaciuta ai suoi amici, giusto? Finché erano persone per bene, non era un grosso problema.

«Ci penserò.»

«Grazie. Significa molto per me. Sono contento che mi hai chiesto di conoscere i tuoi amici.»

«Anch'io. Gli sei piaciuto molto» gli dissi.

«Probabilmente non gli piacerò così tanto dopo che avrò finito il secondo round con te.»

Lo guardai con sospetto e vidi che era di nuovo duro. Indossò un preservativo pulito e si arrampicò su di me, infilando le dita tra i nostri corpi e stringendomi, facendomi già gemere.

Sarebbe stata una lunga notte.

CAPITOLO 14

IL MARTEDÌ seguente ero di nuovo in ritardo per la serata tra ragazze. Avevo avuto un colloquio fino a tardi con Diana, durante il quale mi aveva comunicato, ufficialmente, che avevano ristretto la rosa delle candidate a me e Melody. Ero emozionata, ma anche ansiosa, in attesa di vedere cosa avrebbe fatto Melody con quell'informazione.

Irruppi nel Cooler Coffee e ordinai la mia cioccolata calda e i cupcake. Attesi con impazienza le mie leccornie, ringraziai la cassiera quando me le porse e corsi al nostro tavolo.

Mi lasciai cadere sulla sedia con uno sbuffo. Addi stava parlando della sua settimana, deliziando tutte con la storia di uno dei suoi studenti che, nel giro di qualche settimana, era passato dall'essere un ragazzo riservato al buffone della classe.

«È così difficile non ridere quando racconta una barzelletta o fa uno scherzo a qualcuno. È come se avesse frequentato un corso di cabaret. È esilarante, ma come insegnante devo disciplinarlo per evitare che la situazione degeneri. In realtà, tutto ciò che vorrei fare è sedermi e ridere!»

Sam e Claire si tenevano i fianchi, con le lacrime che scorrevano loro sul viso per il troppo ridere. «Cosa mi sono persa?»

«Oh, solo questo ragazzino. È difficile insegnare quando fa battute, ma onestamente rende tutto più divertente. La barzelletta con cui ha iniziato la lezione oggi era: 'Avete sentito quella del matematico stitico?'»

Fece una pausa e mi guardò con fare speranzoso. Io scossi la testa.

«'L'ha risolto con la matita.'»

Scoppiai a ridere. «Porca puttana, è spassosissima! Senza voler fare battute. Devi fargli iniziare ogni lezione con una barzelletta.»

«Praticamente lo fa già. Anche se provo a iniziare prima io, mi interrompe per raccontare una barzelletta. Lo sta aiutando a socializzare, quindi cerco di non dargli troppo fastidio. Le battute sono sempre divertenti e appropriate, mai barzellette sporche, quindi lascio correre.»

«Non so come fai a gestire così tante personalità diverse. Impazzirei a dover avere a che fare con dei ragazzini tutto il giorno, per non parlare di quelli di quell'età. Il liceo o è un'esperienza fantastica o è una merda.»

Addi fu d'accordo. «Sì, sembra proprio così. Io ho odiato il liceo, per la maggior parte. Ero una secchiona che amava studiare, quindi ero quella da cui tutti i ragazzi popolari volevano copiare. Ci misero solo qualche mese a capire che non glielo avrei permesso e passarono a qualcun altro più disperato di me di entrare nel loro gruppo.»

«Io al liceo mi facevo i fatti miei. Ho avuto un'esperienza piuttosto nella media. Di certo non è un periodo che ricordo con particolare affetto, ma non direi di averlo odiato. Mi iscrissi ad alcuni club e avevo i miei amici, ma non lasciavo che i popolari mi dessero fastidio. Già allora sapevo di voler diventare una fotografa, quindi seguii ogni corso possibile sull'argomento o su qualsiasi cosa di lontanamente simile. Sapevo che portarmi avanti con la carriera mi avrebbe aiutata più dell'essere popolare», aggiunse Sam.

«È incredibile come alcune persone pensino che il liceo sia l'unica cosa che conta», disse Addi. «Osservo alcuni studenti, di ogni fascia sociale, che pensano che il liceo sia il periodo più bello della loro vita. Alcuni pensano che il liceo definirà chi saranno per sempre, altri che farsi le amicizie giuste al liceo li aiuterà per il resto della vita. La maggior parte delle persone che conosco ha solo uno o due amici del liceo, se va bene, e sono completamente diverse da com'erano allora. A volte vorrei dire ai miei studenti che il liceo dura solo quattro anni della loro vita e che hanno ancora molto da vivere.»

Claire rimase in silenzio durante la nostra conversazione. Vorrei poter tornare indietro ai tempi del liceo e portarle via il suo dolore, ma sapevo che era qualcosa con cui avrebbe convissuto per sempre. Non ho idea della paura con cui ha avuto a che fare da allora, ma sapevo che la conversazione che stavamo avendo non la stava aiutando.

Addi e Sam continuarono a parlare del liceo e degli studenti di Addi e io sussurrai a Claire: «Tutto bene?»

Mi rivolse un sorriso tirato che diceva il contrario e le accarezzai la schiena. «Qualche pazzo in aeroporto oggi?»

Alzò gli occhi al cielo, ma un sorriso le aleggiò sulle labbra. «Sempre. È come se la gente pensasse che le regole non si applichino a loro. Gli uomini d'affari pensano di dover avere un lasciapassare perché volano spesso, le famiglie pensano di dover avere un lasciapassare perché hanno bambini, e il resto dei viaggiatori pensa di dover avere un lasciapassare perché tutti gli altri ce l'hanno. Mi stupisce.»

«Qual è la cosa più strana che qualcuno abbia provato a portare a bordo?» chiese Sam, cogliendo il nostro cambio di argomento.

Claire ci pensò su mentre sorseggiava il suo caffè. «Ci capita il latte materno quasi ogni giorno. Troviamo anche gente che contrabbanda alcolici nei loro contenitori da novanta millilitri. Ci capitano spesso cose strane, ma penso ancora che la più bizzarra sia stata quando abbiamo trovato una persona con dello sperma congelato.»

A Sam andò il caffè di traverso e io inalai un pezzo del mio cupcake. Ci strozzammo mentre Addi rideva fragorosamente. Quando finalmente io e Sam ci riprendemmo, chiesi: «Perché qualcuno dovrebbe avere dello sperma congelato?»

«Arrivano sempre con un certificato del loro medico. Si tratta di donne, a volte coppie, che usano l'inseminazione artificiale per cercare di rimanere incinte. Vanno in un posto a prendere lo sperma, ma per una ragione o per l'altra devono usarlo presso l'ambulatorio del loro medico di base. È successo solo poche volte, ma ci spiazza sempre quando capita.»

«Wow, non riesco nemmeno a immaginare di dover gestire una cosa del genere. Devi controllarlo? Che fai? Lo assaggi?»

«Che schifo!» dicemmo in coro mentre Sam rideva.

«Fai schifo, Sam», disse Claire, scuotendosi con disgusto. «Una volta che abbiamo il certificato del medico, praticamente li lasciamo passare. Dobbiamo passare la borsa termica ai raggi X, ma non c'è mai stato un problema.»

«Devi essere davvero disperata per rimanere incinta se non puoi farlo nemmeno nella tua città. Sembra estremo, ma immagino che le persone siano disposte a tutto pur di avere figli, quindi ha senso.»

Fummo tutte d'accordo con Addi. «Dev'essere una scelta difficile, spingersi così lontano per avere dei figli. Allo stesso tempo, so che un giorno vorrò dei figli anch'io. Immagino che se ne avessi la possibilità, farei anch'io tutto il necessario per averli.»

«Parli già di avere figli? Le cose con Xander sono più serie di quanto pensassimo», disse Sam.

Feci spallucce. «Mi piace davvero, ma non è che sia una cosa definitiva o altro. Da quando è venuto per la serata cinema, continua a chiedermi di conoscere i suoi amici.»

«Allora gli piaci davvero. I ragazzi non presentano le loro fidanzate agli amici a meno che non sia una cosa seria», disse Addi.

«Immagino di sì. Sono nervosa. Domenica vuole che vada a cena con lui a casa dei suoi genitori. Conoscerò i suoi e sua sorella, a cui è molto legato. Lunedì c'è un barbecue con i suoi amici.»

«È una cosa buona, no? Se vuole farti conoscere le persone a cui è più legato, è un buon segno. Non dovresti essere nervosa, dovresti essere emozionata.»

«Vorrei esserlo, sai, ma ho solo paura di non piacergli.»

Volevo dirgli che temevo che la sua famiglia e i suoi amici pensassero che dovesse stare con qualcuna di più bello aspetto, più magra. Se c'era qualcuno che poteva capire cosa significasse sentirsi inadeguata per via del mio peso, erano le mie migliori amiche. In un certo senso, mi sorprese che non l'avessero capito subito.

Fin dal mio primo appuntamento con Xander, quello che non contavo, lui aveva fatto di tutto per rassicurarmi sul mio peso. Non avevo mai sentito il bisogno dell'attenzione di un uomo per stare bene con me stessa. Sapevo di non essere fisicamente perfetta, neanche lontanamente, ma stavo a mio agio con chi ero. Sentivo che la mia felicità aveva iniziato a dipendere da Xander e dalle persone che gli stavano intorno. Come se, qualora non fossi piaciuta ai suoi amici o alla sua famiglia, fosse stato perché non ero abbastanza, e il motivo sarebbe stato il mio peso e nient'altro.

Quando ero con Xander ero felice. Mi piaceva sentirmi sexy e bella. Me lo diceva di continuo e una parte di me stava iniziando a crederci. Il fatto che un uomo come Xander dicesse di trovarmi bella, che si eccitasse così tanto per me, era una botta di autostima che non avevo mai provato prima.

Iniziai a chiedermi cosa dicesse di me il fatto che la sua opinione fosse diventata così importante per me.

«Perché non dovresti piacergli?» chiese Claire.

Alzai gli occhi al cielo, sentendo le prime lacrime pungermi. «Lo sapete il perché.» Feci spallucce come se non avesse molta importanza, ma le mie amiche videro la mia espressione.

«Xander vuole metterti in mostra. Ti sta portando in giro a conoscere i suoi amici e la sua famiglia perché vuole che tu li conosca, ma la cosa è reciproca. Sta anche permettendo a loro di conoscere te. È un passo enorme,» mi disse Sam.

«Se pensasse che possa esserci qualche problema, non ti avrebbe invitata. Credo che tu stia esagerando senza motivo,» disse Addi.

Sapevo che aveva ragione. Entrambe ne avevano. Xander non mi avrebbe mai messa in una situazione che potesse ferirmi. Ci teneva. Forse più di quanto entrambi volessimo ammettere. Stavamo iniziando a innamorarci l'uno dell'altra. Era evidente nella tenerezza che mi mostrava, nel modo in cui faceva l'amore con me, persino nei suoi baci.

Lui era ansioso di conoscere le mie amiche, anche se ovviamente non aveva nulla di cui preoccuparsi. Lo adoravano e io non avevo motivo di pensare che i suoi amici non avrebbero adorato me.

E se non gli fossi piaciuta, Xander e io avremmo capito insieme se la cosa fosse importante.

«Per te sarà importante se non gli piacerai? Non si può andare d'accordo con tutti, guarda Melody. Pensi che potrebbe creare problemi tra te e Xander?» chiese Claire. Sapevo che non era per fare la stronza, era solo curiosa.

Ma aveva ragione.

«Immagino dipenda. Come per qualsiasi altra cosa. Se semplicemente non andiamo d'accordo, non credo che mi importerà. Se i suoi amici sono degli stronzi e mi trattano di merda perché sono grassa, allora mi incazzerò. E ci rimarrò male. Non so se potrei passarci sopra.»

«Lo lasceresti per colpa dei suoi amici?» chiese Addi. «Ho visto alcuni dei miei studenti, e so che non è la stessa cosa, ma abbi pazienza… Iniziano a uscire con qualcuno e ai loro amici non piace lui, o lei, e loro praticamente scaricano i loro amici. A volte significa che tengono la relazione segreta così che i loro amici non lo scoprano. Altre volte ho visto relazioni che pensavo sarebbero andate bene finire in fumo per delle cazzate che gli amici dicono o fanno. Non voglio solo che tu ti faccia male.»

Annuii in accordo con lei e vidi Claire e Sam fare lo stesso. «È quello che mi preoccupa. Se i suoi amici sono degli idioti e gli dicono che non dovrebbe uscire con una come me, quanto ci vorrà prima che inizi a credergli? E a parte questo, se sono buoni amici, mi farà chiedere se anche lui pensa la stessa cosa.»

«Hai detto che ti ha detto che non gli importa che taglia porti,» affermò Sam.

«È vero. Ma è tutta una questione di effetto gregge. Da soli ci comportiamo in modo diverso da come faremmo in gruppo. Da solo non mi chiamerebbe mai grassa né direbbe niente per ferirmi. In un gruppo con un branco di amici che magari prendevano in giro le persone grasse, non so. Forse non dovrei proprio andarci.»

«Questa non è la scuola superiore, senza offesa Addi,» disse Sam. «Se sono degli stronzi, allora faglielo notare. Mi piace pensare che le persone maturino una volta uscite dalle superiori e smettano di prendere in giro la gente solo perché possono. Se gli amici di Xander sono così, allora forse hai ragione, forse non ne vale la pena. Ma non credo che sarà un problema.»

«Gliene hai parlato? Sembra che tu gli dica praticamente tutto,» chiese Addi.

«No, non l'ho fatto. Mi preoccupava la sua reazione. Quando dico qualcosa su come stiamo insieme, lui dice sempre di non preoccuparmi di ciò che pensano gli altri. Ha ragione, ma quando quegli "altri" sono suoi amici intimi, è un po' più difficile fregarsene.»

Odiavo il fatto di non fidarmi che Xander avesse amici decenti. Volevo non pensarci due volte a conoscerli, semplicemente andare e divertirmi. Ma avevo un brutto presentimento. Conoscere la sua famiglia non pensavo sarebbe stato un problema. I genitori di solito vogliono solo vedere i figli felici.

Gli amici sono diversi. Gli amici vogliono vederti con la persona giusta, ma una persona che loro stessi vorrebbero. Gli amici vogliono che tu abbia una relazione con qualcuno che sognano di rubarti. Qualcuno che un giorno potrebbe guardare il tuo amico dall'altra parte della stanza e rendersi conto di essere innamorato di lui.

Dubitavo fortemente che qualche amico di Xander sognasse di rubarmi a lui.

«Devi parlargli. Digli di cosa ti preoccupi. Comunque parlate sempre. Prenditi una pausa dal sesso telefonico e fate una conversazione seria,» scherzò Claire.

Le facce scioccate di Sam e Addi mi fecero arrossire. «Non tutte lo sapevano,» sibilai verso Claire. Loro tre scoppiarono a ridere mentre la mia faccia diventava rosso fuoco.

«Vorrei avere un ragazzo che volesse fare sesso telefonico, o sesso di qualsiasi tipo,» disse Sam. «È passato così tanto tempo che penso di aver dimenticato come si fa.»

«Già, mi sembra di comprare continuamente pile nuove.

Avere qualcun altro in giro che dia una mano deve rendere le cose molto migliori,» aggiunse Addi.

Presto mi ritrovai a ridere con le mie amiche, grata di averne di così fantastiche. Ero ancora ansiosa all'idea di conoscere gli amici di Xander, ma almeno la tensione si era un po' allentata.

CAPITOLO 15

PER IL RESTO della settimana Melody fu ancora più stronza del solito. Diana doveva averle detto che eravamo le ultime due candidate rimaste in lizza per il posto, così portò le sue angherie a un livello completamente nuovo.

Mercoledì, quando mi vide grattarmi la testa, disse a tutto l'ufficio che avevo i pidocchi. Quasi mi misi a ridere quando qualcuno mi chiese se fosse vero, poi andai da Melody, le diedi un grande abbraccio e strofinai la mia testa contro la sua, in modo da marchiare anche lei.

Confessò.

Giovedì parlò a Diana di Xander. A fine giornata dovetti andare nel suo ufficio per una riunione. Aveva ascoltato le nostre prime telefonate e mi disse che era stato inappropriato parlare a un cliente di un appuntamento.

«Mandy, sono delusa. Non mi aspettavo una cosa del genere da Lei. Onestamente, l'avrei creduto più da parte di Melody che da parte Sua, ma l'ho sentito. Ho sentito le Sue telefonate. Credo che qualsiasi chiamata del signor Carlson dovrebbe essere gestita da un altro rappresentante. Per favore, glielo dica la prossima volta che parlerà con lui.»

Acconsentii. Era frustrante, ma almeno non persi il lavoro, né la mia possibilità di ottenere la promozione.

Venerdì, però, fu diverso. Melody si fece disperata. Il problema era che non sapevo cosa stesse per succedere. Il che significava che non ebbi il tempo di prepararmi. O di limitare i danni prima del fine settimana. Melody fu furba. Aspettò che mi scollegassi dal computer e mi stessi preparando per andarmene per il weekend. Mentre stavo uscendo, lei stava entrando nell'ufficio di Diana. Sarei dovuta rimanere nei paraggi, ma non avrei mai immaginato a che livello si sarebbe abbassata.

ALLA FINE ACCETTAI di andare a cena con la famiglia di Xander e al barbecue con i suoi amici. Dato che sarebbero stati due giorni di fila, mi invitò a fermarmi da lui. Avevamo passato spesso la notte insieme, ma era la prima volta che lo organizzavamo in anticipo. Per qualche motivo, sembrava diverso.

Una volta in casa, Xander mi attirò a sé per un bacio, poi mi prese la mano per farmi fare una giravolta. «Sei stupenda, tesoro. Non ho mai visto questo vestito. È nuovo?»

Fui elettrizzata dal fatto che avesse notato lo sforzo che avevo fatto per la cena con la sua famiglia. Il vestito non era nuovo, ma era uno di quelli che tenevo da parte per le occasioni più eleganti. Con il tempo che finalmente si stava riscaldando, potei indossarlo. L'abito era di un brillante verde smeraldo con bottoni di perla scintillanti su tutto il davanti. Aveva un colletto, come quello di una camicia, e delle maniche corte che gli davano un'aria un po' professionale, specialmente se abbinato alle mie spuntate perlate. Come tutti i miei vestiti, era aderente sul petto per poi allargarsi e dare spazio alla pancia. Ovviamente, dovendo incontrare la famiglia di Xander, dovevo assicurarmi che non mi facesse sembrare incinta.

«Non è nuovo, ma grazie. Volevo solo essere carina per conoscere la tua famiglia.»

«Sei sempre carina, tesoro. Sei pronta per andare?»

Annuii e lo seguii nel garage fino alla sua Jeep. Aspettò che salissi e mi chiuse la portiera. Lo guardai mentre si dirigeva verso il suo lato e si infilava accanto a me. Girò la chiave, poi posò subito la mano sulla mia coscia, facendo scivolare le dita sotto l'orlo del mio vestito per toccarmi la pelle nuda. Misi la mia mano sulla sua e intrecciai le nostre dita.

«Chi ci sarà a cena?» chiesi mentre lo squadravo. I suoi pantaloncini gli arrivavano alle ginocchia, ma si tendevano sulle sue cosce muscolose quando si sedette. Il mio sguardo si soffermò sul rigonfiamento tra le sue gambe, e il mio corpo si scaldò al pensiero delle cose che aveva fatto la notte prima.

La sua morbida maglietta da baseball blu gli fasciava il petto e si tendeva sui bicipiti. Sapevo che quel colore avrebbe fatto sembrare i suoi occhi, nascosti dietro gli occhiali da sole, più blu invece del solito verde. Mentre i miei occhi salivano verso il suo viso, vidi la curva delle sue labbra che mi diceva che sapeva che lo stavo squadrando. Mi strinse le dita e mi sorrise.

«La cena dovrebbe essere abbastanza tranquilla, solo i miei genitori e Jessica. Esce con un ragazzo da un po', ma non credo che lo porterà a cena. Di solito mia madre invita i vicini, ma penso che stasera saremo solo noi cinque. Vuole conoscerti.»

Alzai gli occhi al cielo. «Fantastico, quindi mi faranno il terzo grado per sapere se sono abbastanza per suo figlio. Forse non dovrei venire.»

Xander rise. «Non oseresti. Ti adorerà. E anche mio padre. E Jessica. Ti stai agitando per niente, te lo prometto.»

Gli strinsi la mano e mi voltai a fissare fuori dal finestrino mentre guidava per i venti minuti necessari a raggiungere Orchard Park. Mi preoccupava il fatto che i suoi genitori avessero cambiato i loro soliti piani. Se non avevano intenzione di farmi l'interrogatorio perché uscivo con lui, allora perché non avrebbero invitato i vicini? Cercai di dirmi che stavo esagerando, ma non riuscii a convincermi che sarebbe andato tutto bene.

Xander si fermò davanti a una grande casa in stile ranch in una delle strade più trafficate ai margini di Orchard Park. La casa era splendida, con legno tinto color miele e pietra naturale sulla facciata. Un garage per tre auto si estendeva su un lato della casa e un marciapiede di ciottoli conduceva a due porte d'ingresso. Un giardino ben curato si estendeva dietro la casa e un canestro da basket si ergeva ai margini del vialetto. Sorrisi alla vista dell'enorme roccia vicino alla strada e osservai l'intero posto mentre scendevo dalla Jeep. La casa era enorme, ma sembrava un posto divertente in cui crescere, almeno a giudicare dagli spazi aperti all'esterno.

Xander mi guidò in casa attraverso il garage aperto. Entrammo in un corridoio: a destra c'erano un bagno di servizio, il seminterrato e una delle porte d'ingresso. A sinistra, sentii i rumori e gli odori della cucina. Superammo una lavanderia prima che il corridoio si aprisse su una cucina gigantesca. Il soffitto culminava con il tetto e due lucernari lasciavano entrare la luce del sole insieme alla fila di finestre che si affacciavano sul cortile. Un'isola si estendeva al centro della stanza, circondata da mobili lungo una parete e un tavolo per sei persone di fronte alle finestre sul retro.

«Ciao, mamma,» la chiamò Xander mentre entravamo. Lei si voltò dal doppio forno e gli sorrise luminosamente. Lui lasciò la mia mano e fece il giro dell'isola per raggiungere sua madre. Era una donna di corporatura media con un sorriso pronto per suo figlio. I suoi corti capelli grigi le cadevano dritti in un caschetto scalato alla moda. Indossava dei sandali, senza dubbio per proteggere i piedi dal duro pavimento di piastrelle, e dei capri color cachi con una maglietta rossa a maniche corte. Un grembiule con la bandiera americana le pendeva dal collo ed era legato intorno alla sua vita morbida.

Si strinsero in un forte abbraccio e lei disse: «Mi sei mancato. È bello averti a casa.»

«Grazie, e scusami, mamma.» Lui si allontanò da lei e mi tese la mano. «Lei è Mandy Ryan, la mia ragazza. Mandy, lei è mia madre, Peggy.»

Mi feci avanti e le porsi la mano. Lei l'afferrò calorosamente, avvolgendovi attorno l'altra mano in modo che la mia fosse racchiusa tra le sue. «È un vero piacere conoscerla, Mandy. Ho sentito molto parlare di Lei.»

«Grazie, signora Carlson. Anch'io ho sentito molto parlare di Lei. Xander La adora. E la Sua casa è meravigliosa.»

«Grazie, e per favore, chiamami Peggy. Mio marito l'ha fatta costruire quando i ragazzi erano piccoli. Soffriva di artrite e i medici gli dissero di nuotare, così ha costruito una casa con piscina. All'inizio sembrava enorme, ma ora è semplicemente casa. Anche con entrambi i figli andati via, facciamo fatica a immaginare di venderla.»

«Nessuno ha detto che devi venderla, mamma. Anche Jessica e io la adoriamo,» le disse Xander.

«Ho sentito il mio nome?» disse una ragazza bionda entrando con disinvoltura nella stanza. Era bellissima, con fluenti capelli biondi, gli occhi nocciola di Xander e un vestitino estivo rosa. Con il suo sorriso spontaneo e il suo atteggiamento alla mano, sembrava il tipo di persona di cui tutti vorrebbero essere amici.

Ma la parte migliore era che era di corporatura normale, non uno scricciolo come me l'ero immaginata. Non sarebbe dovuto importare, ma sapere che Xander era stato cresciuto da una donna che non portava una taglia da modella e che aveva una sorella non molto più magra della madre mi fece credere ancora di più nella sua attrazione per me.

«Ehi, sorellina!» la chiamò Xander, correndo verso di lei. La prese tra le braccia e la fece volteggiare. Lei ridacchiò e lo strinse forte.

«Mi sei mancato, fratellone. È bello vederti.»

«Sì, la mamma mi stava dicendo la stessa cosa. Jess, lei è Mandy. Mandy, ti presento mia sorella, Jessica.»

Jessica squittì e mi si avvicinò saltellando, avvolgendomi in un abbraccio impetuoso non appena mi raggiunse. La ricambiai, il suo entusiasmo contagioso mi fece sorridere mentre ci abbracciavamo. Quando si staccò disse: «Sono così emozionata di conoscerti. Xander non fa altro che parlare di te da settimane ed è fantastico conoscerti finalmente. Devi raccontarmi tutto di te. Xander mi ha già detto come vi siete conosciuti e come ti ha dovuta convincere a uscire con lui, ma voglio sapere di te.»

Mi prese a braccetto e mi trascinò in soggiorno. Un camino in pietra si estendeva fino al soffitto a volta e altri lucernari inondavano la stanza di luce solare. Finestre a tutta altezza si affacciavano su un'enorme terrazza in legno e sul giardino sul retro. Ci sedemmo fianco a fianco su un divano marrone chiaro a fiori e Jessica disse: «Sputa il rospo. Voglio sapere tutto di te.»

Lanciai un'occhiata a Xander, che era ancora in cucina con sua madre. Mi fece l'occhiolino e io glielo ricambiai, poi tornai a concentrarmi su Jessica. Dovetti ricordarmi che aveva quattro anni meno di me, ventitré, e si era laureata da solo un anno. Era dolce ed esuberante, piena di sicurezza in sé.

L'ammiravo da morire.

«Okay, be', sono cresciuta a Winterville. I miei genitori

sono ancora lì e mio fratello vive a Buffalo. Lavoro al Western New York Health nell'assistenza clienti, ma sono in lizza per una promozione. Sembra peggio di quello che è. In realtà, il mio lavoro mi piace. Ho tre migliori amiche che sono fantastiche e un gatto soriano tutto grigio di nome Zada.»

«Oh, ho sempre supplicato mamma e papà di prendermi un gatto, ma non hanno mai voluto. Devo venire a trovarlo prima o poi. Hai una coinquilina?»

Scossi la testa. «No. Vivo da sola. Le mie amiche e io facciamo serate cinema una volta al mese e si fermano a dormire, ma ci sono solo io. Ho una villetta a schiera con tre camere da letto.»

«Fantastico. Io ho due coinquiline per potermi permettere l'appartamento. Ho appena iniziato a lavorare alla Orchard Park Gazette nel reparto pubblicità. È il giornale locale della città. Sono come te, adoro il mio lavoro anche se non sembra così entusiasmante.»

Un uomo alto attraversò la stanza, guardandoci a malapena. Quando lo fece, però, si fermò e si voltò verso di noi. «Jessica, non sapevo che avessi un'amica a cena stasera. Chi è?»

«Lei è Mandy, la ragazza di Xander. Ci stiamo solo conoscendo mentre Xander aiuta la mamma in cucina.»

Mi tese la mano e sorrise calorosamente. «Ah, Mandy, mi scusi. Sono Todd. Non avevo capito che voi due foste già qui. È un piacere conoscerla. Posso offrire qualcosa da bere a voi signore?»

«Io sono a posto, papà,» gli disse Jessica.

«Anche io, grazie, signor Carlson.»

«La prego, Mandy, mi chiami pure Todd. Vado a controllare la cena. Immagino sia quasi pronta.»

Todd si diresse in cucina e io e Jessica continuammo a parlare. Le chiesi del suo nuovo ragazzo. «Peter e io siamo usciti solo un paio di volte. È davvero dolce, però, e mi piace molto. Non siamo ancora al punto di presentarci alle rispettive famiglie.»

«Come l'hai conosciuto?» chiesi, sempre interessata alle storie d'amore degli altri.

«Lo conosceva una delle mie coinquiline. Erano amici all'università ed è venuto a una festa che abbiamo dato qualche settimana fa. Si è laureato in marketing e lavora per un'azienda a Buffalo, ma non riesco mai a ricordare come si chiama. Ha uno di quei nomi lunghi come quelli degli studi legali.»

Risi, sapendo esattamente cosa intendesse.

Xander entrò e si sedette sul divano accanto a me, avvolgendomi le spalle con un braccio e baciandomi sulla tempia. «Non starai raccontando storie su di me, vero?» chiese a Jessica.

«No, sto solo conoscendo Mandy. Terrò da parte le storie imbarazzanti per la prossima volta.»

Battei le mani e me le strofinai come uno scienziato pazzo. Jessica rise e Xander mi lanciò un'occhiataccia prima di scoppiare a ridere anche lui. «Conosci tutti i miei segreti. Non ho niente da nasconderti.»

«Lo so, ma a volte gli altri hanno una prospettiva diversa su una storia che la rende più interessante.»

«Sì, be', finché non mi riterrai responsabile per le stupidaggini della mia gioventù, andrà tutto bene,» disse Xander. Gli sorrisi e lui abbassò le labbra sulle mie. La sua mano mi sfiorò la gola, ma tenne le labbra serrate di fronte a sua sorella.

«È pronta la cena,» chiamò Peggy dalla cucina.

Jessica balzò in piedi e io e Xander la seguimmo. Lui mi fermò prima che entrassimo in cucina e disse: «Mia madre ha detto che sei bellissima. Le ho detto che lo so. Le piaci.»

Sorrisi. «Anche loro piacciono a me. Tua sorella è piena di energia ma molto gentile.»

Rise. «Sì, la mamma dice sempre che Jessica è nata saltando.»

Risi e annuii. Mi strinse tra le sue braccia, la mano si chiuse a pugno tra i miei capelli mentre premeva le sue labbra sulle mie. La sua lingua si scontrò contro le mie labbra e le aprii per permettergli di farla scivolare nella mia bocca. Si tirò indietro proprio mentre mi stavo scaldando. Mi sorrise. «Non posso stare a lungo senza assaggiarti.»

Feci un sorriso ironico e lo lasciai guidare in cucina per sedermi con la sua famiglia.

Todd disse la benedizione, poi tutti si passarono i piatti. Riempìi il mio con pollo arrosto, purè di patate all'aglio, carote e broccoli. Fecero girare una bottiglia di vino bianco insieme a una caraffa d'acqua. L'intera scena aveva un'atmosfera molto familiare e informale. Mi stupì di quanto mi sentissi a mio agio lì.

«Mandy, perché non ci racconti come vi siete conosciuti tu e Xander,» disse Peggy.

Lanciai un'occhiata a Xander, chiedendomi cosa avesse raccontato di noi ai suoi genitori. Jessica aveva detto di sapere come ci eravamo conosciuti, ma non ero sicura di quanto della storia sapessero. Lui mi rivolse un sorrisetto malizioso, poi abbassò gli occhi sul piatto, lasciandomi da sola.

«In realtà mi ha quasi perseguitata. Chiamò dove lavoravo e per caso risposi io. Gli diedi il mio interno perché è la prassi, ma richiamò qualche giorno dopo e mi chiese di uscire. All'inizio rifiutai, ma mi prese per sfinimento.»

«Già, e mi odiavi quando ci siamo conosciuti sul serio.»

Todd soffocò una risata e Peggy sorrise amabilmente. «Cosa hai fatto per farti odiare da lei?»

«Non ha fatto niente,» intervenni di nuovo. «Mi ero

messa in testa che, dato che è attraente, non gli sarei piaciuta e sono stata una stronza con lui. Mi ha chiamata qualche giorno dopo il nostro incontro e mi ha chiesto il numero di telefono per conoscerci meglio prima di uscire di nuovo.»

«Uomo intelligente,» disse Todd.

Xander fece l'occhiolino a suo padre. «Al telefono era sé stessa. Sapevo che l'unico modo per farla uscire di nuovo con me era farle conoscere un po' meglio chi fossi.»

«Ha funzionato. Quando siamo usciti di nuovo è stato fantastico. Ero già completamente cotta. Mi sembrava di conoscerlo da sempre. Come se fosse un vecchio amante che stavo rincontrando.»

Peggy e Todd si scambiarono un'occhiata d'intesa e ci sorrisero. Jessica si intromise: «È fantastico. Spero di avere una storia così un giorno.»

Peggy accarezzò la mano di Jessica e le sorrise. Mi ricordarono me e mia madre. Eravamo sempre state molto unite quando ero più giovane. Era da un po' che non vedevo i miei genitori per cena. Parlavo con mia madre ogni paio di giorni, ma non avevano ancora conosciuto Xander. Sapevo di dover rimediare al più presto.

Mentre mangiavamo, tutti parlarono di lavoro и di famiglia. Parlai a Peggy dei miei genitori e di mio fratello e Todd mi fece domande sul mio lavoro. Ascoltai mentre parlavano dell'imminente pensionamento di Todd, tra pochi mesi se tutto fosse andato secondo i piani.

Quando finimmo la nostra deliziosa cena, Xander mi chiese se volevo vedere il resto della casa. Mi condusse attraverso una stanza sul davanti della casa, dall'altra parte del camino rispetto al soggiorno. Era un'enorme zona giorno con un tavolo da pranzo formale vicino alla cucina e un salotto più piccolo all'estremità opposta. Delle mensole a muro la facevano sembrare un posto ideale per una biblioteca.

Un grande atrio piastrellato collegava la zona giorno e il salotto con la porta d'ingresso principale e la piscina. Già, una piscina dentro casa.

Dentro la sala della piscina faceva caldo; Xander disse che era perché la stanza doveva avere una temperatura più alta dell'acqua. La piscina non era enorme, ma era pur sempre *dentro* casa. Una piccola vasca idromassaggio era incassata nel perimetro della piscina. Grandi finestre e una serie di lucernari lasciavano entrare molta luce naturale.

«La cosa che preferivo qui era poter nuotare mentre nevicava. È una figata stare al caldo in piscina e vedere la neve cadere sui lucernari. Anche nuotare di notte era sempre bello. A volte io e i miei amici facevamo pazzie e correvamo fuori nella neve per poi tuffarci in piscina. Era così stupido, ma ci divertivamo un mondo all'epoca.»

Risi, immaginando un Xander più giovane che si divertiva così tanto.

«Vuoi fare un bagno?» chiese lui, con le mani pronte dietro di me.

«No!» urlai. L'ultima cosa di cui avevo bisogno era che mi gettasse in piscina.

Lasciammo la sala della piscina con la risata di Xander che echeggiava alle nostre spalle. Appena fuori dalla sala della piscina c'era l'ufficio di Todd e dietro di esso la camera da letto di Jessica. Un bagno era incastrato tra la sua camera e quella di Xander, di nuovo sul davanti della casa. Lui la chiamava la tana e finalmente potei capire perché. Un breve corridoio conduceva alla stanza, buia, con i boschi fuori dalla finestra e le pareti marroni. Un arredamento a tema baseball mi fece sorridere mentre attraversavo la camera d'infanzia di Xander.

Rimase appoggiato allo stipite della porta mentre io girovagavo. Gli rivolsi un gran sorriso e dissi: «Se questi muri potessero parlare, probabilmente non vorrei sapere le storie che mi racconterebbero.»

«Questi muri non ti direbbero niente che non ti abbia già detto io. Conosci tutti i miei segreti tesoro, continuo a dirtelo.»

«Lo so,» dissi, raggiungendolo sulla porta.

«Sei pronta per andare?»

«Già? Decidi tu.»

«Beh,» sussurrò lui con voce roca al mio orecchio, «vederti nella mia vecchia camera da letto mi fa venire voglia di vederti in quella attuale. Preferibilmente senza vestiti.»

«Credo si possa fare. Specialmente se anche tu sei senza vestiti.»

Gli misi le braccia al collo e aspettai che abbassasse le labbra sulle mie. Una mano si intrecciò tra i miei capelli ricci e l'altra mi scivolò lungo la schiena fino al sedere. Me lo strinse e lo massaggiò mentre spingeva la sua lingua nella mia bocca. Gemetti quando le nostre lingue si incontrarono, assaporando la sua freschezza. Mi aggrappai forte a lui mentre mi spingeva contro il muro, la sua erezione che premeva contro il mio stomaco. «Dio, ti voglio,» sussurrò mentre si faceva strada a baci fino al mio orecchio. Mi mordicchiò il lobo e poi baciò il mio polso accelerato.

Si allontanò da me, appoggiando la sua fronte contro la mia. «Cazzo, sei come una droga. Non ne ho mai abbastanza di te. Guardarti ridere con la mia famiglia per tutta la serata mi ha eccitato da morire. Amo la tua risata e io, semplice-mente… amo quando è tutta per me.»

«Oggi è tutto per te, tesoro. La tua famiglia è fantastica.»

Fece un respiro profondo, chiudendo forte gli occhi. «Okay, parlare della mia famiglia aiuta, ma sento ancora il tuo profumo. Faccio un salto in bagno, tu torna a salutare la mia famiglia.»

Con un bacio veloce percorsi il corridoio e trovai Peggy,

Todd e Jessica in cucina che finivano di lavare i piatti. «Mi dispiace tanto, avremmo dovuto offrire il nostro aiuto.»

«Oh, no, Lei è nostra ospite. Siamo solo contenti che si sia unita a noi stasera. State per andare? Xander ha detto che domani andrete al barbecue.»

«Sì, andiamo. È entusiasta di vedere i suoi amici. Spero solo che siano amichevoli e accoglienti almeno la metà di quanto lo siete stati voi.»

«Nessuno è accogliente come Peggy,» mi disse Todd, «ma spero che Lei abbia ragione sugli amici di Xander. Divertitevi.»

Xander entrò nella stanza e disse: «Noi andiamo. Che ne dite di cena domenica prossima?»

«Certo. Mandy, spero che si unirà a noi,» disse Peggy.

«Mi piacerebbe molto. Grazie.»

Ci abbracciammo tutti, poi Xander e io ci dirigemmo di nuovo verso la porta del garage. Mi trascinò praticamente fino alla Jeep. Poi sfrecciò per le strade verso casa.

CAPITOLO 16

APPENA ARRIVAMMO A CASA DI XANDER, cominciammo a strapparci i vestiti di dosso. Il tragitto era durato solo venti minuti, ma lui si era sporto per baciarmi a ogni semaforo. Le sue dita risalirono sinuosamente e, quando raggiungemmo casa sua, aveva già la mano infilata nelle mie mutandine e poteva percepire quanto fossi eccitata e pronta.

Xander chiuse la porta del garage con un calcio alle nostre spalle e mi catturò contro di essa. La sua erezione dura premette contro la mia pelle morbida e io gemetti per l'anticipazione. Si puntellò contro la porta, intrappolandomi tra le sue braccia possenti. Si chinò su di me, baciandomi le labbra, il collo, la clavicola. Le sue labbra erano ovunque e non riuscivo a concentrarmi su un unico punto perché si muoveva di continuo.

Mi aggrappai a lui, cercando di trattenerlo. Ansimavo e spasimavo per lui, così tanto pronta da riuscire a malapena a respirare. Xander ringhiò contro la mia gola, «Ho desiderato strapparti questo vestito di dosso per tutto il giorno. Questi bottoni, e il chiedermi cosa ci fosse sotto, mi ha fatto impazzire.»

Mi inarcai contro di lui, la testa che sbatteva contro la porta, e lui allungò la mano verso il primo dei miei bottoni. «Ho bisogno di vederti. Non posso più aspettare.»

La moderazione nelle sue mani gli contrasse il volto in un'espressione di dolore. Sapevo che avrebbe voluto semplicemente strappare i bottoni, ma stava cercando di essere delicato e non rovinarmi il vestito. Il lento processo di sbottonatura del mio abito mi stava eccitando e teneva Xander sulle spine. Per ogni centimetro di pelle che scopriva, premeva le labbra contro di me, mordicchiando la mia carne, lasciando i segni dei denti lungo tutto il mio corpo.

Una volta arrivato allo stomaco, si infilò le mani sotto il vestito e liberò i miei seni. Gemette quando vide il mio reggiseno push-up di pizzo rosso. Le sue dita armeggiarono con i miei bottoni, ma non mi importava. Le sue labbra si richiusero sul mio capezzolo e io gemetti, appoggiandomi alla porta. «Cazzo, sei bellissima,» mormorò contro la pelle che traboccava dal bordo del pizzo.

Xander passò da un capezzolo all'altro, risucchiando ciascuno nella sua bocca insieme al pizzo delicato. Succhiò sulle punte, facendo roteare la lingua attorno ai miei capezzoli finché non gemetti di piacere. Tirò delicatamente con i denti, un misto di dolore e piacere che mi attraversò e mi rese ancora più bagnata.

Mentre stuzzicava i miei capezzoli, le sue dita lavorarono agilmente sul resto dei bottoni finché il mio vestito non fu completamente aperto sul davanti. Fece un passo indietro e mi guardò, soffermandosi sulle mie mutandine di pizzo rosso abbinate al reggiseno. I suoi occhi divennero predatori e la pelle d'oca mi percorse il corpo. I miei capezzoli si tesero, in attesa di ciò che sarebbe successo dopo.

Xander si mosse rapidamente verso di me e agganciò il pollice ai lati delle mie mutandine. Tirò forte e sentii la stoffa strapparsi nelle sue mani. L'istante successivo le sue dita si infilarono dentro di me e io gemetti, le ginocchia che cedevano. Mi costrinse contro la porta con la sua stazza imponente e mi sorresse. «Tieni le ginocchia bloccate, piccola. Ti farò venire proprio qui. Non posso più aspettare.»

Il desiderio e il comando nella sua voce mi fecero scattare per obbedire. Nessun uomo mi aveva mai parlato come Xander, fatto sentire come se non riuscisse a controllarsi quando era con me. Mi eccitava più di quanto avrei mai voluto ammettere. Era così fottutamente bello.

Con le ginocchia bloccate, Xander si allontanò da me, le dita ancora a sondare tra le mie cosce, facendomi gemere e contorcere sotto la sua manipolazione. Si inginocchiò di fronte a me e mi divaricò ulteriormente le gambe. Pensai che volesse solo guardare, finché non sentii il suo respiro su di me, caldo e pesante contro le mie cosce. Prima che potessi dire nulla, mi leccò da un'estremità all'altra.

Le mie ginocchia si piegarono di nuovo, incapaci di resistere al piacere estremo che mi attraversava. Xander ringhiò e mi avvolse il sedere con le braccia, sollevandomi mentre si alzava. Si voltò e mi posò sull'isola della cucina, mantenendo il mio sedere sul bordo. Mi misi a sedere, ma lui mi spinse di nuovo giù con una mano sul seno mentre l'altra si tuffava di nuovo dentro di me. Le sue labbra trovarono il mio centro e io gemetti mentre mi allungavo sulla sua isola.

Mi leccò e mi stuzzicò, le sue dita che contribuivano a eccitarmi. Affondò le sue dita in me, i miei fianchi che si sollevavano per incontrarle. Potevo sentire solo il piacere ritmico che mi dava mentre giocava con il mio corpo, facendomi desiderare di venire.

No, avevo bisogno di venire.

Il mio respiro si fece superficiale e i miei gemiti e le mie urla divennero più forti. Mi inarcai contro di lui e passai le dita tra i suoi capelli. Dovevo venire, avevo bisogno di quella liberazione.

«Adesso, piccola, adesso,» mi ordinò Xander e il mio corpo andò in pezzi. Le mie urla echeggiarono nella sua cucina silenziosa e gli strinsi le dita tra le sue, aggrappandomi forte mentre il mio corpo si scioglieva dalla tensione che aveva creato.

Quando l'oscurità del mio orgasmo si ritirò, Xander era chino su di me, baciandomi lo stomaco. Mi tirò giù dall'isola, lo sguardo febbrile ancora negli occhi. Gli strappai la maglietta, sfilandogliela dalla testa per potergli baciare il petto. Feci scorrere la lingua sui suoi capezzoli, stuzzicandoli con un morso che fece gemere Xander e gli fece stringere forte le mani tra i miei capelli. Si sfilò i pantaloncini e i boxer, lasciandoli cadere a terra ai suoi piedi.

Mi afferrò il vestito e me lo sfilò dalle spalle, la sua bocca che si chiudeva sulla mia pelle. Mi morse e poi passò la lingua per lenire il dolore che aveva causato. «Scusami, piccola. È che mi fai un effetto pazzesco.»

Mi fece voltare e mi tolse del tutto il vestito. Il suo cazzo premeva duro contro la mia schiena e il suo petto sfiorava la mia pelle. Xander si abbassò sul mio collo e succhiò forte, assicurandosi di lasciare un segno. Seguì il tendine del mio collo fino alla spalla e mi baciò di nuovo.

Avanzò, costringendomi a seguirlo. La mia pancia sbatté contro il bordo dell'isola e Xander mi spinse giù su di essa. «Aggrappati al bordo, piccola. Tieni forte.»

L'eccitazione mi percorse. Non mi avevano mai presa da dietro. Sentii lo strappo della confezione del preservativo e poi le dita di Xander che mi accerchiavano. Gemetti e mi appoggiai a lui, già pronta per un altro round.

Il suo cazzo stuzzicò la mia apertura, cerchiandola sotto il controllo della sua mano. Si guidò lentamente dentro di me. Quel movimento tortuoso mi fece gemere contro di lui. Si chinò su di me e ringhiò, «Sei pronta per me, piccola? Sei pronta a farti prendere così?»

«Sì,» gemetti in risposta, afferrando più forte il bordo del bancone.

Xander scivolò fuori lentamente, sfregando contro di me e facendomi soffrire per la sua mancanza. Si conficcò di nuovo dentro di me con forza e io gridai, il fuoco che mi avvolgeva mentre il mio corpo riconosceva l'intrusione e ne desiderava ancora. «Ancora,» dissi, un sorriso che mi attraversava le labbra.

«Alla mia piccola piace duro, eh?» mi prese in giro.

«Oh, Dio, sì,» gemetti mentre scivolava fuori di nuovo lentamente.

«Sali sul bancone, piccola. Appoggia il corpo sopra. Voglio i tuoi piedi staccati da terra così posso controllarti. Ho bisogno di poterti prendere con forza. Proprio come vuoi tu.»

Mi aiutò a salire più in alto sul bancone, con tutta la pancia sulla superficie mentre le gambe mi pendevano dritte dietro. La sua altezza gli dava un vantaggio e rimase dentro di me mentre mi muovevo, colpendo tutti i punti giusti mentre mi posizionavo.

Le mani di Xander mi afferrarono i fianchi, si ritrasse di nuovo lentamente, poi mi tirò a sé mentre spingeva dentro. Il mio corpo si aprì per lui, accogliendolo più in profondità di quanto non fosse mai stato. Adoravo la sensazione di essere strapiena con lui così a fondo. Ondeggiai i fianchi per farlo andare più in profondità, più forte. E lui perse il controllo.

Xander mi teneva i fianchi, non più in grado di ritrarsi lentamente. Pompava furiosamente, sbattendomi contro il bancone mentre il suo cazzo affondava sempre più in profondità dentro di me. Gridai mentre il mio orgasmo cresceva di nuovo, così vicina al limite mentre resistevo.

Una sua mano mi percorse la schiena sudata e si infilò tra i miei capelli. Tirò, spingendomi la testa all'indietro. «Non resisto più, piccola. Ho bisogno che tu venga. Cazzo, vieni adesso.»

Mi tirò di nuovo i capelli e il mio corpo si spaccò in due, un orgasmo potente che mi trascinò in un'oscurità circondata da una versione confusa della realtà. Xander continuò a pompare dentro di me e sentii la sua voce urlare il mio nome. La sua mano finalmente lasciò i miei capelli ed io emersi dall'oscurità.

Xander si chinò su di me, il suo viso a pochi centimetri dal mio. «Mi dispiace tanto, piccola. Non ce l'ho fatta ad aspettare di arrivare in camera da letto. Ti avrei presa persino in camera mia a casa dei miei. Ti ho fatto male?»

Giacevo sul bancone, sudata e indolenzita. Gli sorrisi. «Mi fai un male cane, ma è una sensazione fottutamente stupenda. Non l'ho mai fatto prima.»

«Mi dispiace tanto di averti fatto male.»

«Non dispiacerti. È stato bello. Probabilmente potrei venire ancora un paio di volte, a giudicare da come mi sento bene.»

«Ah, davvero?» mi prese in giro. Le sue dita scesero lungo la mia schiena nuda verso il mio sedere. Mi sfiorò la pelle e lasciò che le dita mi scivolassero addosso. «Credo che si possa fare. Che ne dici di un bagno?»

«Davvero?» chiesi eccitata.

«Sì, tesoro. Speriamo che ti aiuti a sentirti meglio. Vado a prepararlo. Potremo parlare del resto di quegli orgasmi quando avrai finito il bagno.»

Acconsentii e lasciai che Xander mi aiutasse a scendere dall'isola. «Non riuscirò mai più a cucinare senza che mi diventi duro. Averti sdraiata su quel bancone per me è stata una delle cose più eccitanti di sempre.»

Gli sorrisi e gli accarezzai la guancia con la mano. «Potremmo doverci riprovare. Magari anche il divano e il letto. Non hai una scrivania?»

«Cazzo, donna, mi ucciderai. Forse dovrai fare un bagno dopo che ti avrò presa di nuovo.»

Premette il suo cazzo duro contro di me e io gli rivolsi un gran sorriso, sbattendo le ciglia. «Beh, ho detto che potevo ricominciare…»

Mi voltai per andarmene ma Xander mi afferrò il braccio. Risi mentre mi avvolgeva con le sue braccia. La risata si trasformò in gemiti quando le sue dita scesero sul mio ventre per giocare tra le mie cosce. «Prima il divano. Ci faremo strada fino alla camera da letto e poi potrai fare un bagno.»

Allungai la mano, gli afferrai il cazzo e lo accarezzai. «Ci sto, se ci stai tu.»

ARRIVAMMO FINALMENTE in camera da letto verso mezzanotte. Xander mi preparò un bagno come promesso. Quando mi immersi nell'acqua calda seppi che il giorno dopo sarei stata indolenzita. Avevo avuto più orgasmi di quanti potessi contare e avevamo fatto sesso quattro volte. La spalla mi doleva dove mi aveva morso e quando mi guardai allo specchio vidi il debole contorno del succhiotto che mi aveva fatto.

L'acqua era calda e lenitiva. Xander mi lasciò fare il bagno da sola. Stava guardando la TV quando tornai nella sua camera da letto e mi avvolse tra le sue braccia. «Stai bene?» chiese.

Sogghignai. «I tuoi amici capiranno cosa è successo.» Gli mostrai il succhiotto sul collo.

«Mi dispiace, piccola. Mi sono lasciato trasportare.»

«Va bene. In un certo senso mi piace sapere che non riesci a controllarti. Mi eccita tantissimo che tu sia così preso da me.»

Si strusciò contro di me. «Sai che è così. Ma mi dispiace di averti fatto male. Com'era il bagno?»

«Incredibile. Quella vasca è quasi orgasmica quanto te.»

Xander rise fragorosamente. Il rombo del suo corpo fece tremare il letto e io tremai e risi con lui. «Beh, niente più orgasmi per stasera. Temo che dovrò metterti sotto ghiaccio dopo come ti ho strapazzata oggi. Vuoi guardare un film?»

Annuii e mi accoccolai contro di lui. Tirò su le coperte sopra di noi e fece partire un film. In pochi secondi ero profondamente addormentata.

Mi svegliai la mattina dopo ancora avvolta tra le braccia di Xander. Il suo respiro regolare mi diceva che stava ancora dormendo e mi godetti la sensazione del suo braccio caldo e forte intorno a me. Il suo cazzo era sveglio, ma sapevo che dovevamo partire presto.

Inoltre, ero troppo indolenzita per pensare al sesso.

No, non ero mai troppo indolenzita per *pensarci*.

Mi stiracchiai e sentii la spalla dolermi per il movimento. Il dolore tra le gambe prometteva di rendere difficile camminare, ma mi ero assicurata di portare delle scarpe comode per la grigliata.

«Ehi,» disse Xander assonnato. «Sei già sveglia.»

«Scusa. Non volevo svegliarti. Credo di essermi addormentata addosso a te ieri sera.»

«Sì, ma non fa niente. Come ti senti?»

«Indolenzita da morire. Letteralmente.»

Mi strinse più forte a sé e premette le labbra sui miei capelli. «Mi dispiace tanto, piccola. Prometto, oggi non ti tocco.» Lo guardai scettica e lui rise. «Ok, forse non con le mani, ma sicuramente non con il cazzo. Che ne dici se ti fai una doccia e io comincio a preparare la colazione?»

«Mi sembra un'ottima idea,» dissi, uscendo dal suo letto caldo. L'aria fresca mi sfiorò la pelle facendomi venire la pelle d'oca. Mi diressi in bagno e sentii Xander andare verso la cucina. La sua doccia era calda e fu una sensazione meravigliosa sulla mia carne dolorante. Mi lavai i capelli e il corpo, prestando particolare attenzione alla spalla e all'interno coscia. Ero ancora molto indolenzita, ma almeno ero pulita.

Mi avvolsi in un altro asciugamano soffice e mi diressi in camera da letto. Presi la mia borsa e tirai fuori i pantaloncini neri e il top verde militare che volevo indossare. Avevo messo in valigia anche dei pantaloni alla pinocchietto, ma fuori faceva caldo e sapevo che ci avrei sudato dentro.

Misi il resto dei miei vestiti e i prodotti da bagno nella borsa e tornai in bagno per sistemarmi i capelli e il trucco. Mi pettinai e misi la testa all'ingiù per dare volume ai ricci. Con il phon resi i capelli leggeri e vaporosi e poi tirai su la testa. Mi misi un po' di mascara e decisi di rinunciare a qualsiasi altro trucco. Infilai gli orecchini e mi misi una collana al collo.

Mi sentivo bene.

Presi la borsa e mi diressi in cucina. Xander era nudo davanti ai fornelli, a cucinare le uova. Era così bello che il mio corpo doleva per lui.

I suoi muscoli scolpiti erano in bella mostra per me. Mi venne l'acquolina in bocca mentre ammiravo i muscoli lunghi e affusolati delle sue gambe. Il suo cazzo pendeva floscio tra le gambe, lungo anche quando non era eccitato. La sua vita stretta si incurvava sopra il suo cazzo e una scia di peli puntava dal membro all'ombelico. Le fossette dei suoi addominali mi fecero domandare se avrei potuto farmi dei body shot su di lui. Il suo petto spiccava, muscoli definiti che si muovevano mentre mescolava le uova sul fornello. Feci scorrere lo sguardo sulle sue braccia massicce e mi sentii avvampare al ricordo di averle avute intorno a me solo pochi minuti prima.

Lasciai cadere la borsa in cucina, vicino alla porta. Dato che entrambi dovevamo lavorare il giorno dopo, avevo intenzione di tornare a casa dopo la grigliata. Xander si voltò e mi strinse tra le braccia. «Spero che vada bene. Avevo fame dopo ieri notte.»

Sorrisi e annuii. Gli baciai il petto e gli passai delicatamente le dita addosso, guardando il suo cazzo contrarsi. «Non puoi farlo, tesoro. Non ti avrò oggi. Si capisce dal modo in cui cammini che sei indolenzita.»

Mi staccai da lui e attraversai la cucina per prendere due bicchieri per il succo e una tazza per il caffè di Xander. «Non dovresti andartene in giro così sexy. Specialmente nudo.»

«Andrò a farmi una doccia tra qualche minuto. Volevo solo assicurarmi che facessimo colazione.»

Mise le uova nei piatti, poi tirò fuori la pancetta dal microonde mentre il pane tostato saltava fuori dal tostapane. Xander si sedette a tavola, con tutto il suo splendore nudo esposto alla mia vista. Mi sedetti accanto a lui e cercai di concentrarmi sul mangiare la colazione invece che sul mangiare lui. Si tuffò sulla sua colazione e mi resi conto che anch'io stavo morendo di fame.

Quando Xander finì, mi baciò e andò a farsi la doccia. Mentre era via, ripulii la cucina e misi a posto tutti i piatti, già a mio agio a casa sua. Xander riemerse poco dopo in pantaloncini cargo color cachi e una maglietta della Coca-Cola. Infilò i piedi nelle infradito e mi tese le braccia. «Grazie per aver pulito. Non dovevi.»

«Beh, ho pensato che il tuo bancone avesse bisogno di una bella pulita dopo ieri sera, quindi ho dato una passata anche a quello.»

Sogghignò come se avesse vinto un premio e mi baciò con forza sulle labbra. Prese la mia borsa e fece strada verso l'esterno. Gettammo la mia borsa nella mia auto, poi salimmo sulla sua Jeep.

«Parlami un po' dei tuoi amici», dissi, cercando di concentrarmi su qualcosa che calmasse i miei nervi.

«Sono divertenti. Di solito ridiamo e beviamo quando stiamo insieme. I ragazzi saranno lì con le loro fidanzate e un paio dei nostri amici sono donne. Sarà un bel gruppo misto di persone. Ovviamente sai che il mio migliore amico è Drew. Oggi ci sarà, ma è single. È un bravo ragazzo. Penso che sia circa l'unico di loro con cui ho un rapporto vero. Con gli altri ci troviamo solo per bere. Ma è divertente.»

«Quindi dovrò portarti fuori di lì di peso?»

«No», disse categorico. «Non berrò così tanto. Magari una birra o due, ma non berrò molto.»

«A casa di chi andiamo?»

«Da Ricky e Billy. Erano miei amici al liceo e all'università. Sono coinquilini. La casa è carina, ma il motivo per cui andiamo sempre lì è il giardino. È enorme e abbastanza appartato.»

«Come sono Ricky e Billy?»

«Sono degli stronzi», rise Xander. «No, non dovrei dirlo. Possono essere dei cretini, ma sono divertenti. Ti adoreranno, perché sai tenergli testa. Penseranno che sei spassosa.»

«Ne sei sicuro?» chiesi. Se quei ragazzi erano buoni amici di Xander e la prima cosa che diceva era che erano degli stronzi, non avevo molte speranze che io potessi piacergli.

«Sì, tesoro, andrà tutto bene. Sono le donne quelle di cui ti devi preoccupare. Kayleigh e Braylon sono nostre amiche, ma sono delle vere stronze. Le evito perché cercano sempre di portarmi a letto, ma sono delle zoccole di bassa lega e non ho mai voluto avere niente a che fare con loro.»

La paura mi attraversò. Sapevo che gli uomini avrebbero sorvolato sul mio aspetto se fossero andati d'accordo con me. Se non cercavano di portarmi a letto, non gli importava del mio aspetto. Le donne, però… quella era tutta un'altra storia. Le donne potevano essere delle stronze terribili se erano gelose di me. In qualsiasi altra circostanza, nessuna donna sarebbe gelosa di me. Ma presentarmi a una festa con Xander mi avrebbe esposta a un attacco.

Mi sentivo come se stessi per vomitare.

«Resta con me. Non lascerò che ti diano fastidio. E se lo faranno, ce ne andremo. Te lo prometto.» Annuii mentre Xander fermava la Jeep. Guardai la casa davanti alla quale eravamo parcheggiati e feci un respiro profondo. «Andiamo, tesoro. Lascia che ti mostri ai miei amici.» Sfiorò con un dito il succhiotto che mi aveva lasciato sul collo e si chinò a baciarlo. «Adoro poter vedere il mio marchio su di te. Dire al mondo che sei mia. Mi eccita tantissimo.»

Mi tirai indietro e lasciai che l'eccitazione mi scorresse nel corpo. Xander mi voltò il viso verso di sé e affondò la lingua nella mia bocca. Il suo bacio era rude e possessivo. Intrecciò le dita tra i miei capelli e mi inclinò la testa per potermi baciare più a fondo. Gemetti contro le sue labbra, sentendo le mutandine bagnarsi.

Xander alla fine si ritrasse, baciandomi le guance. «Ti prenderei anche adesso se sapessi che non ti farei male. Mi rendi così felice.»

«Sono felice anch'io, tesoro. Andiamo a conoscere i tuoi amici prima che perda il coraggio.»

Xander rise e si allontanò da me. Scese dall'auto e io feci un respiro profondo. Quando arrivò al mio fianco, mi aprì la portiera e mi offrì la mano. La presi e camminai al suo fianco per conoscere i suoi amici.

CAPITOLO 17

XANDER SPALANCÒ la porta d'ingresso della casa a due piani come se ci vivesse. Entrammo direttamente in salotto, dove vidi dei mobili vecchi e una grande TV. Delle scarpe erano state gettate alla rinfusa in un armadio stracolmo dietro la porta d'ingresso. La stanza era grande e vissuta. Sentii delle voci provenire da un punto più interno della casa, presumibilmente dove Xander mi stava conducendo.

Sembrava proprio come mi ero sempre immaginata la casa di una confraternita.

E aveva anche più o meno lo stesso odore.

La cucina si trovava sul retro della piccola casa e si affacciava sul grande giardino. La gente si riversava dall'interno all'esterno, ridendo e parlando.

Xander salutò le persone in cucina e mi presentò, anche se lo fece così in fretta che non riuscii a ricordare nessun nome. Li salutammo e lui mi trascinò fuori, in giardino.

«Xander!» gridarono dal giardino. Non avevo idea da dove provenisse l'urlo, ma gli fece spuntare un enorme sorriso. Mi strinse la mano e mi trascinò dietro di sé fino all'estremità opposta del giardino. Quando raggiungemmo un gruppo di cinque ragazzi, mi lasciò la mano per scambiare pugni e abbracci con gli altri.

Mi cinse di nuovo con un braccio e disse: «Ragazzi, lei è Mandy. Mandy, loro sono Ricky, Billy, Doug, Trevor e Brian.»

«Piacere di conoscervi», dissi, cercando di mantenere la calma. Finora ogni singola persona alla festa era meravigliosa. Mi sentivo come se fossi capitata sul set di uno spot della birra o qualcosa del genere. Era terrificante.

Non volevo giudicare gli amici di Xander dal loro aspetto, così come non volevo che loro giudicassero me dal mio, ma trovavo difficile non farlo. Xander mi aveva già detto che Ricky e Billy erano degli stronzi e che Kayleigh e Braylon erano delle stronze. Non ero sicura di quanto sarei riuscita a sopportare.

I ragazzi mi squadrarono, per nulla timidi nel valutarmi. Xander diede un pugno sulla spalla a uno di loro, Billy credo, e disse: «Gesù, amico, è impegnata. Giù le mani.»

Billy alzò le mani in segno di resa, ma mi osservò ancora una volta. La cosa mi fece venire i brividi lungo la schiena, ma li repressi, aggrappandomi a Xander. «Andiamo, piccola, prendiamo qualcosa da bere», disse lui.

Feci un cenno ai suoi amici e mi voltai con Xander per cercare da bere. Forse un po' di alcol in corpo mi avrebbe aiutata a smorzare la tensione.

Xander trovò tre frigoriferi portatili sul patio e tirò fuori una birra per ciascuno. Svitò il tappo della mia e me la porse. Ne tracannai metà prima ancora che lui portasse la sua alle labbra.

«Cazzo, piccola, non puoi farlo. Non posso guardarti succhiare da una bottiglia in quel modo senza desiderare che tu succhi me allo stesso modo.»

«Scusa, tesoro», dissi pulendomi le labbra. «Ho solo

bisogno di qualcosa per sciogliermi un po'. Il tuo amico mi ha davvero messo a disagio per come mi guardava.»

Xander guardò dall'altra parte del giardino, dove i ragazzi stavano parlando. «Lo so, ma è innocuo. Sta solo cercando di provocarmi.»

«Solo che non voglio stargli vicino. Mi mette i brividi.»

«Resta con me. Non gli permetterò di darti fastidio. Vieni, voglio presentarti Drew.»

Xander mi tenne per mano mentre si avvicinava a un altro gruppo. Un ragazzo se ne stava al centro, catturando l'attenzione di tutti. Aveva i capelli scuri, più lunghi di quelli di Xander ma comunque corti. I suoi occhi castani scrutavano il gruppo, stabilendo un contatto visivo con ognuno mentre raccontava la sua storia.

Era di bell'aspetto, affascinante come tutte le altre persone lì presenti. Aveva il braccio sinistro coperto di tatuaggi e un'elaborata croce tatuata sul polpaccio destro. Non riuscivo a smettere di guardarlo, desiderosa di sentire cosa avesse da dire.

«Ho preso la curva successiva e sapevo che non sarebbe finita bene. La moto ha iniziato a sbandare e l'unica cosa che potevo fare era andare giù con lei. C'erano due macchine che venivano verso di me ed entrambe stavano sterzando. Potevo solo pregare che andasse tutto bene.»

Trattenni il respiro insieme al resto della folla, ansiosa di sapere come l'uomo di fronte a noi fosse sopravvissuto alla caduta. Strinsi la mano di Xander e fissai quel dio tatuato.

«Ho lasciato cadere la moto e sono andato giù. Ho rallentato il più possibile e alla fine sono rotolato sull'erba a lato della curva. Per fortuna la moto non si era danneggiata troppo e, una volta che mi sono tirato su, sono potuto risalirci. Avevo qualche graffio sulla gamba e il braccio piuttosto malconcio, ma stavo bene.»

«Cos'è successo con la ragazza che dovevi incontrare?» chiese uno degli altri ragazzi del gruppo.

«Ah, sai, era carina ma superficiale. Siamo usciti per il weekend, abbiamo visitato le cantine intorno ai Finger Lakes, ma dopo non l'ho più vista. Ho bisogno di qualcuno con un po' di intelligenza, non solo di una donna superficiale che ci sta subito.»

I suoi occhi scrutarono la folla e si posarono sui miei. Sentii un calore sotto il suo sguardo. Mi sorrise e fece un passo avanti. Il resto del gruppo cominciò a disperdersi, intuendo che la storia era finita.

Mi tese la mano e disse: «Tu devi essere Mandy. È un piacere conoscerti finalmente.»

Gli strinsi la mano e gli sorrisi. Era alto, molto più di me. Con il mio metro e settantatré non ero poi così bassa, ma lui superava facilmente il metro e ottanta, forse arrivava fino al metro e novantotto. Xander si fermò al mio fianco.

«Mi dispiace, non ho idea di chi tu sia», dissi all'uomo misterioso.

«Oh, scusa. Sono Drew. Lavoro con Xander», mi disse.

«Oh, wow. È fantastico conoscerti. Xander mi ha parlato tanto di te. Non ti immaginavo affatto così.»

Si passò una mano tra i capelli e mi rivolse un sorriso mozzafiato. «Sì, i tatuaggi spiazzano un sacco di gente. Ho iniziato a farmeli quando ero al college ed è diventata una dipendenza. Ma dato che non ho mai preso droghe e bevo raramente, immagino che sia una dipendenza abbastanza innocua.»

Risi e annuii con lui. Mi ricordava così tanto Xander che ne fui attratta. A guardarli, avrebbero quasi potuto essere fratelli. Aveva un fascino che spingeva chiunque a volergli essere amico. E lo volevo anch'io.

Xander mi strinse più forte a sé e mi strofinò il naso sul collo. «Possiamo parlare un minuto?»

«Certo, tesoro. È stato un piacere conoscerti, Drew. Voglio sapere tutto di Xander ai tempi del college. Torniamo subito.»

Drew sorrise mentre ci allontanavamo. Xander mi tenne stretta e mi guidò verso il retro del giardino. «Perché stai flirtando con lui?» chiese.

«Dici sul serio?» ribattei, ridendo.

«Sì, dico sul serio. Non resterò a guardare mentre flirti con il mio migliore amico. Cosa sta succedendo?»

Mi voltai di scatto verso di lui. «Xander, devi smetterla subito. Drew non è come me l'aspettavo, ma è molto carismatico. Essere interessata a quello che una persona ha da dire non significa che voglio saltargli addosso. Sinceramente, stavo pensando a quanto ti somigli e a quanto siate simili. Capisco perché siate buoni amici. Ma lui non mi interessa.»

«Ne sei sicura?»

«Ehi, dov'è il mio ragazzo figo e sicuro di sé? Dov'è il ragazzo che ho imparato a conoscere? L'uomo che ieri notte mi ha fatta ansimare e urlare il *suo* nome. Il ragazzo che mi ha marchiata proprio ieri notte. Quello che mi bacia con tanta foga e mi stringe con tanta tenerezza da farmi dimenticare che esista qualsiasi altro uomo.»

«È solo che non credo che potrei sopportare di perderti, specialmente per colpa del mio migliore amico. Non ce la farei.»

«Non vado da nessuna parte. Però voglio conoscere meglio il tuo migliore amico. Non voglio che tu diventi geloso, ma ora vado a parlare con lui. È simpatico. Mi ha messa a mio agio, non a disagio.»

«Sei mia, piccola,» disse. Si chinò e premette la sua bocca sulla mia, facendosi prepotentemente strada. Avvolsi con foga le braccia intorno al suo collo e gli gemetti contro. Le sue dita affondarono nei miei fianchi carnosi e il suo cazzo era duro contro il mio stomaco. Xander geloso e possessivo era eccitante, ma non c'era alcun motivo perché si comportasse così.

«Solo tua,» gemetti mentre lui mi lasciava una scia di baci fino all'orecchio. Mi mordicchiò il lobo, poi infilò la lingua dietro il mio orecchio. I suoi denti sfiorarono la mia clavicola e la mia testa si piegò all'indietro per lasciargli più accesso.

«Quando torneremo a casa mia ti marchierò di nuovo, in altri modi. Voglio che domani tu non sia in grado di camminare.»

«Torniamo alla festa. Altrimenti ti trascinerò di sopra in una di quelle camere da letto squallide. E poi dovrai portarmi in braccio fino alla Jeep.»

«Cazzo,» mi sussurrò all'orecchio. «Ho bisogno di calmarmi. Te la cavi da sola per qualche minuto? Se non mi allontano da te non arriverò di sopra. Ti piego qui, adesso.»

«Starò bene. Andrò a cercare Drew e flirterò ancora un po' con lui.»

Mi diede una pacca sul sedere. «Non lo farai. Tu sei mia.»

Risi. «Non flirterò con lui, ma gli parlerò. Se te ne vai, devo trovare qualcuno che non mi faccia sentire a disagio.»

«Ti getterò sulla spalla e ti trascinerò fuori di qui se ti trovo a flirtare con lui.»

«Questo potrebbe essere un motivo sufficiente per farlo,» lo presi in giro. Xander mi fulminò con lo sguardo e io risi mentre mi allontanavo per cercare Drew.

A metà giardino sentii due donne parlare. «Ma che gli salta in mente? È troppo figo per lei.»

Il mio cervello mi diceva di continuare a camminare, ma per qualche motivo i miei piedi non ubbidirono. Mi fermai, fingendo di guardare qualcosa mentre le origliavo.

«Lo so, vero?» disse la seconda. «E perché l'ha portata qui? Non è che sia una da dover sfoggiare. Sembra una vacca.»

«Una vacca in tenuta militare,» disse la prima. Entrambe

sghignazzarono e i peli sulla nuca mi si drizzarono. Stavano parlando di me.

«La buona notizia è che dopo di lei si renderà conto che non può trovare l'amore facendo acquisti a basso costo. Ha bisogno di trovare una donna vera. Una figa quanto lui, che sia la sua pari invece del suo cagnolino. Letteralmente.»

Sapevo che dovevano essere Kayleigh e Braylon. Erano entrambe stupende e circa la metà di me. Sarebbe bastato sedermici sopra per ridurle in polvere.

Xander uscì di casa e mi cercò con lo sguardo nel giardino. Quando mi vide vicino a loro, assunse un'espressione seria. Si diresse dritto verso di me e loro lo intercettarono mentre cercava di passare.

«Xander,» fece le fusa la bionda, «dove sei stato?»

«Sono stato con la mia ragazza. Signore, avete conosciuto Mandy?»

Allungò un braccio verso di me e mi tirò contro di sé. Si strofinò contro il mio orecchio e lo leccò, facendomi venire i brividi lungo la schiena.

«Perché preoccuparsi? Non è che resterà a lungo. Non quando ci siamo noi, pronte e disponibili,» sussurrò la bionda, appoggiandosi all'altra e mettendo in chiaro che erano disposte a un trio.

Rimasi lì scioccata, senza sapere cosa dire. Strinsi le mani a pugno e la tensione mi riempì. Avrei voluto dare un pugno a quella stronza, ma sapevo che non sarebbe servito a niente.

«Torno subito, tesoro. Devo andare dentro un minuto,» dissi dolcemente. Mi allontanai prima di poter dire o fare qualcosa di cui mi sarei pentita.

Dentro trovai un bagno vicino alla cucina. Chiusi a chiave la porta dietro di me e mi aggrappai ai lati del lavandino. Mi fissai allo specchio e mi imposi di non piangere. Volevo farlo, lo ammetto. Quelle stronze magre mi avevano fatta sentire una pezza da piedi inutile. Volevo prenderle a pugni, a schiaffi, stenderle. Tutto quanto. Sapevo che non sarebbe servito a nulla, ma Dio, quanto lo volevo. Volevo ferirle tanto quanto loro avevano ferito me. Solo che il dolore fisico passa. Quello emotivo rimane.

Tirai fuori il telefono e mandai un messaggio a Sam. Sapevo che Claire stava lavorando e che Addi passava la giornata con la sua famiglia. Sam aveva un servizio fotografico quella mattina, ma sarebbe stata da sola nel pomeriggio. Avevamo parlato tutte di vederci per cena, ma non avevamo ancora deciso nulla.

Due stronze magre mi hanno fatto sentire una merda.

Vuoi che venga a spaccargli il culo?

Risi.

No. Mi hanno solo fatta incazzare.

Xander che ha detto?

Sbuffai. Capivo che non volesse creare problemi con i suoi amici, ma ero delusa che non avesse risposto alla loro stronzaggine.

Niente. Me ne sono andata prima che ne avesse la possibilità.

Non va bene. Vuoi che venga a spaccargli il culo?

Risi, grata di avere qualcuno dalla mia parte.

Non adesso. Ti faccio sapere se cambia qualcosa.

Sono a casa tutto il pomeriggio.

Sorrisi e rimisi il telefono in borsa. Mi controllai il trucco un'altra volta e poi tornai fuori.

Xander era con il gruppo in fondo al giardino. Sentivo Billy parlare prima ancora di arrivare lì. Stavano tutti ridendo per qualcosa che aveva detto e mi avvicinai per godermi anch'io la battuta.

«Qual è la definizione di ironia?» chiese Billy al gruppo.

Feci un altro passo avanti mentre tutti si guardavano l'un l'altro, scrollando le spalle. «Una ragazza grassa che non ingoia!» tuonò Billy.

Mi bloccai. Stava raccontando barzellette sulle grasse? E Xander era lì che rideva con lui. Guardai Xander e vidi il suo ampio sorriso mentre rideva con tutti gli altri. La stronza bionda mi vide e diede una gomitata alla sua amica. L'amica disse: «La tua vita è ironica, Xander? La tua ragazza grassa ingoia?»

«Lascia perdere, Braylon,» disse lui.

«Come si scopa una donna grassa?» chiese Billy, riportando l'attenzione su di sé.

Tutti si guardarono di nuovo intorno. «Xander dice che le dai una pacca sul culo e cavalchi l'onda.»

Mi voltai mentre le lacrime mi bruciavano gli occhi. Non aspettai di sentire cosa avesse da dire, dovevo solo andarmene via da lì. Il sangue che mi rombava nelle orecchie soffocò ogni altra cosa, ma sapevo che Xander stava ridendo con gli altri, incurante del fatto che quelle parole mi ferissero. Non importava cosa facesse mentre ero lì. Se rideva alle mie spalle, non lo volevo.

Sfrecciai in cucina e tirai fuori il telefono. Mandai un messaggio a Sam chiedendole di venirmi a prendere, le diedi l'indirizzo e le scrissi che avrei iniziato a camminare.

Spinsi la porta d'ingresso e per poco non travolgevo Drew, che era seduto nel portico anteriore.

«Ehi,» gridò, saltando via. «Stai bene, Mandy?»

Feci un gesto vago con la mano e iniziai a scendere i gradini verso la strada.

Mi afferrò un braccio. «Mandy, che è successo?»

Le lacrime che avevo trattenuto si liberarono e mi rigarono le guance. Cercai di scrollarmelo di dosso, ma mi tenne stretta.

«Mandy, parlami. Dov'è Xander?»

«Xander è uno stronzo. È in giardino con i suoi amici. E io me ne vado a fanculo da qui.»

«Mandy, siediti e parlami. Ti do un passaggio se ti serve, dimmi solo cos'è successo.»

La gentilezza nei suoi occhi mi fece venire voglia di fidarmi di lui. Non era là fuori con gli altri. Forse non era così male. «Billy stava raccontando barzellette sulle grasse e Xander ci rideva sopra. Sa quanto sono sensibile riguardo al mio peso e rideva delle ragazze grasse. È un fottuto stronzo.»

«Che ha detto?» chiese Drew.

«Niente. Non ha detto un cazzo. Li ha solo lasciati lì a prendermi in giro.»

«Stavano parlando di te? Sapevano tutti che eri lì?»

Scossi la testa. «Kayleigh e Braylon sapevano che ero lì. Gli hanno detto qualcosa e lui si è limitato a dirgli di lasciar perdere. Billy ha raccontato un'altra barzelletta e ha detto che era stato Xander a dirgli la risposta. Mi dispiace, Drew. Sembri un bravo ragazzo, ma i tuoi amici sono dei coglioni.»

«In realtà l'unica persona qui con cui sono amico è Xander. Vengo a queste cose perché me lo chiede lui. Non sopporto Billy e Ricky. Sono dei coglioni. E Kayleigh e Braylon sono delle stronze infelici che pensano di essere un dono di Dio per gli uomini. Ecco perché sono qui fuori. Avevo solo bisogno di una pausa dalla loro superficiale meschinità.»

Feci un respiro profondo. «Immagino di aver bisogno di

una pausa anch'io. Solo che la mia pausa sarà permanente. Ho chiuso con gli stronzi come Xander.»

«Mi dispiace. Gli piaci davvero. Non ha fatto altro che parlare di te da quando ti ha conosciuta. Vorrei davvero che le cose non stessero andando in questo modo. Gli ho sempre detto che diventava uno stronzo quando era con loro. Forse dopo questa storia se ne renderà finalmente conto, ma mi dispiace che tu ci sia rimasta male per questo.»

Vidi l'auto di Sam che avanzava lentamente lungo la strada e mi alzai. «Grazie, Drew. Sei davvero un bravo ragazzo. Grazie per avermi ascoltata. Di' a Xander di perdere il mio numero.»

«Mi dispiace, Mandy. È stato un piacere conoscerti.»

«Anche per me,» dissi.

Poi me ne andai.

CAPITOLO 18

NELL'AUTO di Sam diedi sfogo alle lacrime. Era stato Drew a farle iniziare e non riuscivo più a trattenerle, con Sam che mi guardava come se sapesse cos'era successo. Guidò in silenzio e mi lasciò piangere.

Dopo qualche minuto, Sam disse: «Ho chiamato Claire e Addi. Faremo una serata tra ragazze a casa di Claire.»

Annuii. «Devo prendere la mia macchina. È parcheggiata da Xander. Ti seguirò da lì.»

«Non vuoi prenderla più tardi?»

Scossi la testa. «No, voglio prenderla adesso. Non posso vederlo. Voglio solo dimenticare che sia mai esistito.»

Sam fece un cenno d'assenso, poi si concentrò sulla strada. Quando arrivammo da Xander, alzai lo sguardo verso casa sua e le dissi addio, lasciandomi tutto alle spalle. Salii in macchina e seguii Sam fino all'appartamento di Claire.

Dentro, Claire e Addi ci stavano aspettando. Claire mi porse un bicchiere di vino senza dire una parola e ci ammassammo tutte sul divano. Addi mise su *Una pazza giornata di vacanza* e ci sedemmo a guardare il film.

Mentre il film andava avanti, ripercorsi tutta la mia relazione con Xander. Sapevo che avrei dovuto essere più furba. Glielo avevo detto la prima volta che ci eravamo incontrati. Era impossibile che una persona come lui e una persona come me potessero finire insieme. Non poteva succedere. Eravamo troppo diversi.

Quando aveva conosciuto i miei amici, loro lo avevano accettato. Non era stato trattato male perché era stupendo. Era stato trattato come una persona qualunque. Ma i suoi amici… erano gli stronzi che Xander diceva che fossero. Se lo sapeva, non riuscivo a capire perché fosse ancora loro amico. Drew aveva detto di aver dato dello stronzo a Xander quando era con loro, il che mi faceva chiedere ancora di più perché continuasse a frequentarli. E perché mi avesse portata a conoscerli.

Ma d'altronde, conoscevo la risposta. Era perché anche lui era uno stronzo.

Quando il mio bicchiere di vino fu vuoto, Sam scattò in piedi per riempirmelo. Claire mi portò dei fazzoletti e l'impasto per i biscotti. Addi mi lasciò appoggiare sulla sua spalla e piangere.

Finito il primo film, Claire mi chiese se volevo parlarne.

Non volevo ammettere con loro quello che era successo. Non volevo che venissero ferite come lo ero stata io dalla crudeltà della gente. Sapevo che si sarebbero incazzate tutte per me, ma sapevo anche quanto avrebbe fatto male sentire quelle battute.

Ma erano le mie migliori amiche. Meritavano di sapere cos'era successo.

«È stato orribile. Be', non all'inizio. Gli amici che davano la festa erano degli stronzi, ma il suo migliore amico, Drew, è stato molto gentile. Abbiamo parlato con lui per un po' e Xander è diventato geloso perché parlavo con lui. Ha detto che ero sua, e solo sua.»

«Uh, inquietante,» disse Addi.

«È sexy,» disse Sam.

Claire si limitò a fissarmi.

«Comunque, dopo è andato in bagno e mi ha lasciata sola. Sono andata a cercare Drew perché lo trovavo interessante. Be', prima di arrivare da Drew, ho sentito due oche parlare di come Xander meritasse di meglio di me e di come lo avrebbero aiutato a dimenticarmi quando si fosse reso conto che doveva stare con qualcuna di più sexy.»

«Che cazzo? È di loro che mi scrivevi?» chiese Sam.

«Sì, sono le stesse.»

«E Xander non ha detto niente?»

«Be', no. Non c'era quando lo dicevano. È uscito dopo e gli hanno chiesto perché stesse con me quando loro due erano disponibili.»

«E non ha risposto?» chiese Sam, sorpresa e offesa per me.

«Me ne sono andata prima. Non so cosa avrebbe detto, se avesse detto qualcosa, ma me ne sono andata e basta. Prima di arrivare mi aveva detto che non gli piacevano, ma forse due erano meglio di una. Sono andata in bagno e mi sono calmata. Quando sono tornata, lo stronzo che abita in quella casa stava raccontando barzellette sulle grasse e Xander stava ridendo.»

«Che stronzo,» disse Addi.

«Sì, lo era. Le oche mi hanno vista e hanno incitato Xander perché non sapeva che fossi lì. Lui si è limitato a dire loro di farsi da parte. Il suo amico ha raccontato un'altra barzelletta ma per la battuta finale ha detto: 'Xander mi ha detto...' Ero sconvolta, così me ne sono andata.»

«Cosa ha fatto?»

Feci spallucce. «Non lo so. Me ne sono andata e basta. Non ho sentito più niente dopo essermene andata, il sangue mi martellava così forte nella testa che pensavo stesse per esplodere. Sono solo scappata da lì il più velocemente possibile.»

«Con chi stavi parlando nel portico?» chiese Sam.

«Quello è Drew, il migliore amico di Xander. È l'unico alla festa che è stato gentile con me. Ha detto che non sa perché Xander frequenti quella gente, ma io penso che sia perché è uno stronzo pure lui.»

«Sei sicura, Mandy? Voglio dire, perché avrebbe detto che sei sua, o sarebbe andato a letto con te o avrebbe degnato una di noi di attenzioni se stava solo giocando con te?» chiese Addi.

La guardai, sbalordita. Forse era solo uno stronzo che voleva torturarmi? Forse era bravo a ingannare le donne facendogli credere di essere una persona diversa da quella che era. Forse Addi aveva ragione, ma non volevo sentirlo. Volevo compassione invece di qualcuno che risolvesse il problema. E volevo solo sentirmi meglio per aver rotto con quello stronzo.

«È un idiota, Addi. Eravamo tutte preoccupate per quando sarebbe venuto fuori. Pensavamo tutte che a un certo punto la sua vera natura si sarebbe mostrata. Odio che sia successo, ma è così. Volevo che fosse un bravo ragazzo, davvero. Se lo fosse stato, questo non sarebbe successo,» disse Claire.

«Sì, be', è stato perfetto fino a oggi. Com'è possibile che ci abbia ingannate tutte? Lei era felice. Si stava innamorando di lui. L'abbiamo visto tutte. La trattava bene e, dopo i rumori che hanno fatto la sera in cui eravamo tutte lì per la serata cinema, era chiaro che il sesso fosse fantastico. Odio solo che all'improvviso sia andato tutto a puttane. Mi chiedo se magari stiamo saltando a conclusioni affrettate. Scopri la sua versione della storia. Ti ha chiamata?»

Feci spallucce. Avevo lasciato il telefono nella borsa, in cucina, così non avrei avuto la tentazione di controllare i messaggi o di rispondere se avesse chiamato. «Non lo so. Il telefono è nell'altra stanza.»

Addi si alzò per prendere la mia borsa e tirò fuori il mio telefono. «Già sei messaggi e tre chiamate perse da parte sua. Se stesse cercando di fare lo stronzo e di darti buca, pensi che proverebbe a contattarti?»

Ricominciai a piangere, con le spalle scosse da lievi singhiozzi. Non riuscivo a pensare alle telefonate o ai messaggi di Xander. Non riuscivo a pensare al modo in cui mi aveva trattata. Mi stavo innamorando di lui, anzi, me n'ero già innamorata. Avevo iniziato a permettermi di immaginare la mia vita con lui. Stavamo insieme solo da circa sei settimane, ma non riuscivo a ricordare il tempo prima di lui. Non riuscivo a immaginare la mia vita senza di lui.

Sentire Addi dire che forse mi sbagliavo lasciò che la speranza si insinuasse di nuovo in me. Per poco non pensai che forse andava tutto bene e che stava chiamando per scusarsi e spiegare cosa fosse successo. Ma mi bastava chiudere gli occhi e pensare a come rideva alle battute per sapere che non ce la potevo fare. Non potevo semplicemente accettare che andasse tutto bene.

Non andava bene e non sarebbe mai andato bene.

«Addi, lascia perdere. Non ha bisogno di pensarci adesso. Per ora, Xander è uno stronzo. Se gli parlerà e deciderà di dargli un'altra possibilità, la sosterremo, ma adesso non ha bisogno che tu le dica che sta esagerando. Io perderei le staffe se qualcuno mi facesse una cosa del genere,» disse Claire.

Parlavano di me come se non fossi lì. Come se stessero parlando di qualcun altro. Volevo dire loro cosa fare, dare un'opinione. Volevo dire loro che, a prescindere da quello che aveva fatto, lo amavo ancora. Volevo dire loro che non volevo che lo odiassero perché, in ogni caso, io non lo odiavo.

E per questo odiavo me stessa.

Volevo essere in grado di odiarlo. Volevo che il mio cuore capisse che stronzo fosse. Ma il mio cuore non ci cascava. Il mio cuore lo voleva, e l'idea che le mie amiche lo odiassero mi tormentava. Non sopportavo di sentirle parlar male di lui. Né ora, né mai.

«Guardiamo un altro film, ragazze,» dissi. «Ho bisogno di dimenticare tutto questo e di rilassarmi.»

Annuirono tutte e mi guardarono in silenzio. Mi alzai dal divano e andai in cucina. Avevo bisogno di qualche minuto lontano dai loro occhi indagatori. Le sentii bisbigliare non appena lasciai la stanza, ma non cercai di sentire cosa stessero dicendo. Probabilmente stavano litigando su ciò di cui avevo bisogno.

Sfortunatamente, l'unica cosa di cui avevo bisogno era l'unica cosa che non potevo avere. Avevo bisogno delle braccia di Xander strette forte intorno a me, che mi dicessero che sarebbe andato tutto bene. Avevo bisogno che mi stringesse e mi facesse sentire amata. Avevo bisogno di sapere che tutto ciò che pensavo fosse reale lo era davvero.

Ma non l'avrei ottenuto. Xander non mi avrebbe mai più stretta né baciata. Non l'avrei più visto perché non è mio. Non è mai stato veramente mio.

Rimisi il telefono nella borsa e mi appoggiai al bancone.

Come avevo potuto essere così stupida? Amavo la mia vita prima di lui. Ero felice. Avevo tutto. Adesso avevo tutto, ma con il cuore spezzato e una visione distorta della mia felicità. Non potevo tornare a essere felice come prima. Avevo imparato cosa mi mancava. Come poteva essere la vita se ci fosse stato l'amore. Lo volevo. Volevo l'amore nella mia vita.

Volevo Xander.

Riempii di nuovo il bicchiere di vino e lo svuotai prima di uscire dalla cucina. Me ne versai un altro bicchiere e lo portai in soggiorno. Ripresi il mio posto sul divano e mi sforzai di non piangere mentre guardavamo *Clueless*.

Quando il film finì ero bella sbronza. Non riuscivo a ricordare quanti bicchieri di vino avessi bevuto, o se avessi mangiato qualcosa oltre all'impasto per biscotti, ma ero pronta per andare a letto.

Seguii Claire lungo il corridoio fino alla sua camera e mi preparai per la notte. Sam e Addi si sistemarono sul divano letto e andammo tutte a dormire.

Accoccolata accanto a Claire, mi disse: «Mi dispiace davvero, Mandy. Pensavo che fosse diverso. Volevo che fosse diverso.»

«Anch'io, Claire. Pensavo davvero che fosse un bravo ragazzo. Anche se ho lottato per non uscirci perché sapevo che sarebbe stato uno stronzo, mi sono innamorata di lui. Sono innamorata di lui. Odio ammetterlo. Odio sentirmi così.»

Mi rannicchiai sotto le coperte. Il sonno mi stava vincendo, ma avevo bisogno di parlare con la mia migliore amica.

«Non puoi scegliere chi amare, lo sai.»

«Sì, ma fa schifo. Dovrei essere in grado di smettere di amarlo quando scopro che è uno stronzo. Sentire Sam e Addi litigare per lui è stato difficile. Non volevo pensare alle telefonate o ai messaggi e non volevo farvelo odiare. Qualunque cosa dicessero mi si spezzava il cuore.»

«Mi dispiace, Mandy. Avremmo tutte dovuto solo ascoltare. Sai che stavano cercando di aiutare.»

«Lo so. È stato difficile sentire Sam parlarne così male ed è stato difficile sentire Addi esaltarlo. Ogni parola mi faceva venire voglia di urlare.» Stesi i pugni, lottando contro l'impulso di urlare in quel preciso istante, solo per sfogarmi.

«Sì, lo so. Quando eri in cucina stavamo discutendo su cosa dirti. Alla fine abbiamo tutte convenuto che dovevamo solo chiudere quella cazzo di bocca e ascoltarti, se avevi voglia di parlare.»

«Credo di aver solo bisogno di elaborare il tutto. Sai, cercare di farmene una ragione. Parlare di lui mi farà solo sentire la sua mancanza,» ricominciai a piangere. Di nuovo.

«Okay, allora non parliamo più. Dormi un po' e forse domattina ti sentirai meglio. Vorrei poterti alleviare questo dolore.» Claire mi accarezzò dolcemente i capelli, consolandomi e aiutandomi a sentirmi un po' meglio.

«Grazie, Claire. Starò bene. Prima o poi,» mormorai assonnata.

Almeno speravo che sarebbe stato così.

CAPITOLO 19

MI SVEGLIAI LA MATTINA DOPO, mi feci una doccia e mi vestii in fretta, grata di aver messo in valigia un cambio per la grigliata infernale. Mangiai una ciotola di cereali nella cucina di Claire con tutte le altre. La tensione nella stanza si tagliava col coltello, o forse con una spada. Era chiaro che non sapevano cosa dirmi.

«Grazie per aver provato ad aiutarmi ieri sera, ragazze. Significa molto avere amiche così fantastiche.»

«Siamo sempre qui per te. Lo sai», disse Claire.

«Esatto, qualunque cosa accada», aggiunse Sam.

«Mi dispiace se ti ho turbata. Vorrei che le cose per te fossero andate bene. Sei una donna così straordinaria e meriti di essere felice. Lo meritiamo tutte», disse Addi.

«Hai ragione. Per ora, possiamo essere felici insieme. Se una di noi troverà qualcuno, faremo tutte la nostra parte per assicurarci che sia un bravo ragazzo.»

Sorrisi e ingurgitai i miei cereali. Dovevo andarmene da lì prima che ricominciassero a cercare di dirmi cosa fare con Xander. Lo stavano facendo di nuovo, facendomi venire voglia di urlare. Finché non fossi riuscita a mettere cuore e cervello sulla stessa lunghezza d'onda, non potevo pensare a Xander.

Quando finii i cereali, sciacquai la ciotola e la misi in lavastoviglie. Mi offersi di aiutare a pulire i piatti della sera prima, ma Claire respinse la mia offerta con un gesto della mano. «Me ne occuperò più tardi. Oggi non devo lavorare, quindi quando ve ne sarete andate tornerò a letto. Pulirò stasera. È ancora valida la serata tra ragazze?»

Tutte mi guardarono. Annuii.

«Okay, è meglio che vada. Grazie mille per il vostro aiuto. Vi voglio bene, ragazze.»

Gettai la borsa sul sedile posteriore della macchina e mi diressi al lavoro.

Nella relativa sicurezza del mio cubicolo sapevo che sarei riuscita a immergermi nel lavoro. Non avrei dovuto sentire Xander e di certo non avrei dovuto vederlo. Alla fine si sarebbe arreso e avrebbe accettato che ne avevo abbastanza di essere presa in giro da lui.

Il telefono mostrava trentadue chiamate perse durante la notte e cinquantuno messaggi non letti. Scorsi i primi alla mia scrivania, immaginando che non avrei pianto se fossi stata al lavoro. I primi messaggi chiedevano dove fossi e perché me n'ero andata. Poi era passato a preoccuparsi per me e a dire che voleva che lo chiamassi. Qualche altro messaggio e doveva aver parlato con Drew, perché i testi erano cambiati: si scusava e chiedeva se potevamo parlare.

Li cancellai tutti. Anche quelli che non ebbi la forza di leggere.

Melody passò e vide la mia espressione. «Il fidanzatino ha finalmente capito che non ne vali la pena?»

«Chiudi il becco, Melody. Non voglio parlare con te», le ringhiai contro.

Lei rise di me e poi si allontanò impettita sui tacchi, la sua risata sguaiata che mi echeggiava in testa. Meno male, altrimenti le avrei tirato la spillatrice.

«Mandy, devo parlarLe», disse Diana, attirando l'attenzione di tutti nella stanza.

La sua voce suonava minacciosa e immediatamente ripensai a venerdì pomeriggio, quando Melody entrò nel suo ufficio. E adesso? mi chiesi.

Diana mi condusse nella sala conferenze, l'unico spazio vicino con una porta per impedire agli altri di sentire la nostra conversazione. Ero grata per la barriera e terrorizzata da ciò che significava il fatto che ne avessimo bisogno.

«Mandy, è stato portato alla mia attenzione che Lei ha minacciato un'altra dipendente.»

«Cosa?» chiesi mentre cercavo di impedire alla mia testa di esplodere. Di che diavolo stava parlando? Semmai, ero io quella che era stata minacciata.

«Non entrerò nei dettagli, ma la dipendente in questione è venuta da me venerdì scorso in lacrime, raccontandomi tutto quello che sta succedendo tra voi. Aveva prove sotto forma di email che ha ricevuto da Lei, documenti firmati da altri dipendenti che sono stati testimoni del Suo comportamento, e un diario dettagliato di tutte le vostre interazioni. Tutto questo è in fase di revisione, ma devo dire che sono molto delusa da Lei. Pensavo davvero che sarebbe stata una buona sostituta per me, ma alla luce di tutto questo, non sono nemmeno sicura che avrà ancora un lavoro quando andrò in pensione alla fine della settimana.»

Non poteva essere seria. Dopo la batosta che mi sembrava di aver preso da Xander e dai suoi amici il giorno prima ero intontita, ma sentire che 'un'altra dipendente' mi aveva accusata di averla minacciata… mi fece girare la testa. Per non parlare del fatto che stavo per perdere il lavoro. Che diavolo avrei fatto?

Uscii barcollando dall'ufficio di Diana con un mal di testa

micidiale. Non sapevo se fosse per il vino o per le lacrime, ma immaginai che probabilmente fosse per entrambi. Volevo dire che stavo male e andare a casa, ma sapevo che non sarebbe servito a niente. Dovevo capire come dimostrare che le accuse di Melody erano bugie.

Mentre cercavo di capire cosa fare, rispondevo alle chiamate il più velocemente possibile, risolvendo i problemi dei clienti e dimenticando i miei di fronte alle difficoltà con cui queste persone avevano a che fare. Dopo pranzo rientrai nel mio account e aspettai che il telefono squillasse. Non dovetti aspettare a lungo. «Western New York Health, sono Mandy. Come posso aiutarla oggi?»

«Oh, piccola, grazie a Dio. Sono stato così preoccupato per te. Dove sei stata ieri sera?» sussurrò Xander al mio orecchio. Il mio cuore traditore ebbe un sussulto al suono della sua voce. Non volevo parlargli. Non volevo che mi chiamasse. E, porca miseria, avevo dimenticato che sapeva come contattarmi al lavoro.

«In cosa posso esserLe utile oggi, signore?» chiesi, cercando di non far trasparire dalla mia voce il panico e il desiderio.

«Mandy, ti prego, devi parlarmi. Devi lasciarmi spiegare.» La sua voce era disperata e mi fece venire voglia di ascoltarlo. Ero curiosa di sapere quale spiegazione potesse mai avere.

Ma ero ancora incazzata nera.

«Spiegare cosa, signore? Mi dispiace, ma questo è un telefono di lavoro. Se non ha un problema con cui posso aiutarLa, dovrò chiederLe di riagganciare.»

«Ho qualcosa con cui puoi aiutarmi, e lo sai, piccola. Mandy, devi ascoltarmi. Drew mi ha detto quello che hai detto. Non ti dimenticherò. Non posso, piccola. Sei tutto per me. Mi ha detto quello che hai sentito, ma devi ascoltarmi. Se non vuoi parlarmi adesso, aspetterò finché non sarai pronta.» La sua voce passò dal supplichevole al disperato. Sentii una fitta dentro e volevo perdonarlo, ma ero troppo confusa e troppo arrabbiata.

«Non ho tempo per queste cose,» sibilai. «Sto lavorando e non posso perdere il lavoro perché tu sei uno stronzo che va a caccia di donne grasse per portarsele a letto.»

«Maledizione, Mandy, lo sai che non è andata così. Sei mia, piccola. Non posso perderti. Sei tutto per me.» Mi stava praticamente implorando di ascoltarlo. La sua voce era aspra mentre mi diceva che ero sua. Voleva possedermi, controllarmi, non essere il mio compagno.

«Tu non sei niente per me, Xander,» sbottai, con la determinazione che si stava sgretolando. «Pensavo che potessi esserlo, ma hai dimostrato che non sarebbe successo. Hai dimostrato di essere esattamente chi pensavo che fossi. Sei lo stronzo con cui avevo paura di invischiarmi.»

«Non è vero, Mandy, e lo sai,» disse dolcemente. Sentii il dolore nella sua voce, come se si stesse arrendendo. O come se sapesse di non poter convincermi a lasciarlo tornare nel mio letto. Tutta quella fatica e avrebbe dovuto ricominciare da capo.

Povero stronzo.

«No, veramente no. Mi hai ingannata. Mi hai fatto credere di non essere uno stronzo. Hai nascosto chi sei veramente. Dio, mi sono inna… Non importa.»

Espirò un respiro frustrato. «Sì che importa, Mandy. Importa a me. Cosa stavi per dire? Dimmelo ora o dimmelo stasera. Verrò al Cooler Coffee stasera e potremo parlare dopo la tua serata tra ragazze.»

«No, lasciami in pace. È finita, Xander. Abbiamo chiuso. Non chiamare più qui, perché non potrò fare niente per te. È stato un piacere conoscerLa, signor Carlson. Arrivederci.»

Riattaccai il telefono. Mi ci volle tutto il coraggio che avevo per respingerlo. Non pensavo che sarei riuscita a farlo di nuovo, specialmente quando era così dolce. Ma dovevo. Non gli avrei permesso di fregarmi due volte.

Sentii il dolore salirmi dalle viscere, travolgendomi e soffocandomi. Le lacrime mi pizzicarono gli occhi e seppi che dovevo correre in bagno prima di scoppiare a piangere davanti a tutti. Melody non me l'avrebbe mai perdonato.

«Mandy Ryan, ho bisogno che mi segua, per favore,» sentii dire alle mie spalle. Mi voltai di scatto e rimasi sconvolta dall'espressione dura sul volto di Diana.

Mi alzai e la seguii di nuovo lungo il corridoio fino alla sala conferenze. Lei rimase in piedi vicino alla parete più lontana e mi fulminò con lo sguardo mentre mi sedevo.

«Signorina Ryan, presumo che stesse parlando con un cliente al telefono, dato che le chiamate personali durante l'orario di lavoro non sono permesse.»

«I-io, uh…» balbettai. Non sapevo cosa dire. A seconda di quanto avesse sentito, sarebbe stato chiaro che la telefonata era personale. Non volevo impelagarmi in una discussione sulla mia rottura e di certo non volevo ammettere che stavo gestendo problemi personali durante l'orario di lavoro.

«Era un cliente, sì.»

Diana emise un profondo respiro infastidito. «Speravo davvero che non dicesse così. Signorina Ryan, da quello che ho sentito di quella telefonata, Lei è stata molto scortese con chiunque fosse al telefono. Non parliamo ai clienti in quel modo, non importa cosa dicano. Cosa Le ha detto il cliente?»

Feci un respiro profondo. Mi guardai intorno in cerca di ispirazione e trovai Melody che mi sorrideva malignamente. Mi ricordò le bugie di Melody. Non avevo dubbi che pensasse che Diana mi stesse rimproverando per aver minacciato Melody. Diavolo, forse aveva sentito la mia telefonata con Xander ed era solo felice di avere avuto ragione. In quel momento, non mi importava.

«È un cliente con cui ho parlato in passato e non si è

comportato in modo educato con me. Gli ho detto che la sua situazione era stata gestita e che non aveva motivo di richiamare, ma l'ha fatto.»

«La sta molestando? Possiamo recuperare le trascrizioni delle chiamate e avvisare le autorità. Se La sta molestando, ci assicureremo che non riceva più le sue chiamate.»

Diana sembrava così seria. Sapevo che lo era. Anche se mi avrebbe risolto un po' di problemi, sapevo che dovevo occuparmi di Xander da sola. Dovevo parlargli e dirgli che era finita e di lasciarmi in pace. Dovevo convincerlo a lasciarmi in pace. Evitare le sue chiamate non sarebbe servito a molto.

«No, Diana, non mi sta molestando. Ha solo chiamato oggi per qualcosa con cui non sono stata in grado di aiutarlo. Mi dispiace per aver risposto in quel modo.»

Mi fissò per alcuni secondi. Non riuscii a decifrare la sua espressione, anche se sapevo che non era buona. La paura si insinuò in me. Sarei stata licenziata? Per colpa di Xander? Prima avevo perso il mio ragazzo e ora stavo per perdere il lavoro? Doveva essere la settimana peggiore di sempre.

Mentre sedevo lì ad aspettare che Diana mi desse la cattiva notizia, cercai di pensare a cosa avrei fatto. Sarei dovuta andare a vivere da Claire, se me lo avesse permesso. Avrei dovuto vendere la mia villetta a schiera e tutte le mie cose per avere abbastanza soldi per il cibo e tutto il resto per un po' di tempo. Avrei iniziato subito a cercare un altro lavoro, ma i lavori nel servizio clienti non erano sempre facili da trovare.

Cazzo, come poteva un solo uomo avermi rovinato la vita a tal punto?

«Alla luce delle informazioni che ho ricevuto venerdì pomeriggio, temo di doverla mettere in congedo. Indagheremo sui problemi tra Lei e Melody e su questo nuovo problema con il cliente. Avrò bisogno del suo nome e controllerò le trascrizioni di tutte le Sue chiamate con lui per assicurarmi che si sia trattato di un incidente isolato. In sei settimane è passata da essere una delle mie migliori dipendenti a qualcuno che potrei dover licenziare, Mandy. Non so cosa Le sia successo, ma sono molto delusa.»

«Sa una cosa?,» dissi, lasciando che la rabbia e la frustrazione mi riempissero. «Anch'io sono delusa. Lei ha lasciato che quella vipera velenosa venisse qui venerdì, dopo che io ero andata via per fine giornata, e che Le riempisse la testa di bugie, e Lei le crede e basta. Non mi chiede nemmeno cosa sia successo prima di accusarmi di essere colpevole? Melody è la persona più malvagia con cui abbia mai lavorato. Da quando Lei ha annunciato il suo pensionamento, ha diffuso più pettegolezzi e bugie sul mio conto di quanti ne abbia mai sentiti al liceo. Proprio la settimana scorsa ha detto a tutto l'ufficio che avevo i pidocchi, poi Le ha parlato della mia relazione sperando che mi licenziasse per questo, e adesso quest'altra storia. Non importa quello che dico. È chiaro che Lei ascolterà lei e ignorerà me.»

«Ha detto che ha detto che aveva i pidocchi?»

«Sì,» sospirai, chiedendomi perché fosse l'unica cosa che le interessasse.

Diana frugò tra alcune carte sul tavolo. Quando trovò quella che cercava, la sfilò dalla pila. «Melody ha detto che è stata Lei a diffondere quella bugia sul suo conto la settimana scorsa.»

Scossi la testa. «Non è nemmeno abbastanza creativa da inventarsi una nuova bugia. Non mi sorprende. Diana, non so chi le abbia firmato questi documenti, o quali e-mail abbia prodotto, ma ho già abbastanza problemi per conto mio. Non ho bisogno di crearne con Melody.»

Diana scosse la testa. «Ero piuttosto sorpresa, ma le prove non erano qualcosa che potessi ignorare. Melody sa essere molto convincente.»

«Già,» concordai, ripensando al giorno in cui aveva chiamato Xander. Le lacrime mi salirono agli occhi. Adesso non avrebbe avuto alcun motivo per stargli alla larga. Lui era di nuovo disponibile.

«Va tutto bene?»

Scossi la testa. «Non proprio. Ho rotto con il mio ragazzo poco fa. Era lui alla telefonata che ha sentito.»

«Aveva detto che era un cliente,» disse Diana con le mani sui fianchi.

«Beh, Melody Le ha detto la settimana scorsa che lo è. Ho rotto con lui ieri e oggi ha chiamato qui perché non rispondo alle sue chiamate sul mio cellulare.»

«Gli uomini sono una gran rottura di scatole. Mi dispiace, Mandy. Senta, chiuderò un occhio sulla telefonata, ma devo comunque indagare sulle accuse di Melody, anche se sono certa che non abbiano alcun fondamento. Perché non si disconnette dal sistema e controlla alcuni dei fascicoli che abbiamo in arretrato? Se scopro che Melody ha mentito su tutta questa storia, sarà lei a perdere il posto entro la fine della settimana, e Lei otterrà la promozione. Forse Le conviene iniziare a documentarsi su come si fa il mio lavoro.»

Sorrisi. Qualcosa stava finalmente andando per il verso giusto. Mi ero fatta valere e Diana mi aveva creduto. Se solo fosse stato così facile con Xander.

Diana annuì, congedandomi, e io uscii dalla sala riunioni. Tornai alla mia scrivania e mi disconnessi dal sistema per non ricevere chiamate. Sapevo che significava che la giornata si sarebbe trascinata, ma era già quasi finita.

Tirai fuori il telefono e mandai rapidamente un messaggio a Claire, Sam e Addi. Se Xander sarebbe stato al Cooler Coffee, mi sarei assicurata di non esserci.

> Xander vuole parlare. Sarà al Cooler Coffee. Non riesco ad affrontarlo. Non ce la faccio a venire alla serata tra ragazze.

ADDI

> Ho sentito parlare di questa nuova pasticceria, Mordimi! Un'altra insegnante ha portato dei cupcake presi lì. Buonissimi.

> Ragazze, siete sicure?

SAM

> Assolutamente. Facciamolo.

CLAIRE

> Ci sto.

Risolto un problema, andai in bagno per cercare di calmare il battito del mio cuore. Ero ancora sconvolta per la chiamata di Xander e il confronto con Diana. Controllai le cabine e fui felice di trovarle tutte vuote. Mi lasciai cadere su uno dei water e mi presi la testa tra le mani.

Le lacrime arrivarono facilmente. Le lasciai scorrere, senza nemmeno provare a trattenerle. Non emisi alcun suono, nel caso qualcuno stesse passando davanti alla porta, ma lasciai che le lacrime fluissero. Piansi per la relazione che pensavo di avere, per l'uomo che ero stata ingannata a credere che Xander fosse, per la mia stessa stupidità e per il mio cuore spezzato. Ripassai le sue parole di quando avevo incontrato la sua famiglia e di nuovo quando avevo incontrato i suoi amici. Ripassai le nostre conversazioni telefoniche e tutte le cose che gli avevo detto.

Non mi ero mai sentita così esposta prima d'ora.

Mi aveva lasciato credere che potessi fidarmi di lui, che fosse una brava persona. Gli avevo detto tante cose, cose che non avrei mai immaginato di confidare a nessuno. Mi aveva fatto sentire amata, accudita. Mi aveva fatto sentire come se tutto sarebbe andato bene, come se la vita potesse essere perfetta. Perfetta con un uomo.

Perfetta con Xander.

Mi asciugai le lacrime e mi alzai dal water. Dovevo tornare al lavoro prima che qualcuno notasse la mia lunga assenza.

Lo specchio mi mostrò quanto male mi stesse la tristezza. I miei occhi erano rossi e gonfi. Mi sciacquai il viso con acqua fredda, ma non servì a nascondere granché. Tirai fuori la mia trousse e aggiunsi mascara e un po' di ombretto agli occhi. Quando decisi che quello era il massimo che potessi ottenere, uscii per iniziare la mia formazione.

Almeno non avrei dovuto preoccuparmi che Xander mi chiamasse di nuovo.

CAPITOLO 20

INSERII L'INDIRIZZO DI MORDIMI! sul telefono. Addi aveva detto che era vicino al centro della città, ma non avevo idea di dove, neanche dopo aver guardato l'indirizzo. Il nome però mi piaceva e continuavo a pensare che era proprio quello che volevo dire a Xander: Mordimi!

Le indicazioni mi guidarono attraverso Winterville verso la scuola di Addi, la Winterville High School. Era ancora strano avere un'amica che insegnava al mio vecchio liceo ed era amica di persone che erano stati i miei professori. Ero solo contenta che non organizzasse feste con tutti noi. Non ero sicura di poterlo sopportare.

Svoltai su Lake Effect Lane e iniziai a cercare l'indirizzo. Qualche isolato più avanti vidi un piccolo centro commerciale con alcuni ristoranti e dei negozietti e mi resi conto che era incastrato nel mezzo. Sentendomi una stupida, parcheggiai vicino all'ingresso e mi trascinai verso la porta.

La porta era decorata con un cupcake al cioccolato ricoperto di glassa rosa. Il cupcake aveva un sorriso e un fumetto sopra la testa in cui c'era scritto: «Mordimi!». E io avevo intenzione di fare proprio quello non appena fossi entrata.

I profumi che mi investirono quando entrai mi fecero venire voglia di sistemare una brandina nel retro e non andarmene mai più. Porca miseria, che buon odore c'era in quel posto. Era come se lo zucchero avesse permeato i muri. Fui tentata di leccare i muri per vedere se avevano un sapore buono quanto il profumo che aleggiava ovunque.

Quando guardai meglio, vidi che le pareti bianco crema sembravano glassa al burro. Ricchi vortici color cioccolato erano dipinti lungo i muri con pennellate di rosa che li affiancavano. Non avevo mai saputo che dei muri potessero sembrare deliziosi.

Mentre distoglievo lo sguardo dalle pareti, vidi la grande vetrina con tutti i cupcake. Mi sentii come una neomamma che guarda attraverso il vetro del nido il suo prezioso fagottino di gioia. I cupcake erano un arcobaleno di colori, tutti disposti in una coreografia artistica studiata per tentarmi a provarli uno per uno.

E dopo la giornata che avevo avuto, ero tentata più di quanto volessi ammettere.

La donna dietro il bancone mi sorrise. Aveva i capelli color cioccolato tagliati a strati corti e irregolari con dei colpi di sole color burro d'arachidi e, non sto scherzando, aveva dei cupcake che si abbinavano. I suoi occhi azzurro brillante scintillavano mentre osservava la mia reazione al posto. Aveva il sorriso più bello che avessi mai visto, illuminava la stanza. Si capiva che le piaceva il suo lavoro, e non solo dalle sue forme, ma da quel sorriso smagliante.

Naturalmente, vedere una donna in carne dietro il bancone di Mordimi! mi fece piacere ancora di più il posto. Odiavo quando entravo in un negozio di cupcake, o in qualsiasi posto specializzato in dolci, e vedevo un fuscello dietro il bancone. Mi faceva domandare quanto fossero buone le loro cose se perfino i dipendenti riuscivano a resistere.

Sapevo che Mordimi! doveva essere buono, a giudicare dalle forme della dipendente.

«Cosa posso darti oggi?» mi chiese.

Sapevo che non sarebbe stata una risposta facile. Volevo ordinarne almeno quattro, forse di più. Guardandola, sapevo che non mi avrebbe giudicata. Era decisamente una di quelle giornate da cupcake per cena.

«Credo che proverò un red velvet, uno al cioccolato e burro d'arachidi, uno alla fragola, una mousse al cioccolato, uno alla bacca di vaniglia e una sorpresa del giorno. Oh, e posso avere una cioccolata calda?»

Sollevò ogni cupcake mentre parlavo e li depose delicatamente in una scatola dotata di un inserto di cartone che teneva ferma la base dei cupcake in modo che non si ribaltassero. Dovevo ammettere che non c'era niente di peggio che vedere un delizioso cupcake cadere e sapere che non saresti mai riuscita a rimetterlo a posto, per quanto ci provassi.

Mi porse i cupcake e poi andò a prendermi la cioccolata calda. Pagai e lei disse: «Ecco uno dei nostri volantini. Tra qualche settimana faremo l'inaugurazione ufficiale.»

«Oh, hai appena aperto. Devi amare il tuo lavoro. Non so come tu faccia a sentire questo profumo tutto il giorno e a non mangiarli tutti.»

Lei rise, un suono tintinnante che mi fece sentire meglio per non averla offesa. «Ho aperto circa tre settimane fa, ma volevo aspettare di vedere se le cose andavano bene prima di organizzare la festa. E sì, è difficile resistere a tutta questa roba. Dovresti vedere quando testo nuove ricette, però. Quello è il momento peggiore, perché devo prepararne un'intera infornata per scoprire se sono buone.»

«Oh, wow, sei la proprietaria?» chiesi, piacevolmente sorpresa.

«Sì, sono Charlotte Black, Charlie.»

«Piacere di conoscerti, Charlie. Io sono Mandy e le mie

amiche sono laggiù in quell'angolo. Se mai avessi bisogno di assaggiatrici, sono abbastanza sicura che saremmo tutte molto disponibili ad aiutare.»

Charlie rise di nuovo, un suono che rese la mia giornata leggermente migliore. «Lo terrò a mente. Spero che ti piacciano questi.»

«Se il sapore è buono anche solo la metà del profumo, probabilmente non usciranno da qui dentro la scatola. Ero pronta a leccare i muri quando sono entrata.»

Buttò la testa all'indietro e rise di gusto. In quel secondo mi resi conto che era una persona di cui volevo essere amica. «Questa è stata esattamente la mia reazione quando i miei imbianchini hanno finito. Per fortuna non ho ancora avuto nessuno che si è buttato sulla vernice invece che sui cupcake.»

Risi con lei e la ringraziai di nuovo per i dolci. Dovevo assicurarmi di darle il mio biglietto da visita prima di uscire. Ed ero abbastanza sicura che avrei proposto di spostare la nostra serata tra ragazze settimanale da Mordimi!

Claire, Sam e Addi smisero di parlare quando arrivai al tavolo. Se quello non era un segno che stavano parlando di me, non sapevo cosa potesse esserlo.

«Ciao ragazze, che si dice?» chiesi allegramente, cercando di non essere incazzata per il fatto che stessero parlando di me. O che pensassero fossi così fragile.

Oh, aspetta, ero fragile.

«Com'è andata la giornata?» chiese Sam con cautela.

Avevo intenzionalmente omesso i dettagli della telefonata di Xander quando avevo scritto a tutte prima. Anzi, avevo omesso il fatto che avesse chiamato. Non volevo parlarne al lavoro. Ero già abbastanza nei guai per colpa sua. Non potevo sopportare di ricevere un secondo rimprovero in un solo giorno.

«La mia giornata ha fatto schifo, la vostra?» dissi sarcasticamente. Mi avrebbero trattata con i guanti per tutta la sera e non potevo sopportarlo. Se volevano sapere come stavo, dovevano essere pronte alle mie risposte oneste.

E onestamente, avevo avuto una giornata di merda.

«Perché hai avuto una brutta giornata?» chiese Addi. La sua voce era un po' troppo acuta e sembrava che avesse qualcosa nell'occhio, per come sbatteva le palpebre rapidamente. Sembrava di guardare una delle Mogli di Stepford, con il suo aspetto esteriore perfetto e le sue emozioni finte.

«Beh, vediamo un po', mi sono svegliata sapendo che il mio ex ragazzo di cui pensavo di essere innamorata mi vede come una vacca grassa. Ho scoperto che Melody ha inventato un sacco di bugie su di me e che potrei perdere il lavoro. Xander mi ha chiamata in ufficio e mi ha detto che non mi lascerà in pace e che mi troverà, così parlerò con lui. Poi sono stata rimproverata e tolta dalle chiamate perché sono stata scortese con lui al telefono e il mio capo ha detto che non posso parlare così ai clienti. Ora sono qui e vengo trattata come se fossi mentalmente instabile dalle tre persone che mi hanno sempre sostenuta. È abbastanza brutto per te?»

Loro tre si scambiarono un'occhiata. Avevano scritto 'Beccate' su tutta la faccia. Le avevo chiamate in causa per la loro idiozia e, anche se non gli piaceva, sapevano che era la verità.

«Ci dispiace. È solo che, dopo quello che mi hai detto ieri sera, ho detto a Sam e Addi di andarci piano con i consigli o altro su Xander. Semplicemente non sappiamo cosa dire,» mi disse Claire.

«Che ne dite di 'Wow, la tua giornata ha fatto schifo. Ci dispiace che tu abbia dovuto affrontare tutto questo. C'è qualcosa che possiamo fare per migliorare le cose?'. Potrebbe aiutare, invece di cercare di capire da sole di cosa ho bisogno.»

Aprii la scatola dei cupcake e inspirai profondamente. Per

pochi secondi avevo bisogno di sentirmi come se tutto andasse bene. Avevo bisogno di dimenticare quanto fossi arrabbiata per Xander e come le mie amiche mi stessero trattando come se fossi incapace di gestire la mia vita da sola. Dovevo avere un po' di controllo su qualcosa nella mia vita e, fissando i sei bellissimi cupcake che avevo appena comprato, fui felice di avere il controllo su quale mangiare per primo.

Li esaminai tutti, come se potessi vedere quale sarebbe stato il migliore. Sembravano tutti deliziosi. Se avessi avuto sei mani, sapevo che li avrei tenuti tutti e avrei dato un morso a ciascuno finché non fossero finiti. Invece, ne scelsi due, posandoli su un tovagliolo di fronte a me per togliere la carta dalla torta morbida alla base.

Per primo toccò al red velvet. La carta rosso brillante che si staccava per rivelare la torta color rosso sangue sottostante. La glassa era come doveva essere, quasi spessa quanto il cupcake stesso. Inspirai profondamente e sentii l'inconfondibile profumo della glassa al formaggio cremoso che dovrebbe sempre accompagnare il red velvet.

Il mio primo morso fu praticamente orgasmico. Sorrisi, pensando che almeno avevo trovato qualcosa per sostituire quella parte del mio rapporto con Xander. La torta soffice si disfece nella mia bocca, non sbriciolandosi ma sciogliendosi con la glassa in una deliziosa pozza di cremosa morbidezza. Chiusi gli occhi e lasciai che i sapori si fondessero sulla mia lingua, il ricco cioccolato con la dolce crema al formaggio. Un leggero scricchiolio tradì un segreto nascosto nel cupcake, ma non riuscii a capire esattamente di cosa si trattasse.

Diedi un altro morso, ignorando le mie amiche e i loro sguardi sfacciati mentre divoravo il mio cupcake con tutto il cuore. Forse non sapevano come gestire me o il mio umore, ma almeno ne sapevano abbastanza da lasciarmi in pace con il mio cupcake.

Prima che me ne rendessi conto, e prima di scoprire l'ingrediente segreto, il mio cupcake red velvet era sparito. Con il delizioso formicolio dello zucchero che mi scorreva in corpo, scartai il secondo, il cupcake alla fragola.

Quando lo portai alle labbra, vidi le mie amiche che mi fissavano. Posai il cupcake e le guardai. «Che avete, ragazze?»

«Pensavamo che forse avresti voluto cenare. C'è il ristorante messicano all'angolo o quello giapponese?» disse Addi.

«Io ceno con i cupcake. Ne ho comprati sei per avere abbastanza cibo in corpo. Sono depressa e sto annegando i miei dispiaceri nella dolcezza. Se non posso avere un orgasmo procurato da un uomo, ne avrò sei indotti dallo zucchero e preparati da una donna.»

«Ho pensato di venire anch'io solo a guardarti mangiare il primo. Vado a prendere dei cupcake anche io,» disse Sam alzandosi. Addi la seguì.

Claire rimase seduta. «Stai bene?»

La fulminai con lo sguardo. Sapeva bene che non doveva farmi quella domanda con quegli occhi da cucciolo. «Sai che non sto bene. Fa un male fottuto. Sentire la sua voce oggi mi ha strappato il cuore. Sembrava così sollevato di essere finalmente riuscito a parlarmi al telefono e io sono stata una vera stronza. Non l'ho lasciato spiegare perché non volevo sentire un 'non stavano parlando di te' o 'era solo uno scherzo.' Forse non avranno fatto il mio nome, ma a me è sembrato proprio così. Quindi no, Claire, non sto bene. Sto soffrendo da morire. E voglio mangiare dei maledetti cupcake per cena.»

Claire mi osservò mentre stringevo forte gli occhi per trattenere le lacrime. Non volevo piangere in pubblico ma lei era riuscita a farmi crollare. Avevo detto loro di chiedermi di cosa avessi bisogno, non di darmi quella compassione del cavolo. Non riuscivo a gestire quell'emozione, cazzo. Il mio cuore era ancora in quel giardino, dove mi era stato strappato dal petto e lasciato a terra perché Xander e i suoi amici ci passassero sopra.

Tutti, tranne Drew.

Almeno aveva un amico decente. Una persona nella sua cerchia che non era un emerito coglione.

Peccato che non fossi minimamente attratta da Drew. A parte il fatto di rendermi conto che era carino e carismatico, semplicemente non era Xander.

E odiavo questa cosa.

Sam e Addi tornarono di corsa ai loro posti con scatole più piccole della mia e le aprirono entrambe nello stesso modo in cui avevo aperto la mia. Inalammo tutte i nostri cupcake e loro tolsero la carta con la stessa riverenza che avevo usato io. Sollevammo insieme i cupcake alle labbra e mordemmo quella morbida delizia.

Quello alla fragola era delizioso tanto quanto il red velvet. Pezzettini di fragole erano sparsi nella torta e adornavano la glassa di crema al burro e cioccolato. Un ricco ripieno cremoso alla fragola mi sorprese quando lo morsi, riempiendomi la bocca con una piccola sorpresa in più.

Avrei voluto baciare Charlie per aver creato capolavori così belli.

Claire si sedette con la sua scatola mentre io scartavo il mio terzo cupcake. Sentii il telefono vibrare nella borsa e mi tuffai nel cupcake con rinnovato vigore, sapendo che la chiamata proveniva da Xander.

Volevo bloccare il suo numero, per evitare del tutto le sue chiamate e i suoi messaggi. Ma ogni volta che il mio dito si fermava sul pulsante, non riuscivo a farlo. Come se ci fosse una spiegazione ragionevole del perché si fosse comportato da stronzo e io potessi essere disposta ad ascoltarla.

Ma non potevo. Mi ero già convinta di dover stare lontana da lui finché la mia testa e il mio cuore non fossero stati sulla stessa lunghezza d'onda. Ed era chiaro che non lo erano, se non riuscivo nemmeno a decidere se bloccare il suo numero o lasciarlo parlare.

Ero incasinata. Di brutto.

Dopo il mio quarto orgasmo da cupcake mi resi conto che mi stavano di nuovo fissando tutte. «Cosa c'è?» chiesi, chiaramente frustrata.

«Perché ti ha chiamato Xander?» domandò Sam. Sapevo che sarebbe stata l'unica ad avere il fegato di tirare fuori l'argomento. Era quella che diceva sempre le cose che nessuno voleva sentire. Quella che diceva le cose come stavano. Quella che ti provocava per farti incazzare perché sapeva che finché non ti incazzavi non avresti superato quello che ti tormentava.

Sfortunatamente, era brava in quella merda.

«Voleva che gli parlassi,» le risposi alla fine. «Voleva dirmi cosa è successo ieri.»

«Come fa a sapere perché sei incazzata? Quel coglione ti ha visto e ha comunque riso come se niente fosse?»

Scossi la testa con un sorriso, felice di sentirla difendermi così fermamente. «Il suo amico, quello con cui ero seduta in veranda a parlare? Gliel'ha detto lui.»

La combattività di Sam svanì con la stessa rapidità con cui era apparsa e mi scrutò con gli occhi socchiusi. «Che cosa ha detto?»

«Non l'ho lasciato dire niente. Volevo parlargli, ma sapevo che l'avrei perdonato e avrei accettato qualunque scusa stupida avesse avuto perché non troverò mai un ragazzo più figo di lui.»

«Sì che lo troverai,» disse Addi a voce alta. «Non far sembrare che tu sia un partito orribile solo perché non sei un grissino. Ognuna di noi merita di essere amata, non importa quale sia la nostra taglia. Ai fighi piacciono le ragazze in carne.»

«Su quale pianeta? Non so tu dove sia stata, ma a me i

fighi non ci provano. Il punto è che non mi interessa quanto sia figo un ragazzo se è uno stronzo. Xander l'ha trattata di merda, quindi non importa che aspetto abbia. Non la merita.»

«Sì, ma-«

«Ragazze, basta. È quello che avete fatto ieri sera e ha solo peggiorato le cose. È ferita e sconvolta. Lasciate solo che capisca come gestire tutto questo e poi prenderemo decisioni sul carattere di Xander. Forse c'è una spiegazione, forse no. Ma non sta a noi deciderlo. Sta a Mandy,» mi difese Claire.

«Grazie Claire. La verità, ragazze, è che non so cosa pensare. Non so cosa provare. Vi è mai capitato di essere prese così alla sprovvista da qualcosa da non sapere più da che parte girarvi? Ecco come mi sento. All'inizio ero così sicura che Xander fosse uno stronzo, ma si è impegnato a fondo per dimostrarmi il contrario. Poi ieri mi è sembrato che mi abbia dimostrato che avevo ragione e questo mi ha solo destabilizzata. Mi fidavo di lui. Pensavo fosse l'uomo che stava cercando di convincermi di essere. Volevo che fosse l'uomo dolce, premuroso e passionale di cui mi stavo innamorando. Mi sento come sott'acqua, come se fossi nel bel mezzo di un sogno o qualcosa del genere. Non so dove andare per trovare risposte, ma finché non capirò cosa voglio da questa storia non posso vederlo. Ho solo bisogno di riprendere fiato e vedere se riesco a trovare la mia strada. Poi penserò se parlargli.»

«Ci sono passata,» sussurrò Claire. Sam e Addi ci guardarono, ovviamente non avendo familiarità con ciò che stavo descrivendo. Il mio cuore si dolse per Claire, che c'era passata prima di me, ma in modo molto peggiore. Ero gelosa di Addi e Sam e della loro beata ingenuità. Volevo tornare a quel punto. A prima di incontrare Xander e rendermi conto di cosa potesse significare la vita con l'amore.

Gli orgasmi da cupcake erano fantastici, ma gli orgasmi scatenati dall'amore sarebbero sempre stati migliori.

Improvvisamente stanca e pronta per il mio letto, mi alzai. «Vado a casa. Ho bisogno di riposare e iniziare a ricostruire il mio mondo senza Xander Carlson. Grazie per avermi ascoltato, ragazze. Scusate se non sono stata di buona compagnia stasera. Oh, e d'ora in poi veniamo qui.»

Tutte furono d'accordo e mi salutarono. Uscii dalla porta con i miei ultimi due cupcake, sapendo che le mie amiche sarebbero rimaste ancora un po' a parlare di me.

E sapendo che non mi importava, perché altri due orgasmi da cupcake mi stavano aspettando.

Guidai per tornare dalla mia parte della città, chiedendomi come diavolo avrei superato quello che era successo. Faceva male. Sentirlo ridere per le battute per cui aveva riso. Non era solo il fatto che avesse riso. Era che non gli importava che quelle parole mi avrebbero ferita. Che non fossi il suo primo pensiero.

La mia vita non sarebbe stata mai più la stessa. Dopo quasi due mesi in cui avevo condiviso la mia vita con qualcuno, sentivo di non sapere come tornare indietro. Come stare di nuovo da sola. Le mie amiche erano fantastiche, ma c'erano cose che potevo condividere con loro solo fino a un certo punto. C'erano solo alcuni argomenti di cui potevamo parlare. Xander era l'uomo che mi permetteva di essere me stessa. Ed era stato lui a portarmelo via.

Quando mi fermai davanti a casa, rimasi lì seduta ad ascoltare il resto della canzone alla radio, non pronta ad affrontare da sola la mia villetta a schiera vuota. Non tornavo a casa da prima di aver incontrato la famiglia di Xander, due giorni prima, e sapevo che sarebbe stata una sensazione diversa, come se la mia casa sapesse quanto fosse cambiata la mia vita.

Sorrisi tra me e me quando mi resi conto che quello era uno dei motivi per cui avevo una gatta. Potevo lasciarla sola per due giorni e se la sarebbe cavata benissimo.

Scesi dalla macchina e vidi del movimento vicino alla porta d'ingresso. Alzai lo sguardo e rimasi senza fiato. Xander era in piedi sul mio portico, si stava appena alzando da dove ovviamente mi stava aspettando.

Il mio corpo sussultò alla sua vista e il mio cuore spezzato mi dolse. Nella mia mente ero furiosa che avesse avuto il fegato di presentarsi a casa mia, ma una parte segreta di me era elettrizzata dal fatto che stesse cercando di attirare la mia attenzione.

Raccolsi lentamente le mie cose e mi diressi verso la porta. Xander rimase sul portico, bloccandomi l'accesso con il suo corpo che aveva un aspetto troppo dannatamente bello perché potessi essere arrabbiata con lui. Perché non poteva aver cenato a cupcake ed essere ingrassato in poche ore? Perché doveva ancora avere un aspetto così fottutamente magnifico?

Non era giusto.

Lentamente, coprii la distanza tra noi; ogni passo era come camminare dritta verso il bordo di un precipizio. Come se, una volta arrivata lì, avessi dovuto scegliere se fare un passo indietro o cadere di sotto.

«Dove sei stata? Ero così preoccupato per te», disse Xander mentre mi avvicinavo.

Una furia irrefrenabile mi attraversò. Il giorno prima non gli era importato dei miei sentimenti e oggi si arrogava il diritto di chiedere dove fossi stata.

Non se ne parlava proprio.

«Dove sono stata non è affar tuo».

I suoi occhi mi lanciarono una scintilla. Era arrabbiato,

forse anche un po' ferito. Cercai di dirmi che non importava, ma, maledizione, importava. Importava di averlo ferito.

Si addolcì prima che potessi dire qualcosa, l'asprezza nei suoi occhi svanì e la tensione nel suo corpo si sciolse. «Mi dispiace. Non sono affari miei. Non ho alcun diritto nella tua vita se non vuoi che io ne abbia. Ma lo vorrei. Sono impazzito cercando di trovarti. Ma vedo che non sei pronta a parlarmi».

La sua gentilezza mi spiazzò. L'uomo che mi ero convinta a odiare nelle ultime ventiquattro ore non era l'uomo che avevo davanti. L'uomo di fronte a me era il guscio di Xander. Aveva lo stesso aspetto, ma non lo era. Aveva gli stessi dolci occhi verdi e i capelli castani corti, ma era un uomo diverso. Un uomo che mi faceva sentire in colpa. Un uomo che avrei voluto stringere tra le braccia e convincere che tutto sarebbe andato bene.

Un uomo che volevo amare di nuovo.

Il mio cuore vinse la battaglia e ammisi: «Siamo andate in un posto nuovo per la serata tra ragazze perché non volevo vederti».

«Hai paura di me?»

Quella era una domanda piena di sottintesi, se mai ne avevo sentita una. Paura di Xander, l'uomo? Nemmeno un po'. Paura di come mi sentivo quando ero con lui? Ogni secondo della giornata.

«No.»

«Perché mi eviti?»

«Perché sono ferita. Perché volevo che tu fossi diverso. Perché ho scoperto che non sei chi pensavo che fossi».

Sentii le lacrime affiorare. Anche il groppo che mi soffocava la gola non aiutava. Il mio controllo stava svanendo, scivolandomi tra le dita come sabbia asciutta. Xander sembrava pieno di rimorso, vergognoso di ciò che era successo. Non importava. Per prima cosa, non si era ancora scusato. E poi, delle scuse non avrebbero cancellato il dolore che avevo provato.

«Sono esattamente chi pensavi che fossi. Capisco che sei ferita, ma non sei stata l'unica. Lo sono stato anch'io», disse dolcemente. Si girò lentamente. In qualche modo non mi ero resa conto che era in penombra, con parte del viso nascosta. Quando si girò capii perché.

Il suo occhio sinistro era gonfio e rosso, un livido viola e blu formava un semicerchio all'esterno e sotto. Aveva dei tagli lungo il lato del viso e le nocche scorticate.

«Oh, Xander», sussurrai. «Cos'è successo?» Mi mossi verso di lui senza pensare, senza il bisogno di mantenere la distanza tra noi. Allungai una mano verso il suo viso e lui trattenne il respiro quando le mie dita gli sfiorarono la guancia. Chiuse gli occhi e serrò la mascella mentre combatteva il dolore provocato da un mio leggero tocco.

«Voglio spiegarti tutto. Voglio dirti tutto. Ma ho bisogno di entrare. Voglio spiegare tutto. Ti prego».

Feci un passo indietro. Sapevo cosa mi stava chiedendo. Cosa stava dicendo senza parole. Voleva il mio perdono. Voleva che lo facessi entrare, non in casa mia, ma nel mio cuore. Voleva che gli dessi un'altra possibilità. E lasciarlo entrare per poter "parlare" avrebbe reso tutto molto più difficile.

Come potevo farlo? Come potevo starmene lì e considerare di riprenderlo con me?

D'altra parte, aveva chiaramente fatto a botte. E molto probabilmente per causa mia.

Giusto?

Merda. Non avevo idea di cosa fare.

«Non lo so, Xander. Sento di essermi aperta troppo con te. Non so se sono pronta a farlo di nuovo. Se posso starmene a guardare mentre mi strappi di nuovo il cuore dal petto».

Annuì una volta, facendomi capire che aveva capito. Per lui aveva senso. Ma potevo dire che non era davvero così. Voleva farsi strada dentro con la forza, costringermi ad ascoltare qualunque cosa avesse da dire. Ma sapevo che Xander non mi avrebbe mai fatto del male.

«Non sei l'unica a cui hanno strappato il cuore dal petto. Non rinuncerò a noi, Mandy. Adesso sei ferita. E confusa. Vuoi sapere perché non ti ho difesa o non ho fatto qualcosa. Ho le risposte a tutte le domande che ti sei posta. E tu potrai rispondere alle mie. Ma dobbiamo arrivare a un punto in cui ci fidiamo l'uno dell'altra. Dobbiamo essere in grado di parlare. Aspetterò finché non sarai pronta. Ho dormito sul tuo portico la scorsa notte, aspettando che tornassi a casa. Lo farò ogni notte finché non mi farai entrare per parlare. Non andrò da nessuna parte finché non saprai tutto. Allora, e solo allora, accetterò se vorrai ancora che sia finita. Solo allora prenderò anche solo in considerazione l'idea di lasciarti andare».

La sua voce divenne triste e poi possessiva mentre parlava. Era arrabbiato e ferito, ma voleva ancora stare con me. Poteva rispondere alle mie domande. Le domande che ti fai sempre quando una relazione finisce. Le domande che passi il resto della vita a porti. Le domande che mi avrebbero tenuta sveglia la notte.

Potevo ottenere delle risposte.

Ma tutto ciò che riuscii a dire fu: «Lasciami pensare.»

Xander si fece da parte mentre gli passavo accanto. Un accenno del suo profumo mi avvolse, facendomi tremare le ginocchia per il desiderio. Volevo pressarmi contro di lui, cingergli il collo con le braccia e baciarlo come se non fosse successo niente. Volevo cancellare il ricordo del giorno prima, trascinarlo a letto e fare di lui ciò che volevo.

Ma non feci nessuna di quelle cose. Mi limitai a passargli accanto, aprii la porta di casa ed entrai.

Una volta dentro, mi appoggiai alla porta e mi lasciai scivolare a terra. Avrei voluto sbattere la testa contro la porta d'ingresso, ma sapevo che Xander mi avrebbe sentita e avrebbe cercato di sfondarla per scoprire cosa stesse succedendo.

Invece, mi alzai dal pavimento e andai in cucina, sul retro della mia villetta a schiera. Poi chiamai Claire.

«Ehi Mandy, che succede?» chiese lei. Cautela e preoccupazione trapelavano dalle sue parole e dal suo tono. Sapeva che, se la stavo richiamando così in fretta dopo essermene andata, era successo qualcosa.

«C'è Xander,» affermai, cercando di rimuovere ogni emozione dalla mia voce.

«Dov'è? A casa tua?» domandò, con lo shock evidente nelle sue parole.

«Sì. È sotto il portico. Ha detto che ha dormito sulla mia veranda stanotte aspettando che tornassi a casa e che dormirà lì per tutto il tempo necessario finché non gli parlerò.»

L'ultima cosa che mi aspettavo di sentire al telefono era una risatina sommessa che crebbe fino a diventare una risata isterica. Claire rideva forte, e la sua risata contagiosa trascinò anche me.

«Perché stiamo ridendo?» chiesi infine tra lacrime e singhiozzi. «Scusa. È che mi è venuta in mente l'immagine di lui sulla tua veranda, rannicchiato contro la porta, che ti cade dentro quando la apri.»

«Oh, Dio, dovrò fare attenzione domattina.»

Claire smise subito di ridere. «Quindi non hai intenzione di parlargli?»

Feci un respiro profondo. Pensavo che, se c'era qualcuno che poteva capire quanto fossi confusa, quella era Claire. Ci era passata. Era stata ferita da qualcuno che pensava tenesse a lei. Era stata umiliata e distrutta quando era successo e pensavo avrebbe capito il mio bisogno di escludere Xander dalla mia vita.

«So quanto sia spaventoso, Mandy, lo sai bene. Lui non è chi pensavi che fosse. Fa schifo. Immagino che, se potessi tornare indietro e parlare con BJ, chiedergli perché, forse lo farei. Non sto paragonando Xander a BJ perché non penso che si somiglino per niente. Sto solo dicendo che avere l'opportunità di fare quelle domande è una cosa potente.»

Sospirai. Aveva ragione, ovviamente. Prima che BJ cercasse di violentare Claire, avevano avuto una bella relazione. Sapevo che negli ultimi dieci anni si era sempre chiesta il perché. Perché all'improvviso sembrava essere cambiato con lei. Cosa era successo da trasformarlo nel mostro che era stato quella notte.

«E se non mi piacesse quello che ha da dire? E se fosse cattivo o dicesse qualcosa di ancora più doloroso?»

Potei sentire il sorriso di Claire nella sua voce quando disse: «Non sarebbe lì. Se tu fossi stata un gioco per lui, uno scherzo, non sarebbe lì. Non ti avrebbe chiamata oggi né ti avrebbe detto che avrebbe dormito sulla tua veranda finché non lo avessi ascoltato. So che non vuoi sentire le nostre opinioni o che i nostri pensieri ti confondano ancora di più, ma penso che sia un bravo ragazzo. Per un po' non l'ho pensato, e ieri, quando sei venuta da me, mi sono posta delle domande. Ma la verità è che non ti starebbe inseguendo adesso se fosse uno stronzo. Se fosse stato con te solo per farti fare la figura della stupida davanti ai suoi amici, l'avrebbe lasciata finire lì. Ti avrebbe lasciata andare via sentendoti umiliata e avrebbe chiuso con te.»

Annuii, anche se lei non poteva vedermi. Annuivo tanto per me stessa quanto per qualsiasi altra ragione. «Ha fatto a botte,» dissi a bassa voce, quasi fosse un segreto.

«Cosa?!? Con chi?» esclamò Claire.

«Non lo so. Ha detto che me lo dirà quando vorrò sentire tutto. Immagino abbia a che fare con la festa.»

«È ancora più sexy?» chiese Claire maliziosamente. «Ho sempre pensato che un uomo disposto a fare a botte per me fosse terribilmente sexy. Immagino che, dopo essere stata aggredita e aver dovuto lottare per me stessa, mi sia venuta voglia di avere qualcun altro che lo facesse per me. D'altra parte, so badare a me stessa.»

«Lo sai fare, e lo hai sempre fatto. Ma sì, è sexy. E anche un po' disgustoso. Sembra che gli sia esploso un occhio. Ha un brutto livido, qualche graffio e le nocche tutte sbucciate.»

«Mmm, sembra sexy. Se non vuoi parlargli, dagli il mio indirizzo e mi prenderò io cura di lui.»

Rabbia e dolore mi ruggirono dentro. Per poco non feci cadere il telefono, o non lo stritolai nella mano. Volevo urlare alla mia migliore amica che pensava fosse giusto provarci con Xander. Qualunque cosa fosse successa tra noi, non sarebbe mai stato giusto che lei ci provasse con lui.

Dio, in quel momento la odiai.

Perché ero amica di una stronza così falsa, e come avevo fatto a non accorgermene prima?

«Ehi, Mandy. Ti sei arrabbiata per quello che ho detto?»

Grugnii, incapace di formulare parole. Volevo urlarle che era una stronza terribile e che non volevo mai più sentirla.

«Tutta quella merda che stai provando… Tutta la rabbia che hai verso di me in questo momento? Ti dicono quanto ancora lo vuoi. Sto solo scherzando. Non ho alcun interesse per Xander, con la faccia pesta o no. Ciò che mi interessa è che tu ammetta quanto ancora lo desideri. Se ti sei arrabbiata così tanto per un commento del genere, va' ad aprire la porta e ascolta l'uomo che ami.»

«Sei una stronza, lo sai?» le ringhiai contro. Scoppiò a ridere forte nel mio orecchio, godendosi chiaramente il mio tormento. «Ti ha fatto ammettere come ti senti. Ora va' a far entrare quell'uomo e prenditi cura del suo viso. Chiamami più tardi.»

Riattaccai e sorrisi al telefono. Aveva ragione. Se ero così arrabbiata, dovevo dargli la possibilità di spiegarsi.

Con un respiro profondo per farmi coraggio, aprii la porta d'ingresso per farlo entrare.

E trovai il portico vuoto.

CAPITOLO 22

IL MIO PRIMO PENSIERO FU: 'Quel bastardo bugiardo.' Aveva detto che sarebbe rimasto lì sul mio portico, ad aspettare che fossi pronta a parlargli. E in meno di dieci minuti scomparve.

Il cuore mi sprofondò nello stomaco quando capii che proprio nel momento in cui avevo ceduto e mi ero resa conto di quanto ancora lo volessi, lui mi aveva delusa di nuovo. Non mi voleva davvero. Voleva solo avere ragione. O voleva mettermi di nuovo in imbarazzo. O chissà cosa, Dio solo lo sapeva.

Emisi un sospiro frustrato e scossi la testa per la mia stupidità. Quando mi voltai per rientrare, sentii il mio nome.

Mi guardai intorno, ma non vidi nessuno. Chiamò di nuovo. Scrutarono le auto di fronte alle villette a schiera, ma il sole della sera si rifletteva sui parabrezza e non riuscivo a vedere nulla.

Poi vidi una mano che mi salutava.

Il SUV di Xander.

Rimasi lì in attesa, chiedendomi che diavolo stesse succedendo. Pochi secondi dopo, lui uscì dal veicolo e corse sull'erba verso di me.

«Ti stavi masturbando in macchina?» chiesi, leggermente inorridita.

«No» disse, mentre un rossore gli imporporava le guance. «Dovevo fare pipì, ma proprio tanto. Non volevo bussare alla tua porta e farti pensare che fosse una scusa per entrare in casa tua.»

«Perché non sei andato a casa?» chiesi come se fosse la cosa più ovvia del mondo.

«Nel caso avessi cambiato idea su di me» disse piano, con la speranza che si intrecciava nelle sue parole mentre mi guardava dal marciapiede che portava al mio portico. Io stavo due gradini sopra di lui, osservando ogni suo movimento e chiedendomi se sarei riuscita a resistere a qualsiasi cosa dicesse.

«Vuoi ancora parlare?» chiesi con calma.

I suoi occhi scattarono sui miei, il verde delle sue iridi nocciola si illuminò quando capì che lo stavo invitando a entrare. Che gli stavo dando un'altra possibilità.

«Sì, lo voglio. Davvero tanto.»

Annuii e mi voltai verso la porta d'ingresso. Lo sentivo dietro di me, il calore del suo corpo si faceva strada tra le mie difese fino a raggiungere il mio cuore. Entrammo in soggiorno e ci sedemmo entrambi sul divano. Io mi rannicchiai a un'estremità e mi aspettavo che Xander si sedesse all'altro capo, ma non lo fece. Si sedette proprio accanto a me, abbastanza vicino da sentirne il profumo e percepirne il calore.

C'erano tante cose che volevo sapere. Tutte le domande che volevo fargli. Ma stando lì seduta, sentendolo contro di me, ogni pensiero svanì dalla mia testa. L'unica cosa che riuscivo a ricordare era la sensazione delle sue mani sulla mia pelle, il modo in cui mi guardava quando si spingeva dentro di me, la possessività nella sua voce quando mi diceva che gli appartenevo.

Volevo dimenticare i problemi che avevamo e semplicemente salirgli addosso. Volevo togliermelo dal mio sistema. Solo che sapevo che non ci sarei mai riuscita. Avrei potuto amarlo ogni giorno per il resto della mia vita e non me lo sarei mai tolto dal mio sistema. Avrei sempre bramato il suo tocco, il suo amore.

Xander si schiarì la gola e mi guardò. Sollevò un sopracciglio come per chiedere se fossi pronta ad ascoltare quello che aveva da dire e io annuii.

«Mi dispiace di averti portata a quella festa ieri. Se avessi saputo cosa sarebbe successo non ti avrei chiesto di venire.»

«Saresti andato senza di me. Ti saresti semplicemente sbarazzato di me fin dall'inizio» suggerii. La rabbia stava riaffiorando. Aggrapparmici era l'unico modo per sopravvivere alla conversazione con lui, con lui lì, in casa mia, dove avevamo fatto l'amore più volte di quante potessi ricordare.

«Cazzo, no. È questo che pensi di me? Che sono così?»

Xander balzò in piedi e prese a camminare avanti e indietro per la stanza. Era arrabbiato, ma non mi importava. Non avevo intenzione di rendergli le cose facili. Dovevo sapere se era sincero o no. E sapevo che farlo arrabbiare mi avrebbe aiutata in questo.

«Mi hai portata a una festa di persone che hai detto essere i tuoi amici più cari. Perché saresti amico di gente che è il tuo esatto opposto? So che sei come loro. Ed è esattamente quello che ognuno di loro avrebbe fatto. Mollare la cicciona prima che i loro amici la vedessero.»

Si passò una mano tra i capelli mentre un muscolo fremette nella sua mascella. Stava cercando di capire come rispondere, ma la verità era ormai venuta a galla. Poteva provare a negarla, ma io sapevo che era vera.

«Posso semplicemente dirti cosa è successo? Per favore? Lasciami parlare senza cercare di farmi passare per qualcuno che non sono??»

I suoi occhi mi supplicarono e io feci spallucce, dandogli silenziosamente il permesso che aveva chiesto.

«Billy e Ricky sono venuti al liceo con me. Eravamo amici perché facevamo sport insieme. Siamo rimasti amici da allora perché lo siamo sempre stati. Ti ho detto prima di andare che erano degli stronzi e che non li vedo molto, ma organizzavano sempre delle belle feste, quindi continuavo ad andarci.»

Fece un respiro profondo, guardandomi per assicurarsi che non lo interrompessi. Annuii perché continuasse.

«Quando Billy ti stava squadrando ho pensato che fosse una buona cosa. È sempre uno stronzo con le donne, ma ho pensato che se ti stava squadrando allora significava che ti avrebbe portata a casa se ne avesse avuto la possibilità, cosa che non sarebbe mai successa, quindi credevo che non si sarebbe comportato da stronzo.»

«Ops» sussurrai, incapace di trattenermi. Xander mi fulminò con lo sguardo, così alzai le mani in segno di resa.

«Kayleigh e Braylon sono sempre terribili e ci provano con me, te l'ho detto. Non sono mai state così cattive. Quando te ne sei andata, sono rimasto inorridito da quello che avevano detto e ho detto loro di lasciarti in pace. Non pensavo che l'avrebbero fatto davvero, ma non è che potessi prendere a pugni due donne.»

Feci un verso di scherno, pensando che avrei voluto che avesse fatto proprio quello.

«Ho capito, parlando con Drew, che sei tornata fuori quando Billy stava raccontando barzellette, comportandosi da stronzo.»

Annuii.

«All'inizio non gli stavo prestando attenzione. C'era un altro ragazzo con cui eravamo andati al liceo, Kevin. Stavamo parlando mentre Billy raccontava le sue barzellette. Le prime erano stupide barzellette sconce ed erano divertenti. Io e Kevin stavamo parlando e stavo ridendo di qualcosa che aveva detto quando Braylon... um, quando lei...»

«Non fa niente, ho sentito la stronza. Ha chiesto se la tua vita fosse ironica, e se ingoio.»

Ebbe la decenza di sembrare mortificato. Si lasciò ricadere sul divano accanto a me. «Non sapevo di cosa stesse parlando, ma avevo già sentito la barzelletta, quindi ho immaginato che fosse quella che Billy aveva appena raccontato. Quando Billy ha raccontato la barzelletta successiva e ti ha usato come battuta finale... be', io l'ho usato come sacco da boxe.»

«Cosa?» urlai.

Mi mancò il fiato mentre elaboravo ciò che aveva detto. Non poteva essere serio, vero? Perché prendere a pugni uno dei suoi più cari amici? Per causa mia? Impossibile.

«Ridevano tutti e pensavano fosse divertente. Giuro che non ci ho più visto dalla rabbia, ero così incazzato. Volevo staccargli quella cazzo di testa per aver detto qualsiasi cosa su di te, per aver permesso a chiunque di pensare che tu non sia perfetta. Gli ho detto di chiudere quella cazzo di bocca e di non parlare mai più di te. Lui ha continuato a ridere, e io...»

Si fermò e fece un respiro profondo. I pugni erano serrati sul suo grembo. Dietro le palpebre, gli occhi saettavano come se stesse rivedendo di nuovo tutta la scena.

Sempre a occhi chiusi, disse: «Il mio primo pugno lo colpì dritto sulla mascella. Billy barcollò all'indietro, stramazzando sull'erba prima ancora di smettere di ridere. Tutti mi fissavano, in silenzio, spaventati. Ricky aiutò Billy a rialzarsi e lui mi si scagliò contro. Mi afferrò al petto e mi gettò a terra. Mi ha colpito bene con il primo pugno.» Xander si toccò delicatamente l'occhio, nel punto in cui Billy lo aveva evidentemente colpito. «Visto che sono più grosso di lui, sono riuscito a scrollarmelo di dosso e a rimettermi in piedi.

Quando mi è venuto di nuovo addosso, gli ho sferrato un altro pugno, facendogli perdere l'equilibrio. La sua guancia si è spaccata e ha cominciato a sanguinare a fiotti. Ricky lo ha aiutato a rialzarsi ed entrambi mi hanno fissato e mi hanno solo detto di andarmene.»

Fece un respiro profondo e finalmente aprì gli occhi. Mi guardò e il cuore mi si strinse in una morsa. Sapevo che qualsiasi cosa stesse per dire sarebbe stata la parte più difficile.

«Non riuscivo a trovarti. Ho guardato in bagno ma era vuoto. Sono anche andato di sopra. Sapevo che non eri fuori perché ti avrei visto, ma non sapevo dove fossi. Stavo scendendo le scale quando è entrato Drew. Mi ha chiesto cosa fosse successo e l'ho ignorato, chiedendogli se sapesse dove eri.»

Trattenni il respiro. Xander era stato follemente geloso del fatto che avessi parlato con Drew e, con tutta quella rabbia, potevo solo immaginare cosa avesse fatto al suo migliore amico.

«Drew mi ha detto che te n'eri andata, che una delle tue amiche era venuta a prenderti. Ero incazzato e ferito. Non sapevo perché te ne fossi andata, perché mi avessi fatto una cosa del genere quando le cose stavano andando così bene. Io… cazzo, avevo bisogno di te. Ho chiesto a Drew come lo sapesse e lui ha ammesso che eravate seduti fuori a parlare mentre io mi facevo pestare a sangue. Ero furioso. Ho detto a Drew che era un amico di merda per non averti fermata. Gli ho detto che era uno stronzo per averti lasciata andare. Ho provato a colpirlo, ma mi ha bloccato e mi ha inchiodato al muro. Quel figlio di puttana è più forte di quanto sembri. Mi ha detto di andare a casa a sbollire e che ne avremmo parlato più tardi.»

Rilasciai il fiato che avevo trattenuto, spaventata all'idea che Xander potesse rovinare la sua amicizia con l'unica persona che mi aveva trattata bene quel giorno. Sapevo che era ferito e arrabbiato. Sapevo che non era mio. Ma volevo che fosse felice. E sapevo quanto contassero i migliori amici.

«Me ne sono andato e sono andato dritto a casa mia, ma la tua macchina non c'era più. Non sapevo dove vivesse nessuna delle tue amiche, quindi non potevo andare lì. Ho provato a casa tua ma, dato che non c'eri, ho finito per guidare per un po' cercando di trovarti. Quando il sole ha cominciato a tramontare, sono tornato a casa tua pensando che prima o poi saresti comparsa.»

Sembrava esausto, come se si fosse sfinito solo a raccontare di nuovo tutta la storia. «Quando non sei tornata a casa, ho iniziato a dare di matto. Non riuscivo a farti rispondere alle chiamate o ai messaggi. Pensavo ti fosse successo qualcosa. Ho chiamato Drew e gli ho chiesto con chi eri e cosa avrei dovuto fare. La donna che ha descritto sembrava Sam, quindi ho pensato che fossi a casa sua. Drew mi ha suggerito di aspettarti a casa per un po' e poi di dormire. Per fortuna, non era arrabbiato con me.»

«È un buon amico» dissi a bassa voce, ricordando la gentilezza che mi aveva dimostrato quando ne avevo avuto bisogno. Era stato un buon amico per me anche se andava contro il suo migliore amico. Drew era sicuramente una persona che un giorno avrebbe reso una donna molto felice.

«Sì, lo è. Non ce l'avrei fatta a superare le ultime ventiquattr'ore senza di lui. So che non ce la farò a superare il resto della settimana senza di lui se non riuscirai a perdonarmi.»

Buttai fuori un respiro. Mi stava dando un'apertura. Sarebbe stato così facile perdonarlo e cadere tra le sue braccia. Tornare a come stavano le cose il giorno prima.

Lo volevo. Davvero. Sentivo le forze venirmi meno mentre raccontava la sua versione della storia. Non ci sarebbe voluto molto prima di cedere. Prima di dire semplicemente che andava bene e che non era colpa sua.

La verità era che non mi bastava. Non bastava che dicesse di essere dispiaciuto. Il fatto che si fosse messo a fare a botte con uno dei suoi più vecchi amici per causa mia era… carino, suppongo. Ma lo conoscevo abbastanza da sapere che sarebbe successo ancora e ancora. Avrei dubitato di lui. Avrei pensato il peggio di lui. Mi sarei aspettata che diventasse quell'uomo che temevo fosse quando ci eravamo appena conosciuti.

E non potevo fargli passare tutto questo.

Non era giusto illuderlo, amarlo quando lui doveva essere libero di trovare qualcuna più simile a lui, qualcuna che non avrebbe mai messo in dubbio chi fosse o quanto ci tenesse solo perché funzionava.

Le persone belle sono destinate a stare con le persone belle. E Xander era decisamente una delle persone belle.

Io no.

Lo guardai, con le lacrime che tremavano agli angoli degli occhi mentre le ricacciavo indietro. Dovevo essere forte e dirgli che meritava di più di una fidanzata grassa. Ma lui aprì la bocca e disse: «Mandy, ti amo. Ti amo così tanto che fa un male fottuto. Le ultime ventiquattr'ore sono state le peggiori della mia vita perché sapevo quanto stavi soffrendo ed era per colpa mia. Sono qui che muoio dentro perché tutto quello che voglio fare è stringerti tra le mie braccia e baciare via il dolore che ho causato, ma vedo che non sei pronta perché io lo faccia. Forse non lo sarai mai, ma voglio che tu sappia che non ho mai amato nessuno come amo te. E non lo farò mai.»

Oh, cazzo.

CAPITOLO 23

COME DIAVOLO AVREI POTUTO RISPONDERE? Tutto ciò che mi stavo dicendo, tutto ciò di cui mi preoccupavo, era stato cancellato da poche parole uscite dalle sue labbra stupende. Mi aveva detto le parole che non avrei mai pensato di sentire da lui. Le parole che desideravo ardentemente, ma che non mi ero mai permessa di credere che avrebbe detto.

Eppure, in fondo alla mia mente, dubitavo ancora di quelle parole. Mi chiedevo ancora se mi avrebbe lasciata non appena fosse arrivata qualcuna più bella. Avrebbe guardato le donne sexy in bikini sulla spiaggia e desiderato di aver aspettato una di loro invece di me?

Avrebbe smesso di amarmi se fossi ingrassata?

Come se potesse leggermi nel pensiero, si inginocchiò di fronte a me e mi prese le mani. «Mandy, sei tu quella giusta per me. Tesoro, so che ti sei preoccupata per me, ma ho avuto ragazze magre e ho avuto te. Ogni singola volta, scelgo te. Voglio le tue curve voluttuose e la tua risata spontanea, la tua bocca al sapore di cioccolato e il tuo cuore meraviglioso. Ti voglio al mio fianco. Voglio baciarti, stringerti e amarti finché me lo permetterai. E un giorno ti chiederò di sposarmi e pregherò che tu dica di sì. E se lo farai, passerò tutti i miei giorni a lavorare per dimostrarti quanto ti amo. E amo solo te.»

Le lacrime che avevo cercato di trattenere cadevano copiose dai miei occhi, scorrevano sulle mie guance e si depositavano sulle nostre mani unite. Osservai una piccola pozza formarsi tra le nostre dita, strette saldamente. Xander non mi lasciava andare e io non lasciavo andare lui, le lacrime si raccoglievano semplicemente tra di noi.

Non sapevo cosa dire. Le mie labbra non riuscivano a formulare alcuna parola. E nemmeno il mio cervello. Ero passata dal sentirmi morire per la sua mancanza e dal volerlo odiare, a sentirlo dichiarare il suo amore per me e dirmi che un giorno mi avrebbe sposata.

«Prima di incontrarti,» cominciai, «mi godevo la vita. Avevo amici fantastici, un lavoro che mi piaceva, una casa tutta mia. Ero felice. Non avevo bisogno di niente e mi prendevo sempre cura di me stessa.» I suoi occhi guizzarono verso i miei per un istante e colsi la malizia che scintillava nel suo sguardo color nocciola. Roteai gli occhi verso di lui e continuai, «Sai cosa intendo. Smettila di fare pensieri sconci.»

Ridacchiò piano e premette le labbra sulla pozza di lacrime sulle nostre mani.

«Pensavo di avere tutto quello di cui avrei mai avuto bisogno. Non cercavo un fidanzato. E di certo non cercavo qualcuno come te. Hai messo sottosopra il mio mondo. Anche le ultime 24 ore sono state le peggiori della mia vita. Non mi ero mai sentita così ferita prima. Non mi ero mai sentita così insignificante. Non avevo mai avuto così poca stima di me stessa per quello che dicevano gli altri.»

Sfilò le sue mani dalle mie, intuendo dove stessi andando a parare.

«E la parte peggiore di tutto è stata quanto mi sei

mancato. Volevo tanto odiarti. Volevo credere che tu fossi lo stronzo che avevo temuto fin dal nostro primo incontro. La verità è che non volevo ammettere a me stessa quanto fosse spaventoso amarti così tanto. Non sapevo come gestire il fatto di amarti, e di permettermi di amarti, senza perdere me stessa. Quando ti ho visto ridere, ho pensato il peggio di te perché era più facile che pensare che potessi amarmi abbastanza da tagliare i ponti con i tuoi amici. Non voglio che tu perda le persone che contano per te, ma non voglio nemmeno perdere te.»

I suoi occhi scattarono di nuovo verso i miei. Il verde nocciola era pieno di speranza e desiderio e mi arrivò dritto alle viscere. Tutto il mio corpo si riscaldò allo sguardo che mi stava rivolgendo, come se non fosse sicuro se baciarmi o aspettare che finissi quello che stavo dicendo. Lasciai che il momento rimanesse sospeso tra di noi, respirando a malapena mentre entrambi aspettavamo quello che sarebbe successo dopo. Dove sarebbero andate a finire le cose.

«Hai detto che avresti aspettato finché non fossi stata pronta ad ascoltarti. E che dopo mi avresti lasciato fare la scelta. Mi avresti lasciato decidere come sarebbero andate le cose tra di noi. La verità è che voglio tutte le stesse cose che vuoi tu. Ero infelice senza di te. Volevo piangere per tutti i momenti che non avremmo condiviso. Il mio cuore soffriva per te. Non so se riuscirò mai a liberarmi completamente delle mie paure che tu ti innamori di qualcun'altra più magra di me, ma ci proverò. Perché con tutto il mio cuore, e con tutta me stessa, ti amo, Xander Carlson.»

Le parole mi erano appena uscite dalle labbra che la bocca di Xander fu sulla mia. Mi baciò come se la sua vita dipendesse da quello, come se fosse stato a digiuno di me. Ricambiai il bacio, sentendomi come se fosse passato più di un giorno da quando le sue labbra erano state contro le mie.

Nel suo bacio frenetico, le sue labbra baciavano le mie, su

ogni labbro finché non le ebbe coperte entrambe di baci morbidi. Poi premette le sue labbra piene contro le mie e la sua lingua guizzò fuori per percorrere le mie labbra. Sospirai dolcemente, godendomi la sensazione di lui, e lui fece scivolare la sua lingua nella mia bocca.

Mi baciò completamente, profondamente, imparando a conoscermi di nuovo, ma tornando sempre nei punti che sapeva essere i miei preferiti. Mentre mi baciava, le sue mani scivolarono sulle mie cosce, accarezzando la mia pelle attraverso il tessuto dei miei pinocchietti. Mi teneva stretta, non lasciandomi muovere dal punto in cui mi aveva immobilizzata.

Xander si chinò su di me, ancora in ginocchio di fronte a me, spingendomi indietro contro lo schienale del divano. Il suo corpo grande e forte coprì il mio, facendomi sentire piccola cullata tra le sue braccia. Le sue dita si intrecciarono tra i miei capelli mentre manipolava la mia testa per spingere la sua lingua più a fondo nella mia bocca, reclamandomi di nuovo come sua.

«Saliamo di sopra,» sussurrò mentre si ritraeva da me. I suoi occhi ardevano di desiderio per me. Il mio corpo era in fiamme, dolorante per lui, così pronto a tornare a come stavano le cose prima. In fondo alla mia mente mi chiesi se lo avessi perdonato troppo in fretta, ma scacciai quei pensieri. Come aveva detto Claire, non si sarebbe dato tutto quel disturbo per parlarmi se fosse stato tutto uno scherzo.

Mi amava.

Nella mia stanza accese tutte le luci. Allungai la mano per spegnerle, non mi piaceva che mi vedesse in piena luce. Nuda. Vulnerabile.

«Voglio vederti. Voglio vedere ogni parte di te.»

Feci un respiro profondo e seppi che sarebbe stato quello. Quella sarebbe stata l'ultima cosa da lasciar andare per potermi fidare completamente di lui. Mi ero già fidata di lui con i miei segreti, il mio cuore, il mio amore, persino il mio corpo. Ma lasciarlo vedere nella luce cruda della mia camera da letto, lasciarlo guardare il mio corpo tremolare e scuotersi mentre facevamo l'amore, significava affidargli la mia anima.

Xander stava in piedi accanto a me, tenendomi la mano. Mi baciò il collo, scostando lentamente la maglietta per baciarmi la spalla. «Sei bellissima, Mandy. Così morbida.»

Le sue dita giocherellarono con il bordo della mia maglietta, sollevandola per poter sfiorare con le nocche la pelle sensibile del mio stomaco. Sentii la ruvidità delle sue nocche, le ferite lasciate dalla sua rissa con uno dei suoi più vecchi amici. Per causa mia.

Mi allungai e afferrai le sue dita, prendendo le sue mani tra le mie. Lui mi guardò, chiedendosi cosa stessi facendo. Portai le sue mani alla mia bocca e baciai ogni graffio, ogni livido. «Grazie per avermi difesa,» sussurrai contro la sua pelle. «Grazie per aver pensato che io sia abbastanza bella da farti arrabbiare per me.»

«Tu sei bellissima Mandy. Vale la pena difenderti ogni giorno per il resto della mia vita, se necessario.»

Gli sorrisi e lasciai che riportasse le mani sulla mia vita. Mi sfilò la maglietta e scrutò la metà superiore del mio corpo. «Così bella,» sussurrò mentre si chinava a baciarmi la clavicola. Le sue mani andarono al mio seno, sollevandolo nei suoi grandi palmi, sostenendone per me il peso. Tracciò una scia di baci tra le due sfere pesanti e di nuovo su, correndo lungo il bordo di pizzo del mio reggiseno.

Abbassò delicatamente il mio seno sul mio corpo e fece scivolare le mani dietro la mia schiena per slacciare il reggiseno. Lo sfilai e sentii le sue mani tornare sulla mia pelle nuda, avvolgendo il mio seno e passando i pollici sui miei capezzoli turgidi. Ansimai e mi inarcai contro di lui, premendo ancora di più il mio seno pesante contro le sue mani. «So che ti fanno male alla schiena, ma amo il tuo seno.

Sta perfettamente nelle mie mani e risponde così facilmente alla mia bocca. E la pelle intorno ai tuoi capezzoli… è quasi dolce come quella sulla tua pancia.»

Abbassò la testa per catturare un capezzolo e poi l'altro, mordicchiandoli dolcemente per poi passare la lingua sul dolore che aveva provocato. Le sue mani andarono ai miei fianchi e lentamente mi abbassò le mutandine e i pinocchietti insieme. Si lasciò cadere in ginocchio di fronte a me, tenendo ogni gamba mentre mi aiutava a uscire dagli ultimi vestiti. Poi mi baciò lo stomaco.

«Questa è la mia parte preferita di te. La tua pelle qui ha il tuo odore unico e posso cogliere sentori della tua eccitazione quando ti inspiro profondamente. La tua pancia è così morbida e perfetta qui. Un giorno guarderò questa tua pancia morbida e rotonda crescere con il frutto del nostro amore, con i nostri figli. Mi rende così felice immaginare il resto della mia vita con te.»

Stetti di fronte a lui, il mio corpo nudo per i suoi occhi, le sue mani, il suo corpo. Rimasi lì ad ascoltare le sue dolci parole e seppi, senza alcun dubbio, che non sarei mai stata più felice.

«Hai troppi vestiti addosso,» gli dissi, con una luce maliziosa negli occhi.

Si mise di fronte a me e si spogliò rapidamente, lasciando i vestiti sul pavimento ai nostri piedi. Mi guidò velocemente verso il letto e mi fece sdraiare. Occupò lo spazio accanto a me e lasciò che le sue mani e i suoi occhi vagassero su di me, nuda e in attesa di lui.

«Sei la donna più bella che abbia mai visto, Mandy. E spaccherò la faccia a chiunque pensi qualcosa di meno di te.»

Sfiorai dolcemente con le dita il livido che gli copriva l'occhio. Trasali leggermente al mio tocco prima di strofinare il viso contro la mia mano. «Voglio crederti. È solo che non vedo quello che vedi tu. Io non mi vedo bella.»

«Allora non sto facendo bene il mio lavoro. Ma lo farò. Ogni giorno, per il resto della mia vita, farò tutto il possibile per mostrarti come ti vedo. Per farti vedere la bellezza del tuo corpo e del tuo cuore. Tu sei bellissima. Sempre.»

Mi strinsi più forte contro di lui e le mie gambe si aprirono mentre lui si insinuava tra di esse per trovarmi bagnata e pronta per lui. Mi portò rapidamente all'orgasmo, poi si sistemò tra le mie gambe. Mentre spingeva forte e a fondo dentro di me, potevo sentire l'amore che provava. L'amore che fluiva tra noi.

Xander sottolineava i suoi movimenti con le parole, ripetendo 'Sei bellissima' e 'Ti amo' a ogni movimento dei nostri corpi uniti. Sentii un altro orgasmo crescere tanto per le sue parole quanto per il suo corpo. Mentre il mio corpo lo stringeva, lo teneva dentro di me, lui perse il controllo, spingendo più forte e più a fondo dentro di me. Digrignò i denti, «Tesoro, ho bisogno di te adesso. Ho bisogno che tu sia con me. Ho bisogno che tu mi ami con tutta te stessa. Adesso, piccola. Adesso.»

«Ti amo,» sussurrai contro le sue labbra mentre precipitavo oltre il baratro su cui mi aveva portata. Tenni i suoi occhi nei miei mentre gemeva il mio nome e ripeteva le mie parole. Sentii il suo amore mentre il suo corpo si riversava nel mio. Un amore che mi fece venire le lacrime agli occhi.

Un amore che non avevo mai sognato. Ma che era mio per sempre.

EPILOGO

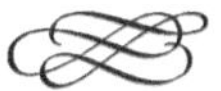

CLAIRE

«UN BRINDISI alla nuova responsabile del Servizio Clienti! Congratulazioni, Mandy!» disse Xander, sollevando il bicchiere.

Eravamo tutti riuniti intorno all'isola della sua cucina per festeggiare la promozione di Mandy e il fatto che fossero tornati insieme. Dopo aver parlato con Mandy martedì sera, mi ero preoccupata per lei, specialmente quando non mi aveva richiamata. Sapevo fin troppo bene come una persona potesse rivoltarsi contro un'altra. Camminai avanti e indietro per quasi tutta la notte, temendo che le fosse successo qualcosa. Le mandai un paio di messaggi che rimasero senza risposta, poi la chiamai. Finalmente rispose verso mezzanotte e mi disse che Xander era ancora lì e che andava tutto bene. Solo dopo aver sentito la sua voce riuscii a respirare di nuovo.

Non riuscivo a immaginare che una delle mie amiche potesse passare quello che avevo passato io. Guardando Mandy e Xander, faticavo a credere che lui potesse mai farle del male, soprattutto di proposito. Bastava guardarli per capire che qualcosa tra loro era cambiato. Si toccavano e si scambiavano sguardi da sempre, ma ora c'era una dolcezza che prima era sembrata più sessuale, come se si desiderassero e non riuscissero a tenersi le mani addosso.

Ora vedevo amore.

L'amore non era nel mio destino. Essere violentata dal primo, e unico, ragazzo a cui avevi permesso di avvicinarsi danneggiava qualcosa nel profondo. Ma mi andava bene così. Avevo i miei amici. Ero abbastanza felice. Certo, mi sarebbe piaciuto provare quello che provava la mia migliore amica. Mi sarebbe piaciuto condividere la mia giornata, la mia vita, con qualcuno, ma non sarebbe successo.

«Com'è andata a finire con Melody?» domandò Sam, riportandomi al presente.

Mandy arricciò il naso e scosse la testa. «Alla fine ha ammesso di aver mentito a Diana e lei l'ha licenziata. Mi è dispiaciuto, ma mi semplifica la vita. Non dovrò avere a che fare con lei, né licenziarla io stessa. Stava cercando di farmi licenziare per ottenere la promozione e liberarsi di me in un colpo solo. Quando non ha funzionato niente, ha semplicemente portato le cose a un livello completamente nuovo.»

«Non riesco ancora a credere che tu abbia parlato al tuo capo in quel modo,» disse Addi, scuotendo la testa.

Mandy assunse un'aria impacciata. «Sì, sono stata piuttosto energica. Probabilmente non avrei dovuto dire tutte le cose che ho detto, ma ero sconvolta e non riuscivo più a trattenermi.»

Xander le strofinò il naso sul collo. Stava dietro di lei, con il corpo premuto contro la sua schiena. Osservai in silenzio mentre le baciava la nuca e le sussurrava qualcosa all'orecchio. Mandy girò la testa di lato e lo baciò dolcemente.

Lo sentii sussurrare 'ti amo' quando si separarono e il mio cuore si strinse. Nessuno mi diceva quelle parole, a parte la mia famiglia e i miei amici, dai tempi del liceo. Non sapevo se avrei mai creduto a qualcuno che mi avesse detto quelle tre piccole parole. Ero abbastanza sicura di essere incapace di far avvicinare qualcuno abbastanza da scoprirlo.

«E adesso? Vuoi apportare dei cambiamenti o lascerai le cose come stanno?» chiese Addi.

«Per ora lascerò le cose come stanno. Diana ha acconsentito a rimanere per un paio di settimane per formarmi, ma il lavoro è ufficialmente mio da lunedì. Diana lavorerà solo mezza giornata. Ho molto da capire, ma credo che andrà tutto bene.»

«Sei intelligente, tesoro. Capirai come fare e in men che non si dica prenderai il controllo dell'intera baracca,» convenne Xander.

«Non ne sono così sicura, ma grazie. È bello sapere di avervi dalla mia parte.»

Suonò il campanello e Xander si affrettò a pagare le pizze. Sam e Addi si spostarono in sala da pranzo, lasciando me e Mandy da sole.

«Sei stata silenziosa stasera. Va tutto bene?»

Speravo che nessuno si accorgesse del mio umore, ma avrei dovuto immaginarlo. Io e Mandy ci conoscevamo da troppo tempo per pensare che le potesse sfuggire qualcosa.

«Sto bene. Sono felice che tu sia felice. È bello sapere che era il ragazzo che tutte pensavamo che fosse.»

Mandy lanciò un'occhiata verso l'ingresso di casa, dove si trovava Xander. «Lo è. Mi ha detto che mi ama. E che un giorno mi sposerà.»

Le lacrime mi punsero gli occhi, anche se non avevo idea del perché. «È fantastico, tesoro. Sono così felice per te.»

«E alors perché piangi?» chiese Mandy con gli occhi socchiusi.

Scossi la testa. «Non lo so davvero. Sono stata molto emotiva questa settimana.»

Mandy mi cinse con un braccio. «Pensi che mi stai perdendo o vorresti avere un ragazzo tutto tuo?»

Aveva colpito nel segno, non che volessi ammetterlo a me stessa, figuriamoci a lei, ma sapevo di non potermi nascondere da Mandy. «Forse un po' entrambe le cose. Non voglio farti sentire in colpa, però. Xander mi piace e sono davvero contenta che tu sia felice. È solo che mi sento sola, ora. Sam e Addi hanno l'un l'altra e ora tu hai Xander. Immagino che una parte di me vorrebbe non essere così incasinata e poter avere qualcuno con cui condividere la vita. Non molto tempo fa parlavamo di andare a vivere insieme.»

Mandy abbassò lo sguardo e capii di averla fatta sentire in colpa, anche se non era mia intenzione. «Mi dispiace, Claire. Non ti sto rimpiazzando, spero tu lo sappia. Non potrei mai. Sarai sempre la mia migliore amica.»

«Lo so,» dissi tra le lacrime. «È solo che adesso è diverso.»

Mandy annuì, riconoscendo quella che entrambe sapevamo essere la verità. Xander tornò in cucina con tre cartoni della pizza. L'odore era travolgente, ma non quanto le emozioni che si agitavano dentro di me. Mi scusai rapidamente e mi rifugiai in bagno.

Lo specchio tradì il mio tentativo di calma. Sembravo stanca. Odiavo quando la gente me lo diceva, perché era sempre un insulto appena velato, ma in quel momento era vero. Non dormivo bene, cercando di capire cosa fare della mia vita. Pensavo sempre più spesso a BJ, chiedendomi il perché e desiderando che nessun altro dovesse mai passare quello che avevo passato io. Non volevo pensarci, ma con la mia migliore amica che trovava l'amore, mi tornavano in mente molti ricordi di BJ, prima di quella notte.

Mi gettai dell'acqua fredda sul viso e tornai fuori per unirmi agli altri. Tutti ridevano e mangiavano la pizza, brindando alla promozione di Mandy. Per la prima volta, mi sentii un'estranea. Ero l'ultima ruota del carro.

Xander mi si avvicinò. «Voglio che tu sappia che sei la benvenuta qui ogni volta che vuoi. Qualsiasi cosa accada, sarai sempre la benvenuta.»

Confusa, inclinai la testa e lo scrutai con gli occhi socchiusi. Da dove veniva fuori quella frase?

«So che tu e Mandy siete molto unite, migliori amiche. Parla sempre di te e so che passate molto tempo insieme. Se lei è qui, ora o in futuro, quando si spera mi sposerà, voglio che tu ti senta a tuo agio qui. Non voglio mettermi tra voi due. Sei come una sorella per lei, e non mi perdonerei mai se fossi la ragione per cui non siete più così unite. Se mai avessi bisogno di qualcosa, siamo entrambi qui per te.»

Le lacrime mi riempirono di nuovo gli occhi. Mandy era una donna fortunata. Xander non era solo dolce e gentile con lei, ma anche con me. E questo, per me, significava molto.

Lo ringraziai, asciugandomi le lacrime, e seppi che la mia migliore amica sarebbe sempre stata in buone mani. Almeno, se la stavo perdendo, la stavo perdendo a favore di qualcuno che l'avrebbe amata e sarebbe sempre stato lì per lei. Lo invidiavo, non poco, e mi ritrovai a desiderare la stessa cosa.

Anche se sapevo che non sarebbe mai successo.

GRAZIE INFINITE per aver letto la storia di Mandy e Xander! Questa serie è davvero un'opera del mio cuore, e vi ringrazio per aver dato una possibilità alle mie meravigliose ragazze!

La serie continua con la storia di Claire. Ha seppellito i suoi sentimenti dietro il suo peso e si è detta che non poteva essere ferita se nessuno si fosse preso la briga di guardarla. L'ultimo uomo da cui si aspettava di ricevere attenzioni era il suo affascinante collega, Aidan. Erano amici, così lei gli ha permesso di entrare nella sua vita, ma lui non si accontenta di essere solo un amico e non si fermerà finché non diventeranno molto, molto di più. Acquista subito la tua copia di *Lussureggiante e bellissima*!

234

TROVATE tutti i miei libri italiani qui.

L'AUTRICE

Autrice di bestseller per *USA TODAY*, Mary E Thompson ha passato gran parte della sua infanzia desiderando di avere qualche curva in meno. Si rifugiava tra le pagine dei libri, perché ai suoi personaggi preferiti non importava che taglia portasse. Ora, neanche a Mary importa più, e scrive storie che celebrano le donne come lei. Donne vere con le curve, che inseguono i loro sogni e trovano l'amore, perché tutte meritiamo di essere felici, a prescindere dalla taglia che portiamo.

Quando non scrive, Mary trascorre il suo tempo con il marito e i due figli, guardando troppa TV, tifando per la squadra di football della sua città (Go Bills!) e nascondendo la cioccolata al resto della famiglia.

Visita https://maryethompson.com/pages/italiano per iscriverti alla newsletter di Mary. Chi si iscrive riceve ebook gratuiti e altre sorprese, come contenuti esclusivi, giveaway per i soli iscritti e anteprime su nuove uscite e sconti!